Harry Luck wurde 1972 in Remscheid geboren und lebt als Autor und Journalist in München. Er arbeitete unter anderem für die Nachrichtenagenturen AP und ddp, den Bayerischen Rundfunk und die Abendzeitung und ist jetzt bei FOCUS Online. Dort betreut er auch die wöchentliche Krimikolumne. Luck ist Mitglied in der Jury des Agatha-Christie-Preises und der Autorenvereinigung »Das Syndikat«. Er hat nach mehreren Büchern aus dem Bereich Humor/Satire 2003 mit »Der Isarbulle« sein Krimidebüt gegeben und danach vier weitere Krimis und mehrere Kurzgeschichten veröffentlicht.

Dieses Buch ist ein Roman. Handlungen und Personen sind frei erfunden. Ähnlichkeiten mit lebenden oder toten Personen sind nicht gewollt und rein zufällig.

HARRY LUCK

Lachen und Schießen

KRIMINALROMAN

Zur Erinnerung an
ein wunderschönes
Wochenende mit
Sabine im Krimihotel
in der Eifel,

20.8.11 Harry Luck

emons:

MIX
Papier aus verantwortungsvollen Quellen
FSC® C083411
FSC
www.fsc.org

Umschlaggestaltung: Tobias Doetsch
Druck und Bindung: CPI – Clausen & Bosse, Leck
Printed in Germany 2011
ISBN 978-3-89705-794-4
Originalausgabe

»Die besonders guten Kabarettisten
können jederzeit auch Comedians sein.«
Dieter Hildebrandt

»Ich mache kein politisches Kabarett,
ich mache diesen Alltag,
und der besteht nun mal zu neunzig
Prozent aus Männern und Frauen.«
Mario Barth

EINS

»Willkommen ... München-Hauptbahnhof ... Anschlussverbindungen ... Budapest ... Landshut ... Bad Reichenhall ... Service Point.«

Es waren nur Wortfetzen, die sie von der Durchsage in der Bahnhofshalle verstehen konnte. Dabei sprach sie perfekt Deutsch, und das, obwohl sie ihr gesamtes, bisher achtundzwanzig Jahre währendes Leben in den Niederlanden gelebt und auch mit ihrer deutschen Mutter ausschließlich Holländisch gesprochen hatte.

Anneke van Royen stand mit einem schwarzen Hartschalenkoffer und einem abgewetzten Eastpak-Rucksack auf dem zugigen Bahnsteig von Gleis vierzehn des Münchner Hauptbahnhofs und strich sich eine widerspenstige blonde Strähne aus dem Gesicht. Zwischen den Hunderten Reisenden, die entweder hektisch umherliefen oder gelangweilt auf verspätete Züge warteten, kam sie sich verloren vor. Sekunden, vielleicht auch Minuten wartete sie regungslos auf dem Bahnsteig in der düsteren riesigen Halle ab und ließ alles um sich herum einfach nur geschehen. Sie zog den Reißverschluss ihrer Windjacke bis zum Kinn hoch. Der Herbst in Bayern war kalt.

Das Angebot, sich von den neuen Kollegen abholen zu lassen, hatte sie selbstbewusst ausgeschlagen. Ich bin doch kein kleines Mädchen mehr, hatte sie gedacht und sich erklären lassen, dass das Münchner Polizeipräsidium nur zwei S-Bahn-Stationen vom Hauptbahnhof entfernt lag. Kein Problem für eine erfahrene Kriminalbeamtin. Wenn sie im Rahmen des sechsmonatigen Europol-Austauschprogramms ihren kriminalistischen Spürsinn unter Beweis stellen wollte, dann durfte sie nicht daran scheitern, dass sie ihren neuen Arbeitsplatz nicht fand. Ihr bisheriger Arbeitgeber war der »Dienst Nationale Recherche des Korps Landelijke Politiediensten« gewesen, und sie war stolz darauf, für das deutsch-niederländische Austauschprogramm ausgewählt worden zu sein.

Wieder wurde etwas durchgesagt, was nach einem verspäteten Eurocity aus Wien klang. Immerhin hatte der Münchner Hauptbahnhof auch einen Vorteil: Man konnte nicht in die falsche Richtung gehen, nachdem man aus dem Zug ausgestiegen war. In dem Sackbahnhof gab es nur eine Richtung. Anneke konnte sich nicht daran erinnern, jemals einen hässlicheren Bahnhof gesehen zu haben. War München nicht die Stadt der Prachtbauten und Schlösser? Der Isar und des Englischen Gartens? Warum wurden Besucher dann in einem monströsen Betonbunker mit dem Charme einer Fabrikhalle empfangen? Endlich löste sie sich aus ihrer Starre und ließ sich mit der Menschenmasse treiben, wobei sie von einem älteren Herrn angerempelt wurde, der sich aus unerfindlichen Gründen gegen den Strom bewegte. Der Weißhaarige raunzte ihr etwas zu, das sie weder als Deutsch noch als sonst eine ihr geläufige Sprache identifizieren konnte. Auch der Schriftzug »Service Point«, vor dem sie kurz darauf stand, war natürlich nicht in Deutsch formuliert, aber den Ausdruck verstand sie wenigstens. Sie zückte einen kleinen gelben Zettel aus ihrem Portemonnaie, auf dem sie »Polizeipräsidium Ettstraße« und »S-Bahn Marienplatz« notiert hatte. In Waalwijk, ihrem kleinen Heimatort in Nordbrabant, gab es keine S-Bahn und seit Jahrzehnten auch keinen Bahnhof mehr. Mit dem gelben Bus war sie bis Tilburg gefahren und von dort siebeneinhalb Stunden mit der Bahn über Düsseldorf bis nach München. Während der Fahrt hatte sie zweihundertzwanzig Seiten »Harry Potter« auf Deutsch und die komplette »Süddeutsche Zeitung« vom Vortag gelesen, die es am Tilburger Bahnhofskiosk zu kaufen gab – zum Training.

»Entschuldigen Sie, wie komme ich von hier am besten zur Ettstraße?«

Der Mann am Service Point schaute gutmütig und hilfsbereit, doch als er den Mund öffnete, drangen nur eigenartige Geräusche heraus: »Gengan S' do grodaus, d'Rolltreppn nunter, dann rechts, und dann seng S' scho a Schuidl zur S-Bahn, und dann nehman S' irgenda Bahn Richtung Marienplatz und steing noch zwoa Stationen wieder aus, junge Frau.«

Anneke hatte kaum ein Wort außer »Rolltreppe« und »Marienplatz« verstanden. Trotzdem bedankte sie sich höflich und ging einige Meter weiter zum Zeitschriftenstand, an dem sie die aktuelle »Süddeutsche« und einen Stadtplan kaufte.

Den werde ich wohl oder übel brauchen, dachte sie und hatte kein Problem, den türkischen jungen Mann an der Kasse zu verstehen.

Als sie auf einem Reklameschild eines Blumenhändlers im Laden neben dem Zeitschriftenstand »Blumen aus Holland« las, wurde ihr langsam bewusst, dass sie fern der Heimat fast am Ziel ihrer Reise angekommen war. Eigentlich war es mehr als nur eine Reise. Es war eine Flucht, auch wenn Anneke sich das nur ungern eingestand. Die achthundert Kilometer entfernte Millionenstadt war perfekt, um abzutauchen und zu vergessen. Und mal wieder etwas Neues anzufangen. Hier würde sie nur eine unter Hunderten von Polizistinnen sein und nicht bei jeder Verkehrskontrolle als die Versagerin aus der Zeitung erkannt werden. Sechs Monate waren keine lange Zeit. Aber lange genug, um sich selbst zu beweisen, dass sie noch immer eine gute Polizistin war.

***

»Sehr komisch«, sagte Alfons Hedderich an der Stelle, wo im Manuskript ein kleines l notiert war, das Zeichen für einen erwarteten Lacher des Kabarettpublikums. Doch bei der Probe auf der kleinen Bühne der Lach-Kompanie bestand das Publikum ausschließlich aus dem Betreiber des traditionsreichen Kabaretttheaters. Und wenn Alfons Hedderich »sehr komisch« sagte, dann glich das einem Todesurteil ohne Chance auf Begnadigung. Denn »komisch« sollte es bei der Lach-Kompanie nicht zugehen. Komik überließ Hedderich lieber den affenähnlichen Gestalten, die Abend für Abend die Sendeplätze der Privatsender mit Programmen verstopften und damit unter dem Begriff »Comedy« das Umfeld für teure Werbezeiten schufen. Ihm zufolge war Kabarett geistreiche und intelligente Unterhaltung. Aber nicht komisch.

»Diese Männer-Frauen-Scheiße über Fernbedienungen, Lockenwickler und Einparkprobleme kann ich wirklich nicht mehr hören!«

Hedderich nahm seine kleine schwarze Lesebrille ab und lockerte den blauen Seidenschal, seit Jahren das Markenzeichen des Altmeisters der Münchner Kabarettszene. Schon lange haderte er nicht mehr damit, dass er seit einem Schlaganfall vor elf Jahren nicht mehr selbst auf der Bühne stehen konnte. Manchmal war er sogar froh darüber, nicht erleben zu müssen, dass sein hochpolitisches Kabarett, wie er es als Ensemblemitglied der Lach-Kompanie jahrzehntelang dargeboten hatte, heute kaum noch zu vermitteln gewesen wäre. Dennoch wollte er nicht zulassen, dass auf seiner Bühne trivialer Gossenhumor aufgeführt wurde. Von Lorenz Merz war er anderes gewohnt.

»Lorenz!«, rief er in Richtung Bühne, wo Merz im Scheinwerferkegel stand und gerade noch nicht auswendig gelernte Passagen aus der Rohfassung seines neuen Programms präsentiert hatte. »Was ist los mit dir? Du hast es doch überhaupt nicht nötig, dich auf das Niveau dieser Knallfrösche aus dem ›Quatsch-Comedy-Club‹ zu begeben! Ich habe es dir von Anfang an gesagt: Es war ein Fehler, dass du dein neues Programm nicht mehr selbst geschrieben hast.« Nachdenklich massierte Hedderich sich das faltige Doppelkinn.

»Aber Ernst Grau hat Erfolg«, erwiderte Merz und kniff angesichts des grellen Scheinwerferlichts seine dunklen Augen zusammen. »Seit er für die ›Horst-Bendix-Show‹ schreibt, steigen dort erstmals seit vier Jahren wieder die Quoten. Max Metulskie füllt mit seinem Grau-Programm ganze Fußballstadien, und das, obwohl ihn vor einem Jahr noch fast niemand kannte!«

Merz, dessen wie immer braun gebranntes Gesicht ebenso im Scheinwerferlicht glänzte wie sein dunkelblondes geföhntes Haar, stieg von der Bühne hinunter und setzte sich in die erste Reihe neben Hedderich, der leise und abfällig murmelte: »Metulskie, dieser Pausenclown!«

»Ich weiß es doch auch nicht«, seufzte Merz. »Mein letztes Programm ›Scherz mit Merz VI‹ haben insgesamt weniger als tausend Leute gesehen. Du warst damit nicht zufrieden und hast gesagt, ich soll mir etwas Neues einfallen lassen. Und da habe ich gedacht …«

»Grau ist ein guter Geschäftsmann. Was er anpackt, ist erfolgreich, ja, denn er trifft damit den Geschmack der Masse. Aber das ist Mainstream. Und Mainstream passt nicht auf eine kleine Kabarettbühne. Wir haben unser eigenes Profil, das wir schärfen müssen. Und das wird uns nicht gelingen, wenn wir das Gleiche bringen wie diese Pappnasenträger aus dem Unterschichtenfernsehen.«

Hedderich schwieg einen Moment, lockerte den Schal um seinen Hals und blickte Merz ernst an.

»Lorenz, es geht hier nicht um mein persönliches Humorverständnis. Es geht um die Existenz der Kompanie. Und das ist noch nicht einmal theatralisch übertrieben. Du weißt, dass wir in Schwierigkeiten stecken.« Ihm stockte die Stimme. »In verdammt ernsten Schwierigkeiten.«

»Ja, ich weiß, Alfons«, antwortete Merz leise. »Und ich weiß auch, was ich dir alles zu verdanken habe. Ich wäre heute vielleicht noch Requisiteur am Gärtnerplatz-Theater, wenn du damals nicht meine Rede als Hochzeitsclown gehört hättest und mich daraufhin –«

»Ja, ja, jetzt lass uns mal nicht sentimental werden, Lorenz. Das ist fast dreißig Jahre her, und noch ist nicht aller Tage Abend.« Die Luft im Bühnenraum war stickig, die Klimaanlage nicht eingeschaltet. Hedderich atmete tief durch und erhob seinen massigen Körper mühsam aus seinem Stuhl, wenn er für seine einundsiebzig Jahre auch vergleichsweise fit und rüstig war. »Wenn du unbedingt mit diesem Grau zusammenarbeiten willst, dann sprich noch mal mit ihm. Sag ihm, dass wir hier keine Komiker brauchen, sondern Kabarettisten. Wir sind nicht die Gag-Factory.« Er sprach den Namen des Medien- und TV-Giganten aus, als rotze er den üblen Geschmack eines verkaterten Morgens ins Pissoir. »Und jetzt machen wir für heute Schluss.«

Merz nickte stumm, rollte sein Manuskript zusammen, steckte es in die Innentasche seines Leinensakkos, das er wie immer über einem Hemd mit zwei geöffneten Knöpfen trug, und verließ den Raum mit einem gutturalen »Servus, Alfons!«.

Hedderich blieb zurück und starrte minutenlang regungslos Richtung Bühne, auf der ein leerer Stuhl im Scheinwerferkegel stand.

***

»Wir könnten ihr Tulpen auf den Schreibtisch stellen«, schlug Hauptkommissar Lukas Schmidtbauer vor und stimmte mit Heintje-Akzent an: »Wenn der Frühling kommt, dann schick ich dir … Tulpen aus Amsterdam …«

»Sehr komisch. Außerdem ist Herbst, da gibt's keine Tulpen«, grummelte Hubert Neidlinger, Leiter der dritten Mordkommission, in seinen grauen Vollbart hinein. In den über dreißig Jahren im Polizeidienst hatte er schon viele Hospitanten kommen und gehen sehen. Das Gastspiel der niederländischen Kollegin in der Männer-WG betrachtete er als willkommene Abwechslung, um die Zeit bis zum Vorruhestand abzukürzen. Es waren nur noch etwas mehr als zwei Jahre. Die MK 3 wurde intern als Männer-WG bezeichnet, weil sie inzwischen die einzige Mordkommission bei der Münchner Kripo ohne weibliche Ermittlerin war. Offiziell war es ein Zufall, dass Bewerberinnen niemals in Neidlingers Zuständigkeitsbereich versetzt wurden, doch den verantwortlichen Beamten im Personalreferat des Polizeipräsidiums war seit vielen Jahren bekannt, dass Frauen mit Dienstwaffe und Dienstgrad im Weltbild des Achtundfünfzigjährigen keinen Platz hatten. Dass inzwischen zwei der fünf Mordkommissionen sogar von Frauen geleitet wurden, das würde Neidlinger für immer unbegreiflich bleiben. Und dass die holländische Gastarbeiterin jetzt ausgerechnet ihm zugeteilt worden war, konnte er sich nur damit erklären, dass in seiner Abteilung seit über einem halben Jahr ein Schreibtisch verwaist war. Ein Kollege war als Dozent an das Ausbildungsinstitut der bayerischen Polizei in Ainring berufen worden, und seine Stelle war nicht nachbesetzt worden.

»Ist sie wenigstens hübsch? Zeig mal her«, sagte Kies Grötzinger und griff nach der Personalmappe, die vor Neidlinger lag.

Eigentlich hatten sich die Mitglieder der MK 3 in Neidlingers Büro wie jeden Morgen um halb neun versammelt, um die anliegenden Aufgaben des Tages zu besprechen. Da es, abgesehen von einem unbekannten Toten am Flaucher mit ungeklärter Todesursache, derzeit kein aktuelles ungeklärtes Tötungsdelikt in der Stadt gab, befassten sich die Mordkommissionen mit Altfallbearbeitung. Routinemäßig wurden immer wieder die Akten ungeklärter Mordfälle hervorgeholt, um jede Spur neu zu beleuchten. Mit Hilfe der DNA-Technik gelang es immer häufiger, fast vergessene Delikte anhand einfacher Datenabgleiche aufzuklären. Geschlossen wurde die Akte eines ungelösten Mordes jedenfalls nie. Doch heute ging es nicht um ungelöste Fälle, sondern um Anneke van Royen, die zum ersten Tag ihres Europol-Austauschprogramms erwartet wurde.

»Hübsches Meisje«, sagte Kies, dessen abschätzender Blick auf das schwarz-weiße Porträtfoto in der Personalmappe keinen Zweifel daran ließ, dass er als Kenner der Materie sprach und sich ein rasches Urteil erlauben konnte. Auf dem Bild blickte Anneke van Royen ernst, ihre Haare waren streng zum Pferdeschwanz zurückgekämmt, und nur eine widerspenstige Strähne über dem linken Ohr verlieh der jungen Frau eine winzige freche Note. »Vielleicht spricht sie ja wie Linda de Mol«, meinte Schmidtbauer, bevor er wieder zu singen begann: »Lass dich überraschen, schnell kann es geschehn …«

»… werden Wunder Wirklichkeit, werden Träume wahaaar«, stimmte Kies ein, untermalte die Melodie mit seinem Zeigefinger und schnalzte abschließend mit der Zunge. Alle drei lachten laut.

»Vom Alter her passt sie ja in dein Beuteschema«, frotzelte Schmidtbauer. »Natürlich nur für den Fall, dass du mit deiner schönen Helena noch nicht ausgelastet bist.«

Dass der zweiundvierzigjährige Kies Grötzinger neben seiner sechzehn Jahre jüngeren Freundin Babette auch noch eine lockere Sekundärbeziehung mit der wiederum weitere zwei Jahre jüngeren Kommissaranwärterin Helena Frings vom Kriminaldauerdienst am Laufen hatte, das war im Präsidium ein offenes Geheimnis. Kies' Mühe, die Affäre geheim zu halten, hielt sich aber auch einigermaßen in Grenzen. Schließlich würde Helena bei jeder Wahl zur Miss Bayern auf einem der vorderen Plätze landen. Davon jedenfalls war nicht nur Kies Grötzinger überzeugt.

»Mal wieder ernsthaft, Männer.« Neidlinger schaute auf seine Armbanduhr. »Fräulein van Royen kann jeden Augenblick hier –«

»Fräulein?«, fragte Kies.

»Jedenfalls steht hier bei Familienstand ›ledig‹«, sagte Neidlinger. »Also, wollen wir unserer neuen Kollegin nun zum Einstieg eine kleine Freude machen? Sie hat in ihrer Bewerbung für das Austauschprogramm als persönliche Interessen ›Kino, Theater und Kabarett‹ angegeben.«

»Hm, und sie spricht gut Deutsch?«, vergewisserte sich Schmidtbauer. »Im Cuvilliés-Theater läuft gerade ›Clavigo‹.«

»Nee, wir müssen ja nicht gleich mit Deutsch für Fortgeschrittene anfangen«, wehrte Kies ab. »Das ist ja selbst mir zu hoch, obwohl ich relativ gut Deutsch spreche und verstehe.«

»Die Holländerin hat sogar einen deutschen Pass«, sagte Neidlinger mit Blick in die Unterlagen. »Ihre Mutter ist Deutsche, stammt vom Niederrhein. Aber Kies hat schon recht. Goethe zum Einstieg wäre tatsächlich etwas harte Kost, und ein Kinoabend wäre auch nicht sehr gesellig. Wie wär's mit gemütlichem Kabarett?« Neidlinger blickte seine Kollegen fragend an. Als niemand widersprach, schlug er vor: »Im Lustspielhaus tritt Bruno Jonas auf. Der ist gut. Hab ich neulich erst im ›Satire-Gipfel‹ gesehen.«

»Der war auch mal der Bruder Barnabas auf dem Nockherberg«, sagte Kies.

»Kann sein«, erwiderte Neidlinger. »Aber dir ist schon bewusst, dass du dich dann umziehen müsstest. Mit deinem Rolling-Stones-T-Shirt nehme ich dich jedenfalls nicht mit ins Kabarett.«

»Für spontane Theaterbesuche und Beerdigungen hab ich immer ein weißes T-Shirt und ein schwarzes Sakko im Spind«, sagte Kies und grinste.

»Lukas, du kannst das doch so gut mit dem Internet ...«

Schmidtbauer verdrehte die Augen. »Ja, ja, Chef. Ich schau mal, ob es noch Karten gibt.« Dass Neidlinger sich noch vor der Pensionierung überwinden würde, auf seinem PC einen Internetbrowser zu installieren, galt als unwahrscheinlich. Dass er überhaupt die elektrische Schreibmaschine vor einigen Jahren gegen einen Computer hatte austauschen lassen, schien von seiner Seite her das größtmögliche Zugeständnis an die technischen Entwicklungen des neuen Jahrhunderts gewesen zu sein. Die auf seinen Visitenkarten standardmäßig aufgedruckte E-Mail-Adresse »Hubert.Neidlinger@polizei.bayern.de« hatte er anfangs noch mit Tipp-Ex übermalt, später dann mit Kugelschreiber durchgestrichen, und inzwischen wussten alle Kollegen, dass man den Chef der MK 3 am zuverlässigsten per Fax, mit einem braunen Hauspostumschlag oder über den Telefonapparat erreichte, der in diesem Moment mit einem schrillen Ton einen internen Anruf signalisierte. Neidlinger meldete sich mit seinem Namen, der für jeden, der ihn nicht kannte, wie ein undefinierbares, im Bartgestrüpp untergehendes »Nhmmmmr« klingen musste. Ohne dem Anrufer zu antworten, legte er wieder auf, blickte in die Runde und sagte: »Wir wollten doch ins Kabarett. Es gibt Arbeit.«

***

»Nehmen Sie Platz, Herr Hedderich.« Thilo Baier, Geschäftskundenberater im Bankhaus Pröll & Jansen, war wie immer höflich und zuvorkommend. »Aber ich fürchte, wenn sich an Ihrer Situation seit unserem letzten Gespräch nichts geändert hat –«

Die Klimaanlage war auf einige Grad unter der Wohlfühltemperatur eingestellt, und in der Luft hing das Aroma von Essigreiniger. Das Büro im vierten Stock wurde von einem gläsernen Schreibtisch dominiert, an der Wand dahinter hing ein Gemälde, das auf einer riesigen weißen Leinwand rote und gelbe Farbkleckse unterschiedlicher Form und Größe zeigte. Moderne Kunst.

»Herr Baier«, unterbrach ihn Hedderich, während er sich auf den Besucherstuhl vor dem Schreibtisch setzte und überlegte, wie teuer die Farbkleckserei an der Wand wohl gewesen sein mochte. »Ich weiß ja, dass Männer über siebzig in Ihrem Gewerbe nicht mehr als kreditwürdig gelten, aber hier geht es nicht um mich. Sie haben es in der Hand, mit einem für Ihr Haus lächerlichen Betrag eine der traditionsreichsten deutschen Kabarettbühnen zu retten.« Hedderich redete sich in Rage. »Es geht hier nur um die Überbrückung eines kleinen Liquiditätsengpasses. Die Auszahlung zugesagter kommunaler Fördermittel hat sich –«

»Herr Hedderich«, fuhr der Bankier dazwischen, »wir haben dieses Gespräch schon ein Dutzend Mal geführt. Sie haben sich verspekuliert, sind überschuldet, und Ihre Einnahmen sind niedriger als die Ausgaben. Es gibt keine Sicherheiten mehr. Wenn Sie nichts Neues vorzutragen haben, dann vergeuden wir hier beide unsere wertvolle Zeit.«

»Die Zeitung hat eine Aktion gestartet. Es werden Spenden gesammelt zur Rettung der Lach-Kompanie«, setzte Hedderich mit verzweifelter Stimme noch einmal an. »Vielleicht wird das –«

»Ach, Herr Hedderich.« Baier verdrehte die Augen Richtung Zimmerdecke. »Was soll das bringen? Tausend Euro? Oder fünftausend? Und selbst wenn es zehntausend werden sollten. Auch damit ist Ihnen nicht zu helfen. Gutmenschentum hat noch nie ein Unternehmen aus einer existenziellen Krise gerettet. Das wissen Sie selbst, wenn Sie ehrlich sind. Die Leute sollten besser für hungernde Kinder in der dritten Welt spenden. Oder für Obdachlose oder das Tierheim anstatt für das Honorar eines Insolvenzverwalters. Vielleicht sollten Sie lieber mit potenziellen Investoren über eine zukunftsfähige –«

»Ich will aber keine Verhandlungen mit dubiosen Spaßfabriken oder halbseidenen Finanzinvestoren führen!«, schrie Hedderich, während sich sein Gesicht rot färbte. Sein Atem wurde kürzer. »Eher hänge ich mich auf der Bühne auf, als dass ich mich zur Marionette irgendwelcher Gag-Manager machen lasse, die nichts anderes wollen als meine kleine …« Er schnappte nach Luft.

»Herr Hedderich, jetzt regen Sie sich doch nicht so auf! Brauchen Sie ein Glas Wasser?«

Hedderich ließ sich in den Stuhl zurücksinken und versuchte langsam und tief durchzuatmen. Gedankenverloren knetete er sein Doppelkinn.

»Schon gut, schon gut«, flüsterte er fast. »Vielleicht haben Sie ja recht. Es hat alles keinen Sinn mehr. Vielleicht muss ich einfach hinnehmen, dass meine Zeit abgelaufen ist – und damit auch die Zeit der Lach-Kompanie.« Er erhob sich langsam von dem Stuhl und schritt auf das große Panoramafenster hinter Baiers Schreibtisch zu, von dem aus man über die Ludwigstraße zum Odeonsplatz blicken und über den Häuserdächern die Zwiebeltürme der Frauenkirche sehen konnte. Dunkle Wolken verfinsterten den Himmel. Hedderich kniff die Augen zusammen und konnte nicht verhindern, dass ihm eine Träne die Wange hinunterlief. Er hoffte, dass Baier nichts davon mitbekam. Als er seine Fassung wiedergewonnen hatte, räusperte er sich ein Mal, dann sagte er: »Herr Baier, ich gehe davon aus, dass Sie wissen, was Sie tun. Ich hatte gedacht, dass …« Ohne den Satz zu vervollständigen, wandte sich Hedderich zur Tür um. »Auf Wiederschauen, Herr Baier.« Als er die Türklinke schon in der Hand hatte, hielt er inne und griff in die Innentasche seiner Jacke.

»Hier, nehmen Sie die!«

Baier nahm die Karten, die Hedderich ihm reichte. »Was ist das?«

»Zwei Karten fürs Kabarett. Heute Abend hat Toni Paroli Premiere.« Und fast unhörbar fügte er hinzu: »Vielleicht ist es das letzte Gastspiel in der Kompanie.«

Hedderich verließ schnell Baiers Büro und vermied es damit, den Banker in die Verlegenheit zu bringen, sich für das unverhoffte Geschenk bedanken zu müssen.

ZWEI

Ernst Grau hatte ein Radler bestellt. Merz fand, dass das Getränk zu seinem Autor passte: halb Bier, halb Limonade, nichts Richtiges. Eben eine halbe Sache. Genau wie seine Witze: Humor für jedermann. Gags für die Masse. Bloß niemandem auf die Füße treten.

»Hedderich ist auch nicht begeistert«, sagte Merz und wischte sich den Mund ab. Die Weißwürste hatte er gerade noch rechtzeitig vor dem Zwölf-Uhr-Läuten verzehrt und damit ein bayerisch-kulinarisches Sakrileg vermieden.

»No a Hoibe?«, fragte die Kellnerin vom Scheidegger, als sie den leeren Teller abräumte. Merz nickte ihr zu.

»Hedderich, Hedderich, Hedderich«, äffte Grau den Kabarettisten nach. Darin war er gut. Ins Showgeschäft war er vor vielen Jahren als Stimmenimitator mit dem Künstlernamen Pierre Lavendel und tuntigen Glitzeranzügen gekommen. Von Helmut Kohl über Marcel Reich-Ranicki bis zum Papst, damals natürlich noch der aus Polen, hatte sein Repertoire gereicht, mit dem er auf Kleinkunstbühnen, in Vorstadttheatern und Autohäusern aufgetreten war. Für kurze Zeit hatte er es sogar zu einer Vorabendshow im Fernsehen gebracht. »Hedderich ist ein Mann von gestern«, sagte er. »Er hat den Zug verpasst. Der ist längst ohne ihn abgefahren. Was er mit seiner Lach-Kompanie da betreibt, ist heute nicht mehr mehrheitsfähig und kommerziell zum Scheitern verurteilt. Du bist verloren, wenn du dich von diesem Kabarett-Dinosaurier abhängig machst. Glaub mir, Lorenz!«

Merz wusste, dass Grau eigentlich recht hatte. »Nicht mehrheitsfähig, kommerziell zum Scheitern verurteilt«: So musste man denken, wenn man es gewohnt war, mit billigen Pointen große Hallen zu füllen.

»Allein schon der Titel deines Programms: ›Scherz mit Merz‹«, fuhr Grau fort und redete sich in Rage, »das klingt doch wie ›Dalli Dalli‹ oder ›Nonstop Nonsens‹. Lorenz, das ist Siebziger-Jahre-Humor, den keiner mehr hören will. Ich habe dir ein Programm geschrieben, mit dem du noch kurz vor knapp den Absprung schaffen könntest. Ich kann es hinkriegen, dass du mit einem Ausschnitt bei Stefan Raab oder Horst Bendix auftrittst. Die nötigen Kontakte habe ich, das weißt du ja. Ein einziger Anruf genügt. Aber um Himmels willen, nenn das Programm nicht mehr ›Scherz mit Merz‹. Bitte! Bitte, hör nur dieses einzige Mal auf mich!«

Merz bedankte sich für das Helle, das ihm die Bedienung servierte.

»Aber ›Scherz mit Merz‹ ist seit vielen Jahren eine etablierte Marke. Damit hatte ich meinen Durchbruch, und dazu stehe ich. Außerdem will ich meine Fans nicht mit einem Programm erschrecken, das rein gar nichts mehr mit dem zu tun hat, was sie von mir kennen und gewohnt sind. Ich kann dein Programm einfach nicht bringen. Entweder –«

»Dann ist dir nicht mehr zu helfen, Lorenz!« Grau sprach etwas lauter als beabsichtigt. Einige der anderen Gäste des rustikal eingerichteten Lokals schauten sich erschrocken um. »Ich serviere dir fünfundsiebzig maßgefertigte Lacher auf dem Silbertablett, und du zierst dich wie eine Diva? Bist du dir deiner Lage eigentlich nicht bewusst? Wenn du weitermachst wie bisher, dann ist deine Karriere bald zu Ende!«

»So zu Ende wie deine, Monsieur Lavendel? Warum bist du denn kein erfolgreicher Kabarettist, wenn du doch so genau weißt, wie alles funktioniert? Wenn deine albernen Nummern so toll sind, dann stell du dich doch mit ihnen auf die Bühne!«

»Vielleicht sollte ich das wirklich tun, du ignorantes –«

»Vorsicht, der Herr!«

Offenbar hatten einige der Gäste die Protagonisten des Künstlerstreits erkannt. Gebannt beobachteten sie die Aufführung und mussten sich vermutlich beherrschen, keinen Szenenapplaus zu spenden.

»Ich werde dem Comeback von Pierre Lavendel jedenfalls nicht im Weg stehen«, sagte Merz mit gepresster Stimme.

In diesem Moment ertönte »Waterloo« von Abba – der Klingelton von Graus Smartphone.

Er drückte es an sein Ohr und säuselte: »Hasi, ich ruf dich gleich zurück. In zehn Minuten, okay?«

Dann legte er das Telefon neben seinen Teller und winkte die Bedienung herbei. »Ich möchte zahlen.«

Den Zwanzig-Euro-Schein, den er aus seiner Brieftasche hervorgezogen hatte, legte er auf den Tisch und stellte das Bierglas darauf.

»Ich muss kurz ums Eck«, sagte er. »Wenn du derweil …?«

»Klar, mach ich«, sagte Merz um einen versöhnlichen Tonfall bemüht. »Darf ich in der Zeit dein BlackBerry benutzen? Ich hab mein Handy vergessen und möchte mir ein Taxi rufen. Ich habe einen Termin bei der –«

»Sicher«, sagte Grau und verschwand in Richtung Toiletten.

Merz wog Graus Telefon in seiner Hand. Es war mehr als ein gewöhnliches Handy. Die vielen Tasten und Knöpfe ließen unglaubliche Möglichkeiten der modernen Kommunikation erahnen. Merz fühlte sich leicht mit der Aufgabe überfordert, einfach nur ein simples Telefonat zu führen. Musste er nur die Nummer eintippen oder vorher eine bestimmte Funktion wählen? Er drückte eine Taste links unter dem Display. Eine Liste der Nummern erschien, die zuletzt gewählt und von denen die Gespräche angenommen oder verpasst worden waren. Neben einigen standen auch die dazugehörigen Namen. Das letzte Gespräch war erst vor zwei Minuten geführt worden. Merz staunte nicht schlecht, als er sah, wen Grau soeben Hasi genannt hatte. Seine Neugier war geweckt. Das Gerät schien leichter als gedacht zu bedienen zu sein, die Funktionen erklärten sich weitgehend selbst. Wenig später fand sich Grau im E-Mail-Speicher des Telefons wieder.

***

Anneke stand vor dem altehrwürdigen Gebäude, das sie aus den Krimis »Derrick« und »Der Isarbulle« kannte, die mit Untertiteln auch in Holland erfolgreich waren.

Der Mann an der Pforte nickte ihr zu. Es würde mit Sicherheit eine Weile dauern, bis sie sich an das scheußliche Grün der Uniformen der deutschen Kollegen gewöhnt hätte. Bislang hatte sie gedacht, dieses Outfit sei ebenso ein TV-Relikt der siebziger Jahre wie die verstaubten Büros und die Telefone mit Wählscheibe, die bei

»Derrick« und dem »Isarbullen« auf den Schreibtischen standen. Warum die echten bayerischen Polizisten heute grüne und die Hamburger blaue Uniformen trugen, konnte sie nicht begreifen. Sie wurde von den unverkennbaren Sirenen deutscher Martinshörner aufgeschreckt, als mehrere Einsatzfahrzeuge mit Blaulicht den Hof verließen. Anneke stellte sich vor, und als der Wachbeamte den Mund öffnete und sie in perfektem Hochdeutsch und mit den Worten begrüßte: »Grüß Gott, Frau van Royen. Sie werden schon erwartet«, lächelte sie ihn erleichtert an. Sie war angekommen.

Auch den Paternoster kannte sie aus dem Fernsehen. Der unheimliche Zauberschrank brachte sie in den vierten Stock, wo sie sich im Raum 411 beim Ersten Hauptkommissar Hubert Neidlinger melden sollte. Die Bürotür war nur angelehnt. Anneke klopfte gegen das weiß lackierte Holz, wodurch sich die Tür einige Zentimeter nach innen öffnete und ihr Blick auf einen unbesetzten Schreibtisch fiel. Weil niemand auf ihr Klopfen antwortete, stieß sie die Tür noch weiter auf.

»Hallo?«, rief sie verhalten in das Zimmer hinein. »Herr Neidlinger?«

»Auf Einsatz«, kam endlich eine Antwort – jedoch nicht aus Neidlingers Büro, sondern von einer jungen Frau, die hinter Anneke vorbeiging. Erschrocken zuckte Anneke zusammen.

»Du bist bestimmt die neue Kollegin. Hab schon gehört, dass wir Verstärkung aus dem Flachland kriegen. Ich bin Natascha.«

Die junge Frau lächelte herzlich und streckte ihr die Hand entgegen. Sie trug eine Jeans, ein enges weißes T-Shirt und darüber ein schwarzes Pistolenhalfter mit der Dienstwaffe unter der linken Schulter. Ihre kastanienbraunen Haare hatte sie zu einem Pferdeschwanz gebunden. Während Anneke sich noch fragte, ob wohl alle deutschen Kripofrauen eine Figur wie Lara Croft hatten, schlug sie ein und sagte: »Ich bin Anneke. Ich soll mich bei Herrn Neidlinger melden. Er ist der Chef, oder?«

»Ja, der Chef der Männer-WG.« Natascha lachte. »Find ich in Ordnung, dass hier endlich mal eine Frau nach dem Rechten sieht. Aber keine Sorge, die Jungs sind alle okay.«

Während Anneke noch die Figur der jungen Kollegin musterte,

nahm sie sich vor, die Zeit in München für eine Diät zu nutzen und nicht den Versuchungen von Schweinsbraten und Weißwürschtln nachzugeben, die in jedem München-Reiseführer den Touristen ans Herz oder besser an den Gaumen gelegt wurden. Dass ihr Freund Henk ihr bis vor Kurzem noch eine Traumfigur bescheinigt hatte, schob sie seiner verliebten Verblendung zu. Sechs Kilo in sechs Monaten. Das war ein realistischer Vorsatz, der in dieser Sekunde beschlossen wurde. Anneke überlegte kurz, ob sie Natascha noch fragen sollte, was »Männer-WG« eigentlich bedeutete, kam aber nicht zu Wort.

»Sie sind gerade zu einem Einsatz gerufen worden. Die MK 3 hat in dieser Woche Bereitschaft. Du hast also Pech – oder Glück, je nachdem. Selbst in einer Millionenstadt passiert nicht jeden Tag ein Mord.«

»Mord?« Wie so oft fühlte sich Anneke im falschen Moment am falschen Ort. Andererseits fand sie es sehr sympathisch, dass die nette Kollegin, die etwa im gleichen Alter zu sein schien, sie ganz unkompliziert sofort duzte. Sie hatte gelesen, dass die Du-Sie-Frage in deutschen Büros sehr umständlich sein konnte.

»Ich arbeite in der MK 1. In fünf Minuten habe ich eine Besprechung, aber danach kann ich dir hier alles Wichtige zeigen: Toiletten, Kantine, Kaffeemaschine … Ihr Holländer trinkt viel Kaffee, hab ich gehört?«

Anneke lachte. »Ja. Außerdem essen wir den ganzen Tag Käse und drehen Joints. Meine Holzklumpen hab ich übrigens im Rucksack.«

Natascha erwiderte ihr Lachen. »Mach's dir irgendwo gemütlich, soweit das in einer deutschen Amtsstube möglich ist. In zehn Minuten bin ich wieder da.«

Und damit war Natascha auch schon wieder verschwunden.

Wenn alle Kollegen hier so offen und nett sind, dann werde ich in München eine schöne Zeit haben, dachte Anneke. Sie betrat Neidlingers Büro und legte ihre Jacke sowie den Rucksack auf einen gepolsterten Besucherstuhl. Als sie den Lichtschalter betätigte, erleuchteten die Neonröhren nach einem kurzen Flackern surrend das Zimmer. Der Anblick, der sich ihr bot, hatte nichts mit dem altmodischen Ambiente gemein, das sie aus den Münchner Fernsehkrimis kannte. Das Büro war modern eingerichtet, ein Computer stand auf dem Schreibtisch, daneben ein Aschenbecher mit einem noch glühenden Zigarillo, der die stickige Luft erklärte. Vermutlich hatte ihn Neidlinger in der Hektik des Aufbruchs nicht richtig ausgedrückt. Er würde gewiss nichts dagegen haben, wenn Anneke dies für ihn erledigte und anschließend das Fenster ein wenig öffnete. Sie ging zum Schreibtisch und drückte den Zigarillo in den Aschenbecher. Dabei fiel ihr Blick auf die Arbeitsunterlage, die aus großen Kalenderblättern der Polizeigewerkschaft bestand. Daneben lag eine Akte, mit der sich Neidlinger wohl zuletzt beschäftigt hatte, bevor er fluchtartig sein Büro verlassen musste. Unter der Überschrift »Unbekannter Toter« betrachtete Anneke das Foto eines alten Mannes mit aufgeschwollenem Gesicht, einer auffälligen, gekrümmten Narbe auf der Stirn und aufgerissenen Augen. Sie erkannte sofort, dass es sich bei dem Toten um eine Wasserleiche handelte. Den weiteren Informationen entnahm sie, dass der Tote am Tag zuvor aus der Isar gefischt worden war, dass er keine Verletzungen aufwies, die auf Fremdverschulden hindeuteten, und seine Identität noch ungeklärt war.

Solche vermutlich wenig spektakulären Fälle gehören wohl auch zum Alltag der Mordkommission einer Großstadt, dachte Anneke. Direkt neben dem Telefon lagen zwei handschriftliche Notizen: »Montag, 10 Uhr. Anneke van Royen.« Und darunter, sehr hastig und fast unleserlich hingekritzelt: »Lach-Kompanie. Haimhauserstraße. Tötungsdelikt?«

War das der aktuelle Einsatz? Von der Lach-Kompanie hatte sie in ihrem Reiseführer gelesen. Und im Lokalteil der »Süddeutschen« hatte gestanden, dass die Kabarettbühne in finanziellen Schwierigkeiten steckte. Wenn dort jetzt ein Mord passiert sein sollte, würde das die Probleme wohl eher noch vergrößern. Auf jeden Fall könnte es spannend werden.

Anneke setzte sich auf den zweiten Besucherstuhl und kramte ihr Mini-Wörterbuch aus dem Rucksack. Einen Eintrag des Begriffes »Männer-WG« fand sie nicht, wohl aber eine verständliche Erklärung für die Abkürzung »WG«. »Wohngemeinschaft: gemeinsames Mietverhältnis meist nicht verwandter Personen, oft Studenten«, las sie interessiert. Das klang fast so, als würden sich ihre neuen Kollegen im Büro wie zu Hause fühlen.

Apropos Zuhause. Die Zeit, in der sie auf Natascha wartete, konnte sie nutzen, um in ihrem neuen Stadtplan zu schauen, wie sie am besten zu dem Apartment kam, das sie übers Internet für die ersten vier Wochen gebucht hatte. Mit dem Straßenregister fand sie die Adresse ihrer Ein-Zimmer-Wohnung in der Studentenstadt sehr schnell. Vom Marienplatz aus war ihr neues Zuhause praktisch mit der U6 zu erreichen. Weil Anneke sich langweilte, suchte sie auch noch nach der Haimhauserstraße. Der Tatort lag nicht weit entfernt von der Innenstadt. Dann schaute sie sich auf dem Plan alle weiteren Sehenswürdigkeiten in der Umgebung an, denen sie in den nächsten Wochen einen Besuch abstatten wollte: den Liebfrauendom, den Stachus, das Glockenspiel am Marienplatz und natürlich den Englischen Garten und das weltberühmte Hofbräuhaus.

»Sorry, Anneke.« Natascha hatte Neidlingers Büro betreten. »Mir ist etwas dazwischengekommen. Ein Gespräch beim Präsi. Ist wichtig ...«

»Präsi?«, fragte Anneke.

»Beim Polizeipräsidenten Dr. Stapper. Den wirst du auch noch kennenlernen. Drück mir die Daumen...«, und flüsternd, so als ob es Pech bringen könnte, laut darüber zu reden, fügte sie hinzu: »... dass es mit der Beförderung zur Oberkommissarin klappt.« Wieder lauter sagte sie noch: »Wir können ja später zusammen in die Kantine gehen.«

»Viel Glück«, sagte Anneke. »Bis später. Ich schau mich hier inzwischen schon mal um.«

***

In den Zuschauerraum der Lach-Kompanie führte eine schmale Tür.

»Da kriegt man ja klaustrophobische Anfälle«, bemerkte Lukas Schmidtbauer. Die Szene auf der kleinen Bühne sah aus, als würden Schauspieler gerade für ein Stück proben, doch die Leiche im Scheinwerferlicht war ebenso tödlicher Ernst wie die in weiße Overalls gewandeten Männer vom Erkennungsdienst, die routinemäßig neben jeder Spur ein kleines Täfelchen mit einer Ziffer aufstellten und aus jedem Blickwinkel Fotos machten. »Erster Angriff« wurde das im Polizeijargon genannt. Das Schild mit der Nummer eins stand neben der Leiche, die Zahlen wurden größer, je weiter entfernt sich die Spuren von dem Toten befanden.

Der Notarzt hatte seinen Koffer bereits geschlossen, saß an einem der hinteren Tische im Zuschauerraum und füllte den Totenschein aus. Es machte nicht den Eindruck, als ob er Schwierigkeiten hätte, die Todesursache festzustellen.

»Machst du?« Hauptkommissar Neidlinger nickte Schmidtbauer zu. In der MK 3 war es schon eine Weile üblich, dass Neidlinger zwar offiziell die Ermittlungen leitete und auch alle Abschlussberichte brav unterschrieb, die praktische Arbeit aber gerne Lukas Schmidtbauer überließ, so als stünde sein Vorruhestand schon in zwei Wochen und nicht erst in zwei Jahren an. Lukas war das jedoch ganz recht, immerhin wurde er dadurch stillschweigend als künftiger Kommissionsleiter und Neidlingers Nachfolger aufgebaut.

Nach einem kurzen Händedruck zur Begrüßung bat er Polizeikommissar Stellmacher von der PI 13, ihn über den Sachverhalt zu informieren. Stellmacher listete routinemäßig die Fakten auf.

»Der Notruf kam um neun Uhr neunzehn, Anrufer war der Chef des Hauses, Alfons Hedderich. Er fand die Leiche, konnte über Handy noch den Notruf absetzen und erlitt dann einen schweren Schock. Wir haben ihn ins Schwabinger Krankenhaus bringen lassen. Der Knabe ist nicht mehr der Jüngste. Gestern Abend war hier noch Vorstellung.« Stellmacher deutete auf eins der Plakate an der Eingangstür, das für das neue Programm »Hartz-Infarkt« von Toni Paroli warb. »Die Party der Premiere ging bis halb drei in der Nacht, da lag natürlich noch keine Leiche auf der Bühne.«

»Womit die Tatzeit schon mal etwas eingegrenzt wäre, sofern der Fundort auch der Tatort ist. Vielen Dank«, lobte Schmidtbauer den uniformierten Kollegen. »Wer ist eigentlich der Tote?«

»Ach so, Entschuldigung.« Stellmachers Gesicht lief rot an. »Das Wichtigste hab ich wohl vergessen. Das ist mein erster Mord …«

»Schon okay. Also?«

»Lorenz Joseph Merz, vierundfünfzig Jahre, seit drei Jahren geschieden. Wohnhaft in der Güllstraße 4. Beruf: freischaffender Künstler.«

»Das ist Lorenz Merz, der Kabarettist«, schaltete sich Neidlinger ein. »Den kenn ich doch. Der tritt schon seit Jahren mit seinem Programm ›Scherz mit Merz‹ auf.«

»Waren seine Witze etwa so schlecht, dass man ihn dafür gleich erschießen musste?«, flachste Kies Grötzinger, der dafür prompt einen mahnenden Blick seines Chefs kassierte. Wenn er mal ein Arbeitszeugnis bekommen sollte, würde darin gewiss stehen: »Um Pietät und taktvolles Auftreten am Tatort bemühte er sich stets redlich.«

»Er war sogar sehr gut«, sagte Neidlinger. »Jedenfalls bei den Auftritten, die ich selbst vor einigen Jahren gesehen habe. Sehr gutes und anspruchsvolles Politkabarett. Ich erinnere mich noch an scharfe Pointen gegen Helmut Kohl und Franz Josef Strauß. Ist also wirklich schon etwas länger her.«

»Ah, Kollege Kellerbach ist auch mal wieder mit von der Partie«, begrüßte Kies den Mann im weißen Overall, als der die Atemmaske und die Kapuze abnahm und so sein Gesicht zu erkennen gab. Sie hatten gemeinsam die Polizeischule absolviert und mehrere Seminare in Ainring belegt.

»Servus, Kollegen«, sagte der Leiter des Erkennungsdienstes. »Für uns ist die Sache hier recht eindeutig. Es wurden drei Schüsse abgefeuert. Einer ging daneben, das Projektil steckt in der Holzvertäfelung hinter der Bühne. Ein Schuss traf das Opfer in die Brust, der zweite in den Hals. Sehr kleines Kaliber, 22 lfB. Ist eigentlich eher für Sportschützen gedacht, kann aber bei solchen Treffern in Hals und Herz durchaus letale Wirkung haben. Die Waffe ...«

»... hat eine große Verbreitung im Drogen- und Kleinkriminellenmilieu. Pardon, die Tür stand offen«, sagte plötzlich eine weibliche Stimme.

»Wer sind Sie?«, fragte Lukas.

»Wie eine Putzfrau mit Verbindungen zum Rauschgiftmilieu sehen Sie jedenfalls nicht aus«, sagte Kies.

»Ich bin Anneke van Royen, die Austauschkollegin aus –«

»Verdammt, die Hospitantin! Ich hatte Sie ja vollkommen vergessen.« Neidlinger schlug sich mit der flachen Hand gegen die Stirn. »Ich wollte noch an der Pforte ... Aber egal. Wie kommen Sie überhaupt hierher? An dem Tatort eines Tötungsdelikts habe ich nun wirklich keine Zeit für eine Praktikanteneinweisung.«

»Moment mal«, unterbrach ihn Lukas. »Wie war das gleich mit der Verbreitung des Kalibers im Drogenmilieu? Das klang doch ganz interessant. Ich bin übrigens Lukas Schmidtbauer. Das ist Kies Grötzinger, und der ältere Herr, der Sie gerade so freundlich empfangen hat, ist unser Boss: Erster Hauptkommissar Hubert Neidlinger.« Er trat auf Anneke zu und begrüßte sie mit festem Händedruck.

»Schon gut«, murmelte Neidlinger. »Hast ja recht. Also, was ist mit dem Kaliber?«

»Wie Sie vielleicht wissen, komme ich vom DNR der niederländischen Kripo und war dort jahrelang in der Drogenfahndung. Mein Einsatzschwerpunkt war das Grenzgebiet am Niederrhein, da sind uns solche Waffen sehr häufig untergekommen. Besonders bei Leuten, denen es nicht ums Schießen ging, sondern mehr ums Drohen.«

Lukas war sofort hingerissen von dem sympathischen Akzent, den die holländische Kollegin trotz ihrer fast perfekten Aussprache nicht unterdrücken konnte. Er bemerkte, wie sie unauffällig sämtliche Eindrücke aufnahm und verarbeitete.

»Aber in dem vorliegenden Fall können wir eindeutig von einer Tötungsabsicht ausgehen«, stellte Kellerbach fest. »Deshalb hat der Täter auch mehrmals geschossen und sogar auf den Kopf gezielt.«

»Also war es sicher kein Profikiller«, bemerkte Lukas. »Eher jemand, dem keine andere Waffe zur Verfügung stand. Aber warum erschießt man einen Kabarettisten?«

»Kann es denn für einen Künstler einen schöneren Tod geben, als auf der Bühne zu sterben?«, sagte Kies in übertrieben theatralischem Tonfall und gestikulierte dazu wie ein Darsteller eines Shakespeare-Dramas.

»Irrtum«, hakte Anneke ein, und alle schauten sie verdutzt an. »Wenn das Schild mit der Ziffer Vier dort hinten auf das Einschussloch eines Projektils hinweist, dann starb das Opfer nicht auf der Bühne, sondern vermutlich dort.« Sie deutete auf einen der Tische im Zuschauerraum. »Es macht keinen Sinn, dass der Mann sich mit letzter Kraft auf die Bühne geschleppt haben soll, falls er nicht ohnehin sofort tot war, also …«

»… hat der Täter vermutlich die Leiche auf die Bühne geschleift«, ergänzte Kellerbach und nickte anerkennend. »Die Kollegin hat scharf beobachtet. Respekt.« Er zog seinen Einweghandschuh aus und streckte Anneke die Hand hin. »Sebastian Kellerbach, K 311. Wenn Sie auch mal beim Erkennungsdienst hospitieren wollen, sind Sie herzlich willkommen.«

»Bei der Spusi? Klingt aufregend«, sagte Anneke.

»Spusi sagt bei uns niemand«, antwortete Kellerbach lachend. »Die Abkürzung ist eine Erfindung aus den TV-Krimis. Wir sagen ED oder einfach K 311.«

»A star is born«, murmelte Kies nicht gerade leise. Für alle hörbar sagte er dann: »Ich bin mal draußen und horche, ob es brauchbare Aussagen der Anwohner gibt.« Offenbar fühlte er sich durch Anneke vorgeführt.

»Der Kollege Grötzinger kann es wohl mal wieder nicht ertragen, nicht im Mittelpunkt zu stehen«, raunzte Neidlinger, dann wandte er sich noch einmal Anneke zu. »Jetzt aber richtig: Herzlich willkommen, Frau van Royen. Es tut mir leid, dass dieser Mord eine ordentliche Begrüßung verhindert hat. Ich hoffe, Sie werden sich bei uns wohlfühlen.« Zu Lukas gewandt sagte er: »Kümmerst du dich um unsere neue Mitarbeiterin? Ich geh auch mal kurz raus. Eine rauchen.«

»Wie haben Sie eigentlich hergefunden?«, fragte Lukas, als Neidlinger draußen war. »Wer so rasch am Tatort aufkreuzt, macht sich normalerweise verdächtig.« Er lächelte, um zu vermeiden, dass sie seinen Scherz für bare Münze nahm.

»Oh«, sagte Anneke und blickte unschuldig Richtung Decke. »Die Alternative wäre gewesen, im Büro von Herrn Neidlinger Däumchen zu drehen und auf Ihre Rückkehr zu warten. Ich fand es spannender, mir mal einen echten deutschen Tatort anzuschauen.«

»Der nicht sonntags um Viertel nach acht läuft. Ich verstehe. Wenn Sie schon mal hier sind, kommen Sie doch gleich mal mit in die Garderobe des Toten. Vielleicht finden wir ja dort etwas, das uns Hinweise auf das Motiv gibt. In Ihren Unterlagen stand, Sie interessieren sich für Kabarett?«

»Ja, sehr. In Holland gibt es eine relativ große Kabarettszene, viele One-Man-Shows. ›*Oudejaarsshows*‹, so nennen wir sie. Und vom ›Scheibenwischer‹ im deutschen Fernsehen habe ich selten eine Folge verpasst.«

»Eigentlich wollten wir Sie zum Einstand zu einer Kabarettvorstellung einladen. Allerdings hatten wir uns den Abend etwas anders vorgestellt als dieses Theater jetzt. Ich fürchte, hier jedenfalls wird die nächsten Tage kein Kabarett stattfinden. Kommen Sie mit, Frau van …«

»Sagen Sie einfach Anneke, okay?«

»Okay, Anneke. Dann kommen Sie mit!« Für das Du war es Lukas noch zu früh. Außerdem hatte er nicht wie sein Chef den Eindruck, es hier mit einer unwissenden Praktikantin zu tun zu haben.

***

Merz' Garderobe wirkte auf den ersten Blick nicht viel größer als ein Schuhkarton. Neben einem kleinen Fenster stand ein Schminktisch, an einem großen Spiegel klebte ein halbes Dutzend Briefe und Postkarten. Die Luft in der Garderobe war noch stickiger als im Bühnenraum.

»Sieht aus wie Fanpost«, murmelte Lukas und löste vorsichtig die Klebestreifen ab, mit denen die Karten und Briefe befestigt waren. »Könnte interessant sein.«

»Wenn er Drohbriefe bekommen hat, wird er sie allerdings bestimmt nicht an den Spiegel geklebt haben«, sagte Anneke und bereute schon im selben Moment ihre forsche Art. Schnell lächelte sie, um erst gar keine Missstimmung aufkommen zu lassen.

»Das hatten wir schon öfter«, bemerkte Lukas. »Wahnsinnige Fans, die ihrem Superstar erst herzzerreißende Liebesbriefe schreiben und ihn später umlegen, weil ihre Liebe nicht erhört wurde. Nicht jeder Stalker oder hartnäckige Verehrer ist harmlos.«

Anneke nickte zustimmend. »Ich schau mir mal die Schubladen an.«

Sie hoffte, dass sie mit ihrem selbstbewussten Auftreten Lukas nicht verstört hatte, und schaltete eine Lampe ein, die am linken Rand des Spiegels klemmte. Durch das schmale Fenster fiel nur wenig Tageslicht, und auch die Sauerstoffzufuhr war bescheiden. Anneke entdeckte einen Standventilator und daneben einen Kasten Überkinger Mineralwasser. Etwa die Hälfte der Flaschen war leer.

Und kalt ist es hier, dachte sie. Sie konnte nirgends einen Heizkörper entdecken. »Riecht ein bisschen wie in einer Besenkammer.«

»Nur dass in einer Besenkammer mehr Platz ist. Da kann man sogar Babys zeugen.« Lukas deutete auf die Fanpost. »Das hier ist nicht uninteressant. Hören Sie mal: ›Jedes Ihrer Worte auf der Bühne bereitet mir Gänsehaut, ich sauge jede Silbe mit allen Poren meines Körpers in mich hinein‹, schreibt eine gewisse Wida Istokovic aus Eggenfelden. Von der schnörkeligen Handschrift her eher ein älteres Semester. Oder das hier, das ist ein richtiger Heiratsantrag: ›… dass mein Wunsch sich eines Tages erfüllt, mit Dir, liebster Lorenz, nicht nur in meinen Träumen, sondern auch im richtigen Leben die Zeit zu teilen, dass nicht nur ich über Dich, sondern wir gemeinsam und miteinander lachen können. In ewiger Freundschaft, Deine Silke Rembeck.‹«

»Stehen Adressen dabei?«, fragte Anneke. »Vielleicht sollten wir diese Hardcorefans mal überprüfen.« Sie hatte bereits die oberste Schublade durchgesehen, war allerdings nur auf eine aufgerissene Packung Spearmint-Kaugummis, eine Schachtel Mentholzigaretten und ein Einwegfeuerzeug gestoßen. »Nichts Besonderes.« Die zweite Schublade hingegen hatte mehr zu bieten. »Hey, Lukas, schauen Sie sich das an!«

Er legte die Briefe zur Seite.

»Vielleicht hatten Sie mit der Besenkammer gar nicht so unrecht«, sagte sie. »Eine Schachtel Viagra. Ungeöffnet. Und das hier ist auch ziemlich eindeutig.« Sie hielt eine hellblaue Pappschachtel hoch. »Das sind Kondome.« Dann las sie genauer die Aufschrift: »›Öko-Test; Note: sehr gut‹. Aber was heißt ›Lümmeltüten‹?«

Lukas lachte. »Lümmeltüten? Steht das da echt drauf? Lustig. Tja, das sind … nun, Sie haben es ja schon gesagt: Kondome, Präservative, Pariser, Lümmeltüten halt.«

Lukas' Wangen liefen rot an. Anneke fand seine Reaktion sympathisch, ließ sich aber nichts anmerken. »Tüten kenne ich. Aber was ist Lümmel? Sagt man das etwa für …?«

»Was sagt man denn in Holland dazu?«, konterte Lukas. Jetzt war Anneke an der Reihe zu erröten. Doch noch bevor sie sich entscheiden konnte, ob sie Lukas gleich am ersten gemeinsamen Arbeitstag in den niederländischen Vulgärwortschatz einweihen wollte, öffnete Kies Grötzinger als Retter in letzter Sekunde die Garderobentür.

»Was geht denn hier ab? Ah, ich sehe, ihr macht euch gleich richtig bekannt«, sagte er, als er die Potenzpillen und die Kondome in Annekes Hand erblickte.

Lukas lachte. »Es ist nicht so, wie es aussieht.«

»Das sag ich auch immer, wenn ich in flagranti erwischt werde. Ich hoffe, ich darf hinterher auch noch Ihre Bekanntschaft machen, Frau Kollegin.« Er grinste sie augenzwinkernd an, aber Anneke ignorierte seine Aufdringlichkeit.

»Das hier lag in Merz' Schublade«, sagte sie sachlich.

»Und das hier sind einigermaßen eindeutige Liebesbriefe«, ergänzte Lukas.

»Interessant. Ich wollte ja schon immer mal wissen, was hinter den Kulissen so alles abgeht«, sagte Kies. »Man hört ja so einiges aus diesen Kreisen. Aber wir haben auch etwas gefunden. Seht mal!« Er wedelte mit einem Stapel bedruckter Blätter herum. »Das war in einer Aktentasche, die unter einem der Stühle im Zuschauerraum lag.«

»Was ist das?«, fragte Anneke.

»Das eine ist das Manuskript von Merz' neuem Programm. Aber interessanter ist das hier.« Er machte eine dramaturgische Kunstpause.

»Jetzt sag schon!«, drängelte Lukas. »Was hast du so Spannendes, Kies?«

»Ein Vertrag zwischen Lorenz Merz, im Folgenden Künstler genannt, und Meulenaere & Verkerk, im Folgenden Produktionsfirma genannt ...«

»Klingt nach einer holländischen Firma, nicht wahr, Anneke?«, fragte Lukas. »Aber wer zum Teufel ist –«

»Meulenaere & Verkerk sind keine Holländer, sondern Belgier«, berichtigte Anneke. »Und ihre Firma ist bekannter unter dem Namen Gag-Factory.«

»Gag-Factory?«, murmelte Lukas. »Hab ich schon mal gehört. Aber mir fällt nicht ein –«

»Es ist tatsächlich das, was es übersetzt bedeutet: eine Witze-Fabrik«, erläuterte Anneke. »Vor ein paar Jahren haben sie in Belgien angefangen, zahlreiche kleine Varieté-Bühnen aufzukaufen und überall billigen Mainstream-Humor zu etablieren. Sie haben eine Handvoll Comedians eingekauft, die sie dann von Stadt zu Stadt geschleust haben, damit die das ganze Land mit ihren seichten Witzen verseuchen. In kürzester Zeit haben sie mit ihrer Taktik fast die gesamte traditionelle Kleinkunstszene eliminiert. Die Herren Hendrik Meulenaere und Ton Verkerk haben sich damit eine goldene Nase verdient und ihre Firma sogar an die Börse gebracht.«

»Unsere Kollegin ist ja ein wandelndes Lexikon«, meinte Kies Grötzinger spöttisch.

»Keineswegs. Ich habe nur vor Kurzem einen Artikel über die Gag-Factory gelesen. Und wie ich schon sagte: Ich interessiere mich für Kabarett und Kleinkunst.«

»Und jetzt ist diese Gag-Factory also auch in Deutschland aktiv?«, wollte Lukas wissen.

»Ja, sie versuchen hier Fuß zu fassen und sind bereit, dafür eine Menge Geld in die Hand zu nehmen. Die belgischen Aktionäre sind davon nicht sehr begeistert. Sie fürchten, dass der deutsche Markt zu groß und zu unübersichtlich ist, um das Konzept zu kopieren, das in einem kleinen Land erfolgreich war.«

»Was steht denn genau in dem Vertrag, Kies?«

»Unsere charmante Kollegin scheint recht zu haben: Die wollen extrem viel Geld investieren. Genau genommen eine Million Euro – allein in Lorenz Merz.«

»Eine Million?«, sagten Anneke und Lukas beinahe gleichzeitig.

»Per anno und zuzüglich Mehrwertsteuer, die erste Hälfte wird sofort fällig bei Vertragsabschluss«, ergänzte Kies. »Die sollte Merz kriegen, wenn er exklusiv für die Gag-Factory an allen bei Vertragsbeginn etablierten deutschen Standorten zur Verfügung gestanden hätte. Einschließlich regelmäßiger Auftritte in entsprechenden TV-Formaten auf ProSieben und Kabel eins.«

»Eine Million pro Jahr? Wahnsinn«, staunte Anneke.

»Das dürfte er in seiner gesamten Kabarettlaufbahn bis jetzt nicht verdient haben«, mutmaßte Lukas.

»Bei der Summe lohnt es sich wohl, noch genauer nach einem Mordmotiv zu suchen«, sagte Anneke.

»Wenn einer dieser liebeskranken Fans davon wusste«, meinte Lukas mit Blick auf die Briefe, »dann wäre es aber schlauer gewesen zu warten, bis Merz das Geld in der Tasche gehabt hätte. Jedenfalls wissen wir jetzt, was wir zu tun haben: Wir kümmern uns um die Gag-Factory, um die liebestollen Fans –«

»– und um diesen Hedderich, der im Krankenhaus liegt«, fügte Anneke hinzu. »Mit diesem Vertrag hätte der nämlich neben Toni Paroli den größten Star seiner Lach-Kompanie verloren.«

»Dann fangen wir doch mit ihm an«, schlug Lukas vor. »Zum Schwabinger Krankenhaus ist es nicht weit. Kommen Sie mit, Anneke?«

»Unser neues Dream-Team«, murmelte Kies und erntete dafür einen giftigen Blick seines Kollegen.

DREI

Lukas klopfte an die Tür des Zimmers. Als er keine Antwort erhielt, betrat er leise mit Anneke den Raum. Alfons Hedderich lag in einem Zweibettzimmer, doch das zweite Bett war genauso leer wie das Gesicht des Patienten. Aschfahl war er, der Mann, den Anneke von früher aus Fernsehübertragungen als den Kopf des Ensembles der Lach-Kompanie kannte. In ihrer Jugendzeit war Hedderich *der* deutsche Kabarettist gewesen, jetzt allerdings war er nur noch ein Häufchen Elend in einem sterilen Krankenzimmer. Sein großer Kopf versank in einem riesigen weißen Kissen. Es sah so aus, als schliefe Hedderich, doch seine Augen waren weit aufgerissen und starrten an die Decke.

»Grüß Gott, Herr Hedderich«, sagte Lukas laut. »Mein Name ist Schmidtbauer, ich bin von der Kripo. Das hier ist meine Kollegin van Royen. Wir haben ein paar Fragen an Sie. Können wir kurz mit Ihnen sprechen?«

Anneke hasste den Geruch von Krankenhäusern. Sie selbst war nie Patientin einer Klinik gewesen, doch seitdem sie am Bett des jungen Mannes, auf den sie im Dienst geschossen hatte, stundenlang ausgeharrt hatte, war sie nicht mehr in einem Krankenhaus gewesen. Der Geruch hatte sich trotzdem in ihrer Erinnerung festgesetzt. Sie assoziierte mit ihm Tod und Trauer. Und Verbitterung.

Anneke glaubte, ein leichtes Nicken von Hedderichs Kopf wahrzunehmen. Sie packte zwei Besucherstühle und rückte sie ans Krankenbett.

Wieder ergriff Lukas das Wort: »Der Arzt hat uns gesagt, dass Sie unter Schock stehen, Herr Hedderich. Aber er meinte auch, dass wir kurz mit Ihnen reden könnten, wenn es Ihnen nichts ausmacht.« Er schaute ihn erwartungsvoll an.

»Wir können auch später noch einmal wiederkommen«, meinte Anneke. Jetzt erst bemerkte sie, dass Hedderich um den Hals seinen dunkelblauen Seidenschal trug, der schon damals sein Markenzeichen gewesen war. Trotzdem: Ohne die markante Brille, die sie auf dem Schränkchen neben dem Bett entdeckte, war er nicht der Grandseigneur des deutschen Kabaretts.

»Fragen Sie, was Sie fragen müssen!« Er röchelte mehr, als dass er sprach.

»Bleiben Sie ruhig liegen«, stoppte Lukas Hedderichs Versuch, sich aufzurichten.

»Haben Sie eine Vermutung oder einen Verdacht, wer Merz erschossen haben könnte?«

Hedderich schüttelte den Kopf. »Sein neues Programm ist noch nicht öffentlich aufgeführt worden. Wäre es anders gewesen, hätte es Hunderte Verdächtige gegeben.«

Anneke sah ihn verständnislos an. »Wie meinen Sie das?«

»Jede seiner Pointen wäre ein Mordmotiv für einen Zuschauer gewesen, der vom Kabarett anspruchsvolle Unterhaltung erwartet.« Hedderich verzog keine Miene.

»Immerhin scheinen Sie Ihren Humor nicht verloren zu haben«, sagte Anneke und unterdrückte ein Lächeln. Ihr gefiel die trockene Art des alten Mannes.

»Aber jetzt mal ernsthaft«, hakte Lukas nach, »wer könnte Merz erschossen haben?« Als Hedderich schwieg, holte Lukas den Vertrag zwischen Merz und der Gag-Factory aus seiner Tasche. »Sagen Ihnen die Namen Meulenaere und Verkerk etwas? Oder auch die Gag-Factory?«

Hedderich zuckte unübersehbar zusammen, als er den Namen der Firma hörte. Als er sich erneut aufzurichten versuchte, lief sein weißes Gesicht rot an.

»Was soll das heißen? Was haben Sie da in der Hand?«

»Ein Vertrag zwischen Lorenz Merz und der Gag-F–«

»Das glaube ich nicht! Das darf nicht wahr sein!« Hedderich boxte mit der Faust auf die Bettdecke. »Dieser Verräter! Dieser intrigante, widerliche –«

»Herr Hedderich, jetzt beruhigen Sie sich doch!«, redete Anneke ihm zu und rückte ihren Stuhl etwas näher an sein Bett heran. Hedderich schnappte nach Luft und sank nach dem kurzen Zornesausbruch wieder ins Kissen zurück.

»Ich rufe besser die Schwester«, sagte Lukas, doch Hedderich hob abwehrend die Hand.

»Es geht schon, danke. Wenn Sie mir nur bitte ein Glas Wasser …?«

Anneke stand auf und ging zum Waschbecken.

»Sie wussten also nichts von diesem Vertrag?«, fragte sie.

»Nein. Dabei haben wir am Tag vor seinem Tod noch darüber gesprochen, wie ich mir die Zukunft unseres Kabaretts vorstelle. Ich habe ihm gesagt, dass ich nichts davon halte, dass er jetzt mit Ernst Grau zusammenarbeitet. Er sollte seine Programme lieber wieder selbst schreiben.« Hedderich nahm einen großen Schluck Wasser. »Die Lach-Kompanie sollte ein kleines Bollwerk gegen die Verflachung der Kabarettkultur sein. Ein Schutzwall gegen all die Prekariatskomödianten, die uns solche Produzenten wie die Gag-Factory vorsetzen.«

»Und Lorenz Merz –«

»– sollte die Galionsfigur sein. Aber ausgerechnet er schlägt sich auf die Seite der Feinde. Ich bin menschlich enttäuscht.«

»Herr Hedderich«, sagte Lukas, »wenn wir nachweisen können, dass Sie von diesem Vertrag wussten, dann wäre das ein Mordmotiv. Ist Ihnen das klar?«

»Mit dieser Pointe können Sie sich bei der Gag-Factory bewerben, Herr Kommissar. Ich bringe niemanden um.«

»Besitzen Sie eine Waffe?«, hakte Lukas nach.

»Eine Smith & Wesson, eine Walther PPK aus dem Zweiten Weltkrieg, einen Totschläger, ein paar Schnappmesser und ein kleines, handliches Maschinengewehr. Das wäre alles.«

Anneke schaute Lukas entgeistert an. Erst als Hedderich laut loslachte, was fast wie das Bellen eines Hundes klang, realisierte sie, dass er wieder nur gescherzt hatte.

»Natürlich besitze ich *keine* Waffe. Meine Waffe ist das gesprochene Wort. Und wenn ich von diesem Vertrag gewusst hätte, dann hätte ich Merz hochkant rausgeworfen, maximal mit einem Tritt in den Allerwertesten. Aber den hätte er mit Sicherheit überlebt.«

»Was können Sie uns noch über Herrn Merz erzählen?«, fragte Lukas. »Was wissen Sie über sein Privatleben?«

»Ich habe Merz vor«, Hedderich dachte kurz nach, »siebenundzwanzig Jahren kennengelernt. Damals hielt er auf einer Hochzeitsfeier eine sehr komödiantische Rede mit vielen guten Pointen.

Ich erkundigte mich, woher er den Text hätte, und als er sagte, er sei von ihm selbst, habe ich ihn gefragt, ob er sich vorstellen könnte, mehr aus seinem Talent zu machen. Ein Jahr später war er Teil des Ensembles der Lach-Kompanie. Ein weiteres Jahr später hatte er sein erstes Soloprogramm. Ich kann ohne Übertreibung sagen, dass ich sozusagen sein Entdecker und kabarettistischer Ziehvater bin. Unsere Beziehung ging über ein rein professionelles Zusammenarbeiten weit hinaus. Auch wenn ich normalerweise vorsichtig mit dem Wort bin: Wir sind im Laufe der Jahre Freunde geworden. Damals war er mit einer jungen Frau verlobt, sie hieß Silvia. Aber als er prominent wurde und seine Bekanntheit auch gerne für amouröse Abenteuer ausnutzte, zerbrach die Verbindung. Er hatte verschiedene Beziehungen, die unterschiedlich lang dauerten. Erst vor zehn Jahren heiratete er Alexandra Grunau, die Ansagerin aus dem Dritten. Vor über zwei Jahren ließen sie sich allerdings wieder scheiden, weil sie etwas mit dem Landtagsabgeordneten Dietmar Bauer, Berger oder Burger angefangen hatte. Den Namen hab ich mir noch nie merken können. Ein Hinterbänkler jedenfalls.«

»Das heißt, dass Merz im Moment Single war?«, fragte Lukas.

»Ich habe mich für seine Frauengeschichten irgendwann nicht mehr interessiert und ehrlich gesagt auch den Überblick verloren.«

»Hatte er Angehörige? Kinder?«, wollte Anneke wissen.

»Ich weiß nur von seiner Mutter, die irgendwo in einem Heim lebt. Sein Vater ist schon lange tot. Ein jüngerer Bruder ist vor Jahrzehnten in die USA gegangen und dann von der Bildfläche verschwunden. Kinder hatte er keine.«

»Vielen Dank, Herr Hedderich«, sagte Lukas. »Wir haben dann keine weiteren –«

»Moment noch«, unterbrach ihn Anneke. »Wissen Sie, ob er noch Kontakt zu seiner Exfrau hatte? Und sind die beiden friedlich auseinandergegangen, oder gab es einen Rosenkrieg?«

Lukas schaute demonstrativ zur Tür. Offensichtlich war er nicht erfreut darüber, dass Anneke ihm in die Parade gefahren war. Sie hatte eine solche Reaktion seinerseits weder beabsichtigt noch vorhergesehen, fand die Frage aber trotzdem wichtig.

»Über Alexandra hat er seit dem Tag der Scheidung nie wieder ein Wort verloren. Das Kapitel war für ihn abgeschlossen. Wie ein

Bühnenprogramm, wenn der letzte Vorhang gefallen ist und niemand mehr nach einer Zugabe verlangt.«

Anneke holte Luft, um eine weitere Frage zu stellen, aber Lukas kam ihr zuvor: »Sie hören dann wieder von uns, Herr Hedderich. Guten Tag.«

»Auf Wiedersehen«, sagte auch Anneke kapitulierend.

Als sie über den Krankenhausflur zum Ausgang der Station gingen, erwartete Anneke eine Rüge oder zumindest eine missmutige Bemerkung von Lukas, der aber schwieg. Sein Schweigen fügte ihr fast körperliche Schmerzen zu. Als sie sicher war, dass er bis zum Dienstwagen kein Wort mehr verlieren würde, sagte sie: »Tut mir leid, Lukas.«

»Was tut Ihnen leid?«, fragte er zurück.

»Na ja, dass ich … Ich meine, ich weiß, dass Sie die Ermittlungen führen und ich eigentlich nur hospitieren und die Klappe halten soll.«

»Aha«, meinte er einsilbig – und schwieg wieder. Sie verließen das Krankenhausgebäude und erreichten das Auto.

»Jetzt seien Sie doch nicht so. Ich hab mich doch entschuldigt. Kommt nicht wieder vor.«

»Wie bin ich denn? Außerdem haben Sie nichts Falsches getan, sondern nur eine kluge Frage gestellt.«

Meinte er das jetzt ernst?

»Glauben Sie, dass Hedderich der Täter ist?«, fragte sie.

»Ich glaube, er hätte ein Motiv. So wie sein Herz am alten Kabarett hängt.«

»Aber haben Sie seine Reaktion gesehen, als Sie den Vertrag erwähnten? Die Überraschung war echt.«

»Sie vergessen: Hedderich ist ein Mann der Bühne, ein Schauspieler.«

»Trotzdem.«

»Und Sie sind ein Dickkopf, Anneke«, sagte Lukas, aber er klang nicht mehr so bitter wie noch vor ein paar Augenblicken. Sie glaubte sogar, ein Lächeln um seine Mundwinkel herum zu erkennen.

»Daran werden Sie sich vielleicht gewöhnen müssen, Lukas. Was machen wir als Nächstes?«

»Ich denke, wir sollten Merz' Witzeschreiber, diesen Ernst Grau, kontaktieren. Ich habe für heute noch nicht genug von lustigen Menschen. – Mist, wir hätten Hedderich nach Graus Adresse fragen sollen.«

Anneke verkniff sich die Bemerkung, dass ihr genau diese Frage auf den Lippen gelegen hatte, als Lukas das Gespräch trotzig beendet hatte. Mit einem Anruf im Präsidium fanden sie Graus Adresse trotzdem schnell heraus.

***

Ernst Grau wohnte in der Claude-Lorrain-Straße in einem mehrstöckigen Mietshaus neben der »Färberei«, einer kommunalen Fördereinrichtung für Jugendkultur.

»Die richtige Gegend für Junggebliebene und Berufsjugendliche«, meinte Lukas.

»Was ist die ›Färberei‹?«, fragte Anneke und betrachtete das Schild an der Hauswand. »Kann man hier seine Wäsche färben lassen?«

»Ich weiß es nicht genau«, sagte Lukas, während er auf den Klingelschildern nach Graus Namen suchte, »aber ich würde sagen, dass es so eine Art betreutes Sprayen ist. Hier gibt es Ausstellungen und Vernissagen von Graffiti-Künstlern, außerdem gehen Hip-Hop-Musiker ein und aus. Wir schicken den Betreuern manchmal junge Kriminelle, wenn sie Sozialstunden ableisten müssen. Das machen sie dann in Form von Hilfsdiensten für die Künstler. Eine sinnvolle Form der Resozialisierung.«

Lukas hatte gefunden, wonach er gesucht hatte, und drückte auf den Klingelknopf neben dem Schild »E. Grau«. Eine halbe Minute später stand er mit Anneke vor der Wohnungstür des knapp Fünfzigjährigen mit leichtem Übergewicht und Stirnglatze.

»Grüß Gott, Schmidtbauer, Kripo München.« Er zeigte seine Dienstmarke. »Wir kommen wegen des Todes von Lorenz Merz. Sie kannten ihn gut?«

Grau trat zur Seite und machte eine einladende Geste. »Kommen Sie herein. Ich bin immer noch sehr geschockt. Nehmen Sie doch Platz.«

Aus einem der tiefer liegenden Stockwerke ertönten dumpfe Bässe.

»Nervt Sie der Lärm nicht?«, fragte Lukas und setzte sich auf ein Großmuttersofa hinter einem niedrigen gläsernen Couchtisch. Er musterte Grau, dessen wachsame Augen nicht zu seinen faltigen Zügen passten. Auch Anneke ließ sich nieder und schaute sich um. Eigentlich müsste die Glasplatte von der Musik vibrieren. Anneke konnte sich nicht entscheiden, ob die Wohnung schlicht oder billig eingerichtet war. Die Möbel waren größtenteils aus den siebziger Jahren, aber gut erhalten. Auf dem Tisch stand ein Erdnussspender, ähnlich dem, der vor Jahrzehnten ihrer Mutter gehört hatte. Trotzdem glaubte sie nicht, dass Grau sich keine moderne Einrichtung leisten konnte.

»Jugendkultur. Der Lärm, wie Sie ihn nennen, inspiriert mich«, sagte Grau. »Hier sprüht die Kreativität. Buchstäblich sozusagen.« Auf Anneke wirkte seine Erklärung unglaubwürdig. Grau sah eher so aus, als würde er sich vom ZDF-Vorabendprogramm oder bei gemütlichen Spaziergängen im Park inspirieren lassen.

»Wie war Ihr Verhältnis zu Lorenz Merz?«, fragte Lukas.

»Wir kannten uns zwar schon länger, aber zusammengearbeitet haben wir erst seit Kurzem. Es war meine Idee: Ich fand, dass er eine witzige Persönlichkeit mit Charme und natürlichem Humor war. Seine Programme waren allerdings altbacken. Mit mir hätte er das Potenzial gehabt, das Aussterben der Kabarettdinosaurier zu überleben. Ich habe ihm ein Programm auf den Leib geschrieben, aber leider …«

»Es kam zum Streit über das Programm?«, hakte Anneke nach.

»Streit … na ja … gut, wenn Sie so wollen. Merz hat das Programm nicht akzeptiert. Ich habe ihm daraufhin gesagt, dass es dumm von ihm ist, die Zeit zurückdrehen zu wollen. ›Scherz mit Merz‹, das war doch von gestern.«

»Und die Gag-Factory ist von heute?«, fragte Anneke.

»Man muss nicht über alles lachen können, was da produziert wird. Aber schauen Sie sich mal die Zahlen an: Wie viele Leute gehen in die Lach-Kompanie, und wie viele schauen sich die Show von Max Metulskie an? Der füllt mittlerweile ganze Fußballstadien. Sind die Menschen, die sich das ansehen, denn wirklich alle deppert? Und selbst wenn sie es wären: Immerhin zahlen sie fette Eintrittsgelder.«

»Sie arbeiten auch für Metulskie?«

»Ja, seit vielen Jahren schon. Wir kennen uns noch aus der Zeit, als er in München gelebt hat. Wir ergänzen uns.«

Anneke glaubte, fast so etwas wie Schwärmerei aus Graus Worten herauszuhören. Seine Augen blitzten.

»Merz hat also Ihr Programm abgelehnt, weil er weiterhin klassisches Kabarett machen wollte?«, fragte Lukas.

Grau zuckte mit den Schultern. »So schaut's aus. Aber man kann niemanden zu seinem Glück zwingen.«

»Wie erklären Sie sich dann«, fragte Anneke, »dass Merz einen Vertrag mit der Gag-Factory hatte? Über eine Million Euro.«

»Er hatte *was?*«, staunte Grau. »Das glaub ich nicht. Weiß Hedderich davon? Er würde ihn …«

»Was würde er ihn?«, fragte Lukas nach.

»Ach, nichts«, wehrte Grau ab und schüttelte entschieden den Kopf. »Natürlich würde er ihn deshalb nicht umbringen. Aber wenn Hedderich sein großes Aushängeschild verlieren würde, wäre es das sichere Ende für die Lach-Kompanie. Und dann auch noch ausgerechnet an die Gag-Factory.«

Er blickte theatralisch zur Decke. Lukas nickte betroffen.

Anneke nutzte die kurze Gesprächspause für eine Frage. »Was wissen Sie über das Privatleben von Lorenz Merz?«

Grau lehnte sich in seinem Sessel zurück und überlegte kurz. »Er war geschieden, aber das war ja bekannt. Offiziell liiert war er derzeit nicht.«

»Aber es gab eine Frau in seinem Leben?«, fragte Anneke.

»Ja.« Grau lachte. »Seine Mutter. Die hat er regelmäßig in einem Altenstift in Solln besucht. Es gab auch wieder Gerüchte über eine Beziehung zu einer Frau. Sie soll verheiratet gewesen sein. Aber darüber hat er nicht gesprochen.«

»Interessant.« Lukas machte sich einige Notizen.

»Und Sie selbst, Herr Grau?«, fragte Anneke und schaute ihm direkt in seine stahlblauen Augen.

»Äh, ich? Ich lebe allein. Für Frauen lässt mir mein Beruf keine Zeit.«

»Nein, ich meinte die Frage beruflich. Sie schreiben immer nur als Ghostwriter für andere Künstler?«

»Ach, wissen Sie …« Verlegen knetete Grau seine Hände. »Ich

stand früher selbst viel auf der Bühne. In den achtziger Jahren war ich in der ganzen Bundesrepublik mit einer Parodieshow auf Tour. Ich hatte auch mal eine kleine Fernsehsendung …«, leiser fügte er hinzu: »die aber nicht so viele Leute sahen, sodass nur sechs Folgen produziert wurden.«

»Warum haben Sie als Parodist aufgehört?«

»Irgendwann hatte ich die fünfhundertste Papst-Nummer ausgelutscht, und auch die Michael-Jackson-Parodie oder die Udo-Lindenberg-Nummern wollte niemand mehr sehen. Nicht mal mehr die Bädertouristen am Timmendorfer Strand oder die Pauschalurlauber in den Hotelbunkern der Türkischen Riviera. Ich hatte keine Lust mehr, mich spätnachts vor der Kamera im Regionalfernsehen oder auf kleinen Vorstadtbühnen zu präsentieren. Mehr Spaß machte es mir, anderen Künstlern Gags und Pointen in den Mund zu legen. Damit wurde aus dem abgehalfterten Parodisten Pierre Lavendel der erfolgreiche Gag-Schreiber Ernst Grau, der Mann im Hintergrund.«

»Ernst Grau wäre übrigens ein genialer Anti-Künstlername für einen Spaßmacher«, bemerkte Lukas.

»Ernst ist das Leben. Grau ist der Alltag.« Grau lachte.

»Hat es Sie denn nie gereizt, selbst wieder aufzutreten?«, fragte Anneke.

»Ach, heute reicht es mir, im Freundeskreis mal den Rudi Carrell zu machen. Natürlich würde ich das in Anwesenheit einer echten Holländerin nie tun.«

Anneke war dankbar dafür. In ihren Augen klang es immer schauderhaft, wenn Deutsche den holländischen Akzent zu imitieren versuchten. Rudi Carrell hatte andererseits bei seinen Landsleuten viele Sympathien damit verspielt, nach Jahrzehnten immer noch kein richtiges Deutsch zu sprechen.

»Ich muss gestehen«, sagte Grau, »dass ich über den Streit mit Merz so sauer war, dass ich kurzzeitig tatsächlich mit dem Gedanken gespielt habe, das für ihn geschriebene Programm selbst auf die Bühne zu bringen. Was natürlich Schwachsinn gewesen wäre. Das ist nicht mehr meine Welt.«

»Für wen arbeiten Sie eigentlich noch?«, fragte Lukas.

»Meinen Lebensunterhalt verdiene ich neben meiner Arbeit für

Max Metulskie vorwiegend als Gag-Schreiber für die ›Horst-Bendix-Show‹. Wenn man da jeden Abend in der Late-Night-Sendung zwei bis drei Pointen unterbringt, dann ist die Miete bezahlt. Gelegentlich sitze ich in der Jury eines Comedy-Nachwuchswettbewerbs. Ich schreibe auch Werbetexte, da spielen Witz und Humor eine immer größere Rolle. Wissen Sie übrigens, welcher Slogan von mir stammt?«

Anneke und Lukas zuckten mit den Schultern.

Grau summte die aus allen Radiosendern bekannte Melodie, bevor er sang: »›Qualität für wenig Schotter: Möbelhaus Otter.‹ Die aktuelle Kampagne Metulskies für Otter habe ich natürlich auch entwickelt.«

»Genial«, murmelte Lukas, und Anneke fragte sich, wieso jemand mit einer solch altmodischen Wohnungseinrichtung ausgerechnet Reklame für ein modernes Möbelhaus machte. Die Metulskie-Plakate mit albernen Slogans wie »Ottern statt Stottern« hatte sie schon überall in der Stadt gesehen.

»Und wissen Sie was: Für diesen Jingle habe ich mehr Geld bekommen als für ein komplettes Kabarettprogramm. Lukrativer war nur noch die Kampagne für die Münchner Volksaktie der Finco AG. Sie erinnern sich?«

Lukas schüttelte desinteressiert den Kopf.

»›Lachen Sie sich reich!‹ oder ›Mit Humor zur Million‹. Ist ein paar Jahre her, und mit den Anlegern, die sich durch den Kauf der Aktie ruiniert haben, könnte man heute ganze Armenhäuser füllen. Im Nachhinein war das keine geschmackvolle Strategie, ausgerechnet Humoristen als Werbeträger zu gewinnen. Aber egal. Was war noch mal Ihre Frage?«

»Ich glaube, wir haben vorerst alle Fragen geklärt.« Lukas guckte Anneke neckisch an: »Oder?«

»Alles geklärt«, bestätigte sie und ärgerte sich etwas über seine Provokation. »Darf ich mir noch kurz die Hände waschen?«

Grau zeigte ihr den Weg zum Badezimmer, in dem sie sich auf die Kloschüssel setzte. Ihr Blick wanderte routiniert durch den Raum und registrierte jedes Detail: Der Duschvorhang hatte schon bessere Zeiten gesehen, das vermutlich einst kräftige Rot der aufgedruckten Rosen war nur noch ein helles Rosa. Der Spiegelschrank über dem Waschbecken war mit Zahnpastaspritzern übersät, zwei

Plastikbecher mit jeweils einer Zahnbürste standen auf einer Glasablage, und das Waschbecken hatte einen kleinen blitzförmigen Sprung. Sie wusch sich die Hände, bevor sie das Bad verließ und sich mit Lukas von Grau verabschiedete.

»Das ist jetzt schon der zweite Zeuge, der von einem Verhältnis zwischen Merz und einer geheimnisvollen verheirateten Frau spricht«, stellte Lukas fest, als sie beide wieder im Auto saßen und in die Humboldtstraße einbogen. »Ich glaube, ich würde auch um mein Leben fürchten, würde ich etwas mit einer verheirateten Frau anfangen.«

Anneke überlegte, wie er das meinte. Hätte er Angst, vom Ehemann der Geliebten getötet zu werden? Oder wäre seine eigene Frau so rasend eifersüchtig, dass sie die blutige Trennung bevorzugen würde?

»Für mich wäre ein verheirateter Mann auch tabu«, sagte sie. Als Lukas nicht reagierte, fügte sie leise hinzu: »Aber vielleicht wäre mir ein verheirateter Mann, der lebt, lieber als ein Junggeselle im Dornröschenschlaf.« Sie wusste nicht, ob Lukas sie gehört hatte. Sein starrer Blick schien am Asphalt der Straße zu kleben.

»Ist es eigentlich normal, dass im Bad eines alleinstehenden Mannes zwei Zahnbürsten stehen?«, fragte sie.

»Äh, was?« Er schaute sie kurz an. »Vielleicht braucht er ja eine Zahnbürste für Gäste? Oder er hat doch gelegentlich eine Freundin über Nacht zu Besuch.«

»Schon möglich. Aber wenn ich irgendwo eine Zahnbürste für einen regelmäßigen Übernachtungsgast deponiere, dann werde ich für ihn beziehungsweise sie doch auch irgendwo ein Deo, einen Lippenstift oder eine Haarbürste haben.«

»Ja, und?« Lukas schien ausnahmsweise schwer von Begriff zu sein.

»Aber bei Ernst Grau deutet nicht das Geringste darauf hin, dass in den vergangenen hundert Jahren eine Frau sein Badezimmer betreten hat. Sogar die Klobrille war nach oben geklappt.«

»Verdammter Idiot«, schimpfte Lukas, als der Polofahrer vor ihm ohne ersichtlichen Grund eine Vollbremsung hinlegte. »Das war knapp. Was haben Sie gesagt?«

»Ach, nichts.«

VIER

Den Rest des Tages und den nächsten Vormittag verbrachten die Mitglieder der Mordkommission mit Schreibtischarbeit. Unterstützt von einigen Beamten des Kriminaldauerdienstes werteten sie die beschlagnahmten Unterlagen aus Merz' Garderobe aus. Jeder Brief, jeder Zettel und jede Kaugummiverpackung aus dem Papierkorb – alles wurde mit einer Inventarnummer sowie einer Spurenpriorität versehen und mit Bemerkungen in einer Excel-Tabelle notiert. An solchen Tagen wurde jedem Kriminalbeamten nur allzu deutlich, warum er in der Behördensprache Sachbearbeiter genannt wurde.

»Tasse Kaffee?« Lukas schaute Anneke fragend an. Neidlinger hatte sie am Katzentisch in Lukas' Büro platziert, damit sie die Abläufe in der MK kennenlernte. Doch Anneke reagierte nicht auf Lukas' Frage. Zu sehr war sie in ein Textdokument vertieft und gerade über einen Begriff gestolpert, den sie noch nie gehört hatte.

»Hallo, jemand zu Hause?«, sagte er etwas lauter. »Ich geh jetzt zum Kaffeeautomaten. Soll ich etwas mitbringen?«

Anneke schrak auf und schüttelte den Kopf. Sie murmelte etwas, das er nicht verstand.

»Soll ich etwas anderes mitbringen? Vielleicht Tee? Oder Kakao?« Anneke schien ihm noch immer nicht zuzuhören, was Lukas ärgerte. »Oder soll ich vielleicht einen Joint organisieren? Ich weiß ja nicht, was in Holland so üblich ist ...«

Jetzt endlich hatte er Annekes Aufmerksamkeit.

»Was soll das denn heißen, bitte schön?«, sagte sie und schaute ihn zornig an. »Ich habe jahrelang gegen Drogenhandel und Beschaffungskriminalität ermittelt. Ich weiß nicht mehr, wie viele Schmuggler ich an der Grenze habe hochgehen lassen. Zusammen hatten die kiloweise Heroin und Koks in ihren Autos versteckt. Genug Zeug, um Tausende Junkies krepieren zu lassen. Organisierte Kriminalität hat rein gar nichts mit unseren Coffee-Shops zu tun, wo wir unsere liberalen Gesetze –«

»Moment, Moment«, versuchte Lukas sie zu beschwichtigen. »Ich wollte doch gar nicht –«

Anneke stand auf. »Sie glauben wohl, alle Holländer haben einen Wohnwagen, tragen Holzschuhe, züchten Tulpen und kiffen? Ja? Das ist doch, was Sie sagen wollen, oder?«

»Entschuldigen Sie, Anneke, das war doch nur ein Scherz. Ehrlich. Und dass wir in Bayern manchmal über die Legalisierung in den Niederlanden –«

»Aber genau das ist doch der Punkt«, fiel Anneke ihm ins Wort. »Sie belächeln uns Holländer für unsere liberale Drogenpolitik, weil wir niemanden in den Knast stecken, der ein halbes Gramm Marihuana bei sich trägt. Andererseits organisieren Sie jedes Jahr ein Fest, auf dem sich Millionen Menschen bis zur Besinnungslosigkeit betrinken und der Staat bei jedem Liter Alkohol mitkassiert. So etwas nenne ich Heuchelei. Tut mir leid.« Sie schob den Text, in den sie so vertieft gewesen war, zur Seite, stand auf und verließ das Büro, ohne Lukas noch eines weiteren Blickes zu würdigen.

Mamma Mia, dachte Lukas. Ganz schön emotional, die kleine Holländerin.

Anneke machte drei Schritte auf das große Fenster zu, durch das sie auf den Innenhof des Polizeipräsidiums blicken konnte. Sie schluckte.

Jetzt bloß nicht weinen, dachte sie. Sie wusste, dass sie überreagiert hatte. Schon am zweiten Tag war passiert, wozu sie es während ihrer Hospitanz in Deutschland auf keinen Fall hatte kommen lassen wollen.

Ich muss mich entschuldigen, dachte sie, während sie noch immer gegen die Tränen ankämpfte. Doch zuerst musste sie sich beruhigen. Sie durfte sich nicht wie ein kleines Mädchen gehen lassen, schließlich war sie eine erfolgreiche Fahnderin, und das musste sie diesem blasierten Lukas beweisen. Eigentlich war er ja ganz nett, aber was hatte er sich da gerade eben nur eingebildet!

»Hi, Anneke, wie geht's? Alles klar? Wie läuft's so in der Männer-WG?«, ertönte plötzlich eine helle Stimme hinter ihr.

»Oh, Natascha, schön, dich zu sehen!« Anneke setzte ein Lächeln auf und hoffte, dass Natascha ihr verweintes Gesicht nicht bemerkte.

»Genießt du die Aussicht auf unseren Parkplatz?« Natascha lachte. »Schau lieber auf der anderen Seite aus dem Fenster, da guckst du direkt auf die Türme der Frauenkirche. Hast du gerade Zeit für einen Kaffee? In meinem Büro? Wir wollten doch ein bisschen plaudern.«

Anneke lächelte. »Und da heißt es immer, wir Holländer würden so viel Kaffee trinken. Ich glaube, ihr Deutschen seid uns um Liter voraus. Wenn ich auch einen Schluck Wasser bekomme, nehme ich deine Einladung jedenfalls gerne an.«

Sie gingen zusammen den Gang entlang.

»Was ich dich schon letztes Mal fragen wollte: Warum sprichst du eigentlich so gut Deutsch?«

»Meine Mutter ist Deutsche, sie kommt aus Kevelaer, direkt hinter der Grenze.«

»Ah, das habe ich schon mal gehört. Das ist so etwas wie ein rheinisches Altötting, stimmt's?«

»Ja, ein Marienwallfahrtsort. Als Kind habe ich mit meiner Mutter Deutsch und mit meinem Vater Niederländisch gesprochen. Na ja, wenigstens etwas ist wohl von damals hängen geblieben.« Sie untertrieb bewusst. Dass sie fast während ihrer gesamten Schulzeit Deutsch als Fremdsprache gelernt hatte, ließ sie meistens unerwähnt.

Natascha teilte sich ein Büro mit einem Kollegen, der gerade nicht am Platz war. Sie reichte Anneke ein Glas Mineralwasser und sagte beiläufig: »Sei vorsichtig mit Kies Grötzinger. Ich bin sicher, der war schon scharf auf dich, bevor er auch nur ›Grüß Gott‹ gesagt hat.«

»Scharf? Du meinst, er könnte sich für mich interessieren?«

Natascha lachte. »Interesse klingt mir für ihn zu intellektuell. Der holt sich alles ins Bett, was nicht schnell genug auf den Bäumen ist.«

»Gut zu wissen«, sagte Anneke. »Allerdings habe ich hier noch keine Bäume gesehen. Sprichst du aus Erfahrung?«

»Nein.« Natascha lachte wieder, zog ihre Jeansjacke aus und hängte sie über ihren Bürostuhl. Wieder trug sie ein sehr enges weißes Langarm-Shirt, das mindestens eine Nummer zu klein war. Darunter zeichnete sich neben dem Gurt des Pistolenhalfters ein dunkler BH ab. »Ich glaube, er weiß, dass er bei mir nicht landen kann. Auch wenn das seinen sportlichen Ehrgeiz nur zu beflügeln scheint.«

Es war für Anneke kein Wunder, dass Natascha auf Schürzenjäger wie Kies attraktiv wirken musste.

»Heißt er denn wirklich Kies?«, fragte Anneke. »Ist ein komischer Name. Hab ich noch nie gehört.«

Natascha lachte. »Nein, in dem Dienstausweis steht sein richtiger Name: Leonhard. Aber so nennt ihn hier kein Mensch. Wenn du ihn ärgern willst, kannst du übrigens Kiesel zu ihm sagen. Allerdings habe ich keine Ahnung, woher sein Spitzname kommt. Er hieß schon so, als ich hier angefangen hab zu arbeiten.«

»Und wie sind die anderen in der … Männer-WG?«, fragte Anneke.

»Wegen Neidlinger musst du dir keine Sorgen machen, auch wenn er der Chef ist. Er ist nicht so unfreundlich, wie er tut. Das Heft in der Hand hat eigentlich Lukas. Er ist ein Guter. Er hat ein paar Macken und manchmal ein loses Mundwerk, ist aber echt in Ordnung. Er besitzt zwar kein Auto, dafür aber vermutlich den größten Fernseher der Stadt. Ich glaube, er hat alle Folgen der ›Lindenstraße‹ gesehen, ist Mitglied im ›Schwarzwaldklinik‹-Fanclub, und sein größter Stolz ist ein Autogramm von Columbo, also von Peter Falk.«

»Lukas ist ein TV-Junkie? Das hätte ich nicht gedacht.«

»Ja, und weil es so gar nicht zusammenpasst, hat er auch noch ein Fernstudium in Philosophie angefangen. Ein bisschen verrückt ist er schon.«

Anneke leerte das Wasserglas in einem Zug. Durch Nataschas fröhliche und offene Art ging es ihr schon wieder besser.

»Kann ich dich was fragen, Natascha?«

»Immer!«

»Was ist eigentlich«, Anneke versuchte sich an das Wort zu erinnern, das in dem Text gestanden hatte, »der Nock-her-berg?«

Wieder brach Natascha in ein erfrischendes Lachen aus. »Du bist erst den zweiten Tag hier und interessierst dich schon für Starkbier? Du bist echt gut!«

***

»Was haben wir?«

Lukas Schmidtbauer schaute in die Runde. Die Mitglieder der Mordkommission hatten sich zu einer Lagebesprechung im Konferenzraum im vierten Stock des Polizeipräsidiums zusammengefunden.

»Das hier ist das Interessanteste, was ich bisher entdeckt habe«, meinte Kies Grötzinger und hielt ein Blatt Papier in die Höhe.

Anneke konnte nicht genau erkennen, was ihr Kollege da gerade zeigte, dafür fielen ihr erstmals seine schlechten Zähne auf. Schaffte dieser Typ es wirklich, reihenweise Frauen abzuschleppen? Dann durfte er beim Flirten aber weder lachen noch lächeln. Oder aber er machte sein unappetitliches Gebiss mit seinem durchtrainierten Körper und seiner sonoren Stimme wett. Annekes Magen knurrte. Sie hatte sich den ganzen Tag mit dem Ausdruck eines Dokuments aus Merz' Computer beschäftigt und darüber ganz vergessen, etwas zu essen. Angesichts ihres Diät-Vorsatzes kam ihr das spontane Fasten allerdings ganz gelegen.

»Der Knabe wurde geblitzt«, sagte Kies. »Und er war dabei nicht allein.«

»Das ist noch kein Verbrechen«, murmelte Neidlinger.

»Auf dem Blitzerfoto ist eine Beifahrerin zu sehen«, fuhr Kies fort. »Auch das ist zwar nicht strafbar, aber es könnte interessant sein.«

»Es passt jedenfalls zu den Zeugenaussagen von einer heimlichen Affäre«, sagte Lukas, während er in den Vernehmungsprotokollen blätterte. »Aber vielleicht hat Merz auch nur eine Anhalterin mitgenommen und dann den Tacho aus dem Blick verloren. Wo wurde er denn erwischt?«

»In der Innenstadt. An der Kreuzung Bahnhofplatz/Dachauer Straße. Am achten September, montags, um halb acht abends. Und die Beifahrerin ist auf dem Foto natürlich unkenntlich gemacht worden. Schaut's euch mal an!« Kies ließ das Blatt Papier herumgehen. Anneke fiel der Hut der Beifahrerin auf. Obwohl das Bild unscharf und grobkörnig war, konnte sie erkennen, dass der Hut aus einem Stoff mit Leopardenfellmuster bestand. Das Design deutete nicht auf eine junge hübsche Anhalterin hin, sondern eher auf die Generation fünfzig plus.

»Irgendwo muss es das Foto doch auch ohne diesen schwarzen Balken geben«, sagte Lukas. »Wer ist dafür zuständig? Die VÜ hier im Haus? Kies, kannst du mal nachforschen?«

Kies Grötzinger nickte und signalisierte mit einem Blick zu Lukas Schmidtbauer, dass er keine weiteren Erkenntnisse mitzuteilen hatte.

»Die Kollegen vom KDD haben dankenswerterweise sämtliche Kontobewegungen des Toten durchforstet. Keine Auffälligkeiten, außer den nicht unbeträchtlichen Unterhaltszahlungen an seine Ex, die aber vor einem Dreivierteljahr eingestellt wurden.«

»Ach«, schaltete sich Anneke ein und erntete damit einen überraschten Blick von Neidlinger. Er schien es für nicht angemessen zu halten, dass sie in der Runde den Mund aufmachte. Doch auch sein Blick konnte sie nicht davon abhalten, ihre Verwunderung zum Ausdruck zu bringen.

»Das heißt, es hat noch keine Zahlungen von der Gag-Factory gegeben? Beziehungsweise von dieser Firma Meulenaere & Verkerk? Er hatte doch einen Vertrag in der Tasche, eigentlich müsste da schon Geld geflossen sein.«

»Stimmt«, sagte Lukas. »Der Vorschuss auf eine Million Jahresgage hätte auffallen müssen.«

»Kann es noch andere Konten geben?«, fragte Kies.

»Das werden wir herausfinden«, war Lukas zuversichtlich.

»Frau van …«

Neidlinger fiel ihr Name nicht mehr ein, also half sie ihm auf die Sprünge. »Van Royen.«

»Frau van Royen, wenn Sie sich während Ihres Praktikums nützlich machen möchten –«

»Was dann?«

»Nun, vielleicht können Sie sich um diese belgische Firma kümmern. Die sprechen doch bestimmt auch Niederländisch. Kollege Schmidtbauer wird Ihnen helfen und sagen, welche Fragen wir –«

»Natürlich kümmere ich mich darum«, sagte Anneke, die nicht wusste, ob sie sich über die konkrete Einbindung in die Ermittlung freuen oder sich darüber ärgern sollte, dass Neidlinger ihr nicht zutraute, selbst zu wissen, welche Fragen zu stellen waren.

»Frau van Royen wird das schon machen«, sprang Lukas ihr bei. »Und wenn sie Fragen hat, bin ich immer für sie da.«

Er lächelte sie von der Seite an.

Das war mehr als eine Friedenspfeife. Das war schon ein kleiner Vertrauensbonus. Anneke war erleichtert.

»Ich habe auch noch was«, sagte Lukas und zeigte auf einen abgerissenen Zettel, der in einer Klarsichthülle auf dem Tisch lag. »Den hatte der Tote in seiner Brieftasche stecken. Sieht aus wie aus einer Illustrierten herausgerissen. Handschriftlich notiert wurden »S. Locarno, 18 Uhr« sowie eine fünfstellige Ziffernfolge. Könnte eine Telefonnummer sein.«

»›S. Locarno‹? Ist das ein Name oder ein Ort?«, fragte Kies. »Klingt irgendwie italienisch.«

»Locarno liegt in der Schweiz, glaube ich«, sagte Anneke. »Aber das S?«

»Vielleicht hat es ja auch nichts zu bedeuten. Noch jemand was gefunden?«, fragte Lukas.

»Äh, ja, ich«, sagte Anneke. »Ich verstehe ja nicht viel von bayerischem Humor und Münchner Brauchtum, aber auf Merz' PC befand sich ein Textdokument mit dem Titel ›Barnabas‹. Eine Art humoristische Predigt.«

»Das klingt nach einer Bewerbung für die Fastenpredigt auf dem Nockherberg«, mutmaßte Neidlinger. »Ich dachte, das macht noch immer Jonas Hagmeyer, dieser Dicke?«

»Den haben sie letztes Jahr doch gefeuert, weil er den CSU-Chef so vorgeführt hat«, sagte Kies. »Hab ich in der Zeitung gelesen.«

Immerhin liest er Zeitung, dachte Anneke. Und nicht nur den Sportteil.

»Und deshalb wird man hier gleich gefeuert?«, fragte sie ungläubig.

»Natürlich nicht offiziell. Die Benedictus-Brauerei möchte einen jüngeren Fastenprediger, hieß es als Begründung. Aber hinter den Kulissen hat es wohl scharfe Proteste aus der Staatskanzlei gegen Hagmeyer gegeben. Und dann war er plötzlich weg.«

»Dann hätte Merz aber auch keine Chance gehabt«, sagte Anneke. »Ich habe seinen Text gelesen. Zwar habe ich viele politische Anspielungen nicht verstanden, aber insgesamt war der Tenor schon sehr deftig. Vor allem gegen die CSU. Und auch ein gewisser Wiggerl Sanktjohanser kam nicht gut weg.«

»Großer Gott, lass diesen Mord bitte keinen politischen Fall sein«, sagte Neidlinger leise. »Das würde uns in Teufels Küche bringen.«

»Wer ist denn dieser Sanktjohanser?«, fragte Anneke.

»Das ist der Oberbürgermeisterkandidat der Münchner CSU«, sagte Lukas. »Die ist zwar für ihre Intrigen und Ränkespiele bekannt, aber dass sie einen unbequemen Kabarettisten erschießen, das traue ich selbst den dunkelsten Gestalten der Partei nicht zu. Wenn ich das also richtig sehe, stochern wir bei der Suche nach dem Mordmotiv noch ziemlich im Dunkeln, oder?«

»Immerhin haben wir ein paar Anhaltspunkte, die wir weiterverfolgen können«, sagte Neidlinger. »Kriminaldirektor Steinmayr will bald eine Pressekonferenz geben, da ihm die Medien im Nacken sitzen. Irgendetwas sollten wir ihm schon präsentieren können.«

Annekes Magen knurrte so laut, dass Lukas sie schelmisch anblickte. »Darf ich Sie nach Feierabend zum Essen einladen, Frau Kollegin? Am Bahnhof gibt es sogar holländische Fritten. Sehr lecker«, flüsterte er ihr zu.

»Ich weiß«, antwortete sie.

***

Anders als bei anderen Vorstandssitzungen der Finco AG gab es diesmal weder heiße Getränke noch Schnittchen. Allerdings sollte das fehlende Catering nicht die finanzielle Situation der angeschlagenen Starnberger Beteiligungsfirma widerspiegeln, sondern war darauf zurückzuführen, dass der Vorstandsvorsitzende Ulrich Winkler die Versammlung innerhalb weniger Minuten anberaumt hatte.

»Wir haben ein Problem«, sagte der Achtundfünfzigjährige. Er hatte den Vorstandsvorsitz erst seit einem halben Jahr inne, nachdem sich die Gründer der Firma mit den im Laufe der Jahre angesammelten Millionen in ihre Villen am Starnberger Seeufer und ins Privatleben zurückgezogen hatten. »Ich möchte sogar so weit gehen, vom Eintritt des Worst-Case-Szenarios zu sprechen.«

Die übrigen zwei Vorstandsmitglieder und der Pressesprecher

der Finco AG wussten, was das bedeutete. Auch Thilo Baier vom Bankhaus Pröll & Jansen nahm an der Sitzung teil. Auf den Urteilsspruch des Münchner Landgerichts in der Angelegenheit »Zorn gegen Finco« hatten sie seit Monaten gewartet. Die Verhandlung hatte nicht nur in der Lokalpresse seit Wochen für süffisante Schlagzeilen gesorgt. Dr. Bernward Zorn war ein Kleinaktionär mit einer guten Rechtsschutzversicherung und einem noch besseren Anwalt, der gegen die Finco AG einen Musterprozess wegen Anlagebetrugs führte und dabei auch nicht davor zurückschreckte, durch alle Instanzen zu gehen.

»Das heißt, der Schadensersatzklage wurde stattgegeben?«, fragte Baier, dem man ansehen konnte, wie er krampfhaft versuchte, die finanziellen Folgen auszurechnen.

Winkler zog ein Taschentuch aus der Hosentasche und tupfte sich den Schweiß von der Stirn. »Richtig. Das Gericht hat der Klageschrift von vorne bis hinten zugestimmt.« Er atmete tief durch. »Und wir alle in diesem Raum wissen, dass es in diesem Prozess nicht nur um ein paar zehntausend Euro für Herrn Zorn geht.«

»Vierhundertfünfundzwanzig.« Finanzvorstand Josef-Franz Köppen, genannt JFK, musste nur die Zahl in den Raum werfen, damit sich alle Anwesenden daran erinnerten, wie viele Kleinaktionäre weitere Schadensersatzklagen in der Schublade hatten und nur auf das entsprechende Signal des Münchner Musterprozesses warteten.

»Wie reagiert der Kurs?«, fragte Winkler seinen Experten für Öffentlichkeitsarbeit und Investor Relations. Lutz Hammermann hatte ein ausgedrucktes Kurvendiagramm vor sich liegen, dessen Anblick ihm sichtlichen Kummer bereitete. »Um elf Uhr drei meldete Reuters das Urteil, um elf Uhr sechs kam die Nachricht über Dow Jones Newswires. Innerhalb von zwanzig Minuten ist der Kurs von achtzehn Euro auf sieben Euro fünfzig abgestürzt. Tendenz fallend.«

»Das ist das Ende«, sagte Personalvorstand Moritz Stangl.

»Wir wollen mal nicht gleich pathetisch werden. Wir können uns später immer noch gegenseitig im See ertränken.« Winkler wandte sich an seinen Finanzmann Köppen. »Ich bin mir sicher, dass Sie für diesen Fall mehrere denkbare Szenarien durchgespielt haben. Also: Welche Möglichkeiten haben wir?«

Köppen, ein Enddreißiger mit glatt rasiertem Schädel und einer markanten schwarzen Plastikbrille, deutete mit seinem rechten Zeigefinger auf ein eng beschriebenes Blatt, das vor ihm auf dem Tisch lag. »Eigentlich nur zwei«, sagte er. »Die erste wäre der Gang zum Amtsgericht, Abteilung Insolvenzen.«

»Und danach stürzen wir uns in den See«, murmelte Winkler. »Und die zweite Möglichkeit?«

»Wir stoßen unsere lukrativsten Beteiligungen ab. Mit dem Erlös aus dem Verkauf könnten wir einen Großteil der erwarteten Schadensersatzforderungen bedienen und den Rest über Kredite finanzieren.«

Baier räusperte sich übertrieben laut und schüttelte den Kopf. »Mit weiteren Krediten können Sie aufgrund der aktuellen Situation zumindest aus unserem Haus nicht rechnen. Es tut mir sehr leid. Aber ich habe eine eindeutige Order aus Frankfurt erhalten.«

»Also doch Amtsgericht oder See«, seufzte Winkler. »Oder beides zusammen.«

»Es sei denn …« Köppen zögerte mit seinem Vorschlag. »Wir könnten Meulenaere & Verkerk verkaufen. Uns liegt ein Angebot von Endemol vor.«

»Unsere Cashcow?«, fragte Winkler. »Aber die Gag-Factory ist unsere Geld-Factory, das wissen Sie so gut wie ich.«

»Es ist die einzige Alternative«, stellte Köppen nüchtern fest.

»In diesem Fall«, meldete sich Banker Baier zu Wort, »könnte ich noch mal mit Frankfurt reden. Vielleicht ließe sich doch noch etwas machen. Auch wenn ich Ihnen natürlich nichts versprechen kann.«

Winkler überlegte nur kurz, bevor er sagte: »Gut. Wenn es also keine andere Alternative gibt, dann stoßen wir die Gag-Factory ab.«

»Die nächste Zeit werden wir eh nichts zu lachen haben«, bemerkte Köppen lakonisch.

FÜNF

Anneke blickte aus dem Fenster ihres möblierten Apartments in dem Hochhaus der Studentenstadt. Bis zum Horizont erstreckten sich die Lichter der pulsierenden Millionenmetropole. Tagsüber konnte man bei klarer Sicht bis zu den Alpen sehen, hatte ihr die Vermieterin der Wohnung versichert.

Ihr Zimmer war knapp zwanzig Quadratmeter groß und besaß alles, was man für einen vorübergehenden Aufenthalt brauchte, bei dem man ohnehin die meiste Zeit im Büro verbringen würde. Und an den Abenden wollte sie ins Kabarett, Theater und ins Kino gehen. Das hatte sie sich schon zu Hause für ihre Münchner Zeit vorgenommen – natürlich ohne sich Gedanken darüber zu machen, mit wem sie in der fremden Großstadt losziehen könnte. In Waalwijk war sie seit dem Unfall von Henk oft allein unterwegs gewesen. Mit anderen Männern wollte sie nichts anfangen, solange Henk noch lebte. Auch seinen Eltern, die sie noch immer jeden Samstagnachmittag besuchte, wollte sie das nicht antun. Zwei Jahre lag ihr Freund jetzt schon im Wachkoma, und sie brachte es noch immer nicht übers Herz, ihn als ihren Ex zu bezeichnen. Zwar hatten sie sich wenige Tage vor dem Unfall – mal wieder – getrennt, doch Anneke war sich sicher, dass sie, genau wie die Dutzende Male davor, gewiss wieder zusammengefunden hätten. Wenn nicht der belgische Milchtransporter auf der Bredaer Kreuzung Henks altem Corsa die Vorfahrt genommen hätte. Wäre Anneke an diesem Abend nicht bei dem fatalen Undercover-Einsatz in dem Tilburger Gewerbegebiet dabei gewesen, dann wäre sie mit Henk und seinen Freunden ins Kino gefahren und hätte ebenfalls im Auto gesessen. Dann wären die Schüsse in Tilburg nicht gefallen, und Jan Tedsen würde noch leben. Aber vielleicht wäre sie dann tot. Sie dachte daran, dass sie sich vorgenommen hatte, in München das Leben zu genießen und nicht weiter mit der Vergangenheit zu hadern, und atmete tief durch.

Als sie sich auf das Siebziger-Jahre-Sofa niederließ und überlegte, wie viele Studentinnen auf diesem durchgesessenen Polstermöbel schon verführt worden waren, ekelte sie sich einen Moment lang, bevor sie wieder dankbar dafür war, nur einen Spottpreis für die Unterkunft zahlen zu müssen. Die Münchner Mietpreise und Lebenshaltungskosten hatten sich bis in die holländische Provinz herumgesprochen. Vielleicht würde sie morgen in einem der bekannten Münchner Kaufhäuser shoppen gehen, um den Kleiderschrank aus Buchenholzimitat zu füllen. Weder farblich noch vom Design her passte er zu dem moosgrünen Teppichboden und dem Ikea-Couchtisch, dessen Glasplatte einen nicht übersehbaren Sprung aufwies.

Aber sie musste sich ja hier nicht zu Hause fühlen. Das Zimmer war eine günstige Unterkunft für die Zeit ihrer Hospitanz, sonst nichts. Für die Miete gab es aus dem Etat des Europol-Austauschprogramms einen kleinen Zuschuss, der für Münchner Mietkosten allerdings nur symbolischen Charakter besaß.

Sie blickte auf das Lichtermeer in der Dunkelheit und fragte sich, wie viele unentdeckte Mörder dort gerade unterwegs waren. In München geschahen jede Woche mehr Gewaltverbrechen als in ihrem Heimatort während eines ganzen Jahres.

Plötzlich begann das Handy auf der Glasplatte zu vibrieren. Das Display blinkte blau, eine Kurzmitteilung war eingegangen.

Vermutlich Henks Eltern, die wissen wollen, wie es mir geht, dachte sie. Doch die SMS kam von einer unbekannten Nummer.

»LUST AUF EIN WEISSBIER?« Anhand der Großbuchstaben vermutete Anneke, dass der Absender kein erfahrener SMS-Schreiber war. Unterschrieben war die Nachricht mit »LUKAS«.

Vermutlich will er mich provozieren, dachte sie und erinnerte sich an ihren Disput über die Besäufnisse auf dem Oktoberfest. Und falls es keine Provokation war, dann war es einfach nur plump. Wie auch immer, sie beschloss, die Nachricht zu ignorieren. Zum Glück gehörte zur kargen Einrichtung des Apartments auch ein kleiner Fernseher mit Zimmerantenne. Sie schaltete das Gerät ein und fläzte sich aufs Sofa. Wie gerne hätte sie sich jetzt bei Kerzenschein und mit leiser klassischer Musik in die Badewanne gelegt. Doch sie hatte weder Klassik-CDs noch Kerzen dabei. Außerdem besaß ihr Apartment nur eine Dusche, keine Badewanne.

Den Rest des trostlosen Abends verbrachte Anneke mit »Sex and the City« und einer Tafel Haselnussschokolade.

***

Am nächsten Morgen saß Anneke bereits um halb acht an ihrem Schreibtisch. Allein. Kein anderer Bewohner der Männer-WG befand sich zu diesem Zeitpunkt schon im Dienst.

Nach einer Google-Suche wusste sie, dass Locarno tatsächlich im Tessin, am Nordufer des Lago Maggiore lag und dass es der wärmste Ort der Schweiz war. Die Suche nach »S. Locarno« ergab nur Hinweise auf einen Südtiroler Heimatdichter aus dem 18. Jahrhundert namens Stefano Locarno. Erst als sie das Wort »Locarno« in Kombination mit der Ziffernfolge in die Suchmaschine eingab, erfuhr Anneke, dass sie die Spurensuche nicht in die Schweiz führen würde.

»Pension Locarno«, las sie als obersten Eintrag in der Trefferliste. »Übernachtung mit Frühstück ab fünfundzwanzig Euro. Direkt am Münchner Hauptbahnhof.« Darunter folgten die notierten Zahlen: die Telefonnummer. Sie öffnete die Homepage des kleinen Hotels und druckte sich die Seite aus. Dann griff sie zum Telefon und wählte dessen Nummer.

»Pension Locarno, Rezeption. Grüß Gott, was kann ich für Sie tun?«, meldete sich eine freundliche, aber unausgeschlafene, raue Stimme.

»Guten Tag, ich rufe im Namen von Herrn Merz an. Lorenz Merz. Es geht um eine Reserv–«

»Wollen Sie den nächsten Montag wieder stornieren?«, unterbrach sie die Stimme. »Kein Problem. Aber die Woche darauf haben wir wieder wie gewohnt eingetragen, richtig?«

»Äh, ja. Vielen Dank«, sagte Anneke und legte auf.

Ihr Blick fiel auf die Uhr, die über der Bürotür hing. Um in Belgien bei der Gag-Factory anzurufen, war es noch zu früh.

Sie brauchte erst mal einen Kaffee. In der Küche traf sie auf Lukas, der die Kaffeemaschine auseinanderzunehmen schien.

»Satzbehälter leeren. Wassertank und Bohnen nachfüllen. Entkalken … das volle Programm«, murmelte er vor sich hin, ohne aufzuschauen.

»Guten Morgen, Lukas«, begrüßte sie ihn und überlegte, wie sie auf seine gestrige SMS-Einladung zum Weißbier reagieren sollte.

»Hallo, Anneke, das dauert hier noch einen Moment. Ich bringe Ihnen gerne gleich einen Kaffee an den Platz, wenn Sie erlauben.«

»Danke, gerne«, sagte sie. »Und … danke auch für die Einladung gestern. Ich habe die SMS leider erst heute Morgen gesehen. Bin früh schlafen gegangen«, schwindelte sie.

»Kein Problem. Ich war noch mit Kumpels unterwegs, da hab ich an Sie gedacht. Vielleicht klappt es ja ein anderes Mal.« Sie fand, dass seine Stimme übertrieben gleichgültig klang.

»Schon mal danke für den Kaffee.« Sie ging wieder in ihr Büro zurück und probierte es doch schon bei Meulenaere & Verkerk. Immerhin erreichte sie jemanden in der Telefonzentrale, der offenkundig verwundert war, dass ein Anrufer mit deutscher Vorwahl perfekt Niederländisch sprach. Sie schilderte kurz ihr Anliegen und bekam die Information, dass der für Westeuropa zuständige Manager derzeit in den USA weilte. Sie könne sich aber jederzeit an das Münchner Fun-Office wenden.

»Fun-Office?«, fragte sie nach.

»Ja, so nennen wir unsere Außenbüros, in denen wir vor Ort für Vertragspartner ansprechbar sind.« Der Telefonist nannte eine Adresse in München, und Anneke bedankte sich höflich.

»Erst Kaffee, dann Bier«, sagte Lukas, als er ihr einen dampfenden Plastikbecher vor die Nase stellte. »Bitte sehr.«

»Bier morgens um acht? Ihr seid ja pervers.« Sie lachte, weil sie glaubte, Lukas habe einen Scherz gemacht.

»Nein, das Trinken heben wir uns für später auf. Aber wir sollten mal zur Benedictus-Brauerei fahren. Das mit der Nockherberg-Bewerbung klang gestern nicht uninteressant.«

Anneke nahm einen zu großen Schluck Kaffee und verbrannte sich die Zunge.

»Vorsicht, heiß«, warnte Lukas.

»Zu spät«, erwiderte Anneke. Dann berichtete sie von ihrem Anruf in Belgien und was sie bezüglich Schweizer Geografie und Hotellerie im Münchner Bahnhofsviertel herausgefunden hatte.

»Hört sich an, als hätte er regelmäßig montags ein Zimmer im ›Locarno‹ reserviert. Vielleicht ein Liebesnest?«

»Möglich«, sagte Anneke. »Das könnte darauf hindeuten, dass seine ehemalige Geliebte tatsächlich verheiratet ist.«

»Die meisten Morde haben ein Beziehungsmotiv«, dozierte Lukas, als müsse er Anneke kriminologisches Grundwissen beibringen. »Eifersucht ist dabei die Nummer eins. Das größte Risiko für eine Frau, Opfer eines Tötungsdelikts zu werden, ist in einer Beziehung zu leben oder sich zu trennen.«

»Schon klar«, meinte Anneke gelangweilt und nippte noch einmal an ihrem Becher. »Das heißt also, wer sicher überleben will, sollte am besten Single bleiben? Schöne Aussichten.«

»In neun von zehn Fällen tötet der Mann seine Frau oder die Ex. Meist aus Eifersucht, weil er sie nicht verlieren will. In den seltenen Fällen, in denen der Mann das Opfer der Frau ist, will sie die Beziehung beenden, oft weil sie misshandelt wurde, und sieht keinen anderen Ausweg als den Tyrannenmord. Aber das bringt uns jetzt auch nicht weiter.« Lukas räusperte sich und wechselte das Thema. »Bier hat übrigens den großen Vorteil, dass man sich nicht die Zunge verbrennt. Kommst … Kommen Sie mit zur Brauerei?«

Hatte er sie versehentlich duzen wollen? Anneke ignorierte den Versprecher. »Klar komme ich mit. Jeder München-Tourist wäre dankbar, mal eine Brauerei von innen zu sehen.«

***

Einen Brauereichef hatte sich Anneke wahrlich anders vorgestellt. Korpulent mit Glatze, eben wie einen Mönch. Doch Rolf Eberhartinger war das genaue Gegenteil: groß, schlank, sportlich und Anfang fünfzig. Er hatte grau melierte Haare und trug einen perfekt sitzenden anthrazitfarbenen Maßanzug. Seine dunklen Augen blickten ihnen durch eine eckige, randlose Brille entgegnen.

Anneke konnte es nicht leugnen: Er war ein attraktiver Mann.

»Was kann ich für Sie tun? Möchten Sie einen Kaffee?«, bot der Brauereichef an.

Sie musste schmunzeln. Aber natürlich konnte der Benedictus-Chef seinen Gästen am Vormittag keine Maß Bier anbieten.

Sie nahmen dankend an, Anneke machte in Gedanken einen zweiten Strich auf ihrer imaginären Kaffeetassenliste. Damit hatte sie für diesen Tag die Hälfte ihres Limits bereits erreicht, das sie sich nach der Lektüre eines Artikels über die Auswirkungen von übermäßigem Kaffeekonsum auf Magen und Kreislauf gesetzt hatte.

»Es geht um Lorenz Merz und seine Bewerbungsrede um die Barnabas-Rolle«, sagte Lukas.

»Ach, Sie wissen …?« Eberhartinger schien überrascht. »Das Ausschreibungsverfahren ist normalerweise streng geheim. Alle Beteiligten verpflichten sich zum Stillschweigen.«

»Sie haben sicher mitbekommen, dass Merz tot ist. Er wurde umgebracht.«

»Ja, das stand groß in der Zeitung. Schlimm. Tragisch. Wer tut so etwas nur?« Eberhartinger machte ein betroffenes Gesicht.

»Es ist unser Job, das herauszufinden«, sagte Lukas staatstragend.

»Bei den Ermittlungen sind wir auf die Rede gestoßen, mit der sich Merz um den Auftritt am Nockherberg beworben hat«, erläuterte Anneke.

»Hm, ach so«, murmelte Eberhartinger. Seine Assistentin, die aussah wie vor dem Auftritt bei einer Modenschau, brachte den Kaffee.

»Ich muss Ihnen sagen«, fuhr der Brauereichef fort und rührte überflüssigerweise seinen schwarzen Kaffee um, »dass Herr Merz seine Bewerbung um die Rolle des Bruders Barnabas selbst wieder zurückgezogen hat. Schon vor zwei Wochen.«

»Ach«, sagte Anneke. »Und warum?«

»Offiziell hat er Terminschwierigkeiten angegeben. Irgendwas mit einem neuen Kabarettprogramm sei ihm dazwischengekommen. Genau weiß ich es nicht mehr. Aber den Schriftverkehr kann Ihnen Babsi sicherlich raussuchen.«

Babsi schien die Model-Sekretärin zu sein.

»Gab es auch eine inoffizielle Begründung?«, fragte Lukas.

Eberhartinger schaute tief in seine Kaffeetasse und schwieg einen Moment lang, bevor er antwortete: »Das ist mir ein bisschen unangenehm.«

»Das macht nichts«, erwiderte Lukas. »Mordermittlungen sind selten angenehm. Also?«

»Nun, ich muss dazu noch sagen«, druckste Eberhartinger herum, »dass ich, wie Sie vielleicht wissen, die Geschäftsleitung erst vor wenigen Monaten von meinem Vater übernommen habe. Und wie Sie sicherlich auch wissen, ist mein Vater –«

»Karl-Heinz Eberhartinger«, warf Lukas wissend ein.

»Richtig. Er war Ortsvorsitzender der CSU in Haidhausen und Fraktionsvize im Stadtrat. Im Bezirksvorstand ist er immer noch Mitglied. Entsprechend hat er in den vergangenen Jahren stets darauf geachtet, dass bei den deftigen Fastenpredigten die Münchner CSU und ihre Protagonisten weitgehend ungeschoren davonkamen. Nur im letzten Jahr lag der alte Herr nach einem Skiunfall im Krankenhaus, und die Rede ging ausnahmsweise nicht über seinen Schreibtisch. Lorenz Merz hingegen hatte in seinen vergangenen Kabarettprogrammen die Münchner CSU im Allgemeinen und den jetzigen OB-Kandidaten Sanktjohanser im Besonderen immer sehr heftig aufs Korn genommen. Merz ist für die Partei inzwischen ein rotes Tuch.«

»Gab es denn Einflussnahme von der CSU, was die Auswahl des Bruders Barnabas angeht?«, wollte Anneke wissen.

»Nein, natürlich nicht. Nicht direkt jedenfalls. Aber mein Vater ist immer noch ein einflussreicher Mann in der Firma.« Leise fügte er hinzu: »Vielleicht sogar der einflussreichste. Ohne ihn wird nichts entschieden. Das war seine Bedingung dafür, mich die Geschäfte übernehmen zu lassen. Zudem hat er dezent darauf hingewiesen, dass wir langfristige Verträge mit allen Münchner CSU-Ortsverbänden haben, was den Ausschank bei Bierzeltveranstaltungen betrifft. Im Wahlkampf sind das nicht gerade wenige, und die Verträge können monatlich gekündigt werden. Sie verstehen?«

»Sie wissen also nicht, ob das vorauseilender Gehorsam als Kundenpflege war oder ob Druck ausgeübt wurde?«, fragte Lukas.

»Nein, keine Ahnung.«

»Und wer ist nach dem Ausscheiden von Herrn Merz noch im Rennen?«, wollte Anneke wissen.

»Das darf ich Ihnen nicht sagen«, betonte Eberhartinger und rückte seine eckige Brille zurecht. »Das ist vertraulich!« Die schweigenden und fordernden Blicke seiner Besucher machten ihm deutlich, dass Vertraulichkeit in einem Mordfall fehl am Platze war. »Also gut. Aber ich kann mit Ihrer Verschwiegenheit rechnen?«

Lukas blickte ihn erneut forsch an.

»Nun gut. Derzeitiger Favorit ist Toni Paroli. Seine Rede hat fast ausnahmslos Bezüge, die über München hinausgehen und der bundesweiten Bedeutung des Events gerecht werden. Also besteht keine Gefahr für die Münchner CSU.«

»Aber der Künstler heißt nicht wirklich so, oder?«, meinte Anneke.

»Sein richtiger Name ist Anton Wallutat. Aber ich bitte Sie noch einmal um Stillschweigen: Das Auswahlverfahren ist offiziell noch im Gange.«

»Schon gut, Herr Eberhartinger.« Lukas nahm den letzten Schluck aus seiner Tasse, als sein Mobiltelefon läutete. Er stand auf und ging ein paar Schritte zur Tür, während er leise in sein Handy sprach. Es war offenbar privat.

»Klar kann ich ... Das krieg ich schon hin ... Ja, sicher ... Ich bin in zwanzig Minuten am Hort ... Kein Problem.«

Er beendete das Telefonat, wandte sich wieder Eberhartinger zu und bedankte sich für dessen Offenheit.

Auf dem Weg zu ihrem Dienstwagen sagte er zu Anneke: »Ich muss die Kinder aus dem Hort holen. Ein kleiner familiärer Notfall. Wäre das ein Problem, wenn Sie allein den Termin bei der Gag-Factory ...?«

»Nein, kein Problem«, antwortete Anneke. »Ich muss ja sowieso lernen, mich in der Stadt zurechtzufinden.«

Er hat Kinder, dachte sie und fragte sich gleichzeitig, warum sie das so wunderte und ob sie der Umstand möglicherweise sogar enttäuschte. Sie verdrängte den Gedanken.

***

Nichts, aber auch gar nichts an dem zweckmäßigen Betonklotz am Ende der Dachauer Straße erinnerte an eine Spaßfabrik. Anneke hatte vom S-Bahnhof Moosach noch mehrere Stationen mit dem Bus fahren müssen, um die Deutschlandfiliale der Gag-Factory zu erreichen. Sie war an mehreren Lebensmitteldiscountern, einem Autohändler und einem Stundenhotel vorbeigekommen, das mit großen und eindeutigen Plakaten offensiv um Kunden warb. Im vierten Stock eines Bürogebäudes, das unter anderem einen Kleinverlag für Sudoku-Zeitschriften und einen Hausmeisterservice beherbergte, residierte auch die Meulenaere & Verkerk BV, Niederlassung Deutschland.

Ein Schild unter dem Notrufknopf im Lift tat kund, dass das Gebäude 1998 errichtet worden war. Anneke betrat die vierte Etage und fand einen verwaisten Empfangstresen vor. Nichts deutete darauf hin, dass hier nur jemand kurz seinen Platz verlassen hatte, um auf die Toilette zu gehen oder sich den unvermeidlichen Kaffee zu holen. Der gesamte Empfangsbereich war dunkel, Licht fiel nur durch eine halb geöffnete Tür, hinter der sie ein Geräusch hörte.

»Hallo, ist da jemand?«, fragte eine männliche Stimme mit holländischem oder belgischem Akzent. »Wir haben heute für Publikumsverkehr geschlossen.«

Sehr spaßfrei hier, dachte Anneke und rief: »Mein Name ist van Royen, ich komme von der Kriminalpolizei.« Sie hatte sich die Formulierung schon im Vorfeld für den Fall zurechtgelegt, dass sie sich legitimieren musste. Dadurch kam sie darum herum, vortäuschen zu müssen, sie wäre von der Münchner Polizei. Aus dem Büroraum ertönte ein unwilliges Grunzen, dann öffnete sich die Tür etwas weiter.

»Ach ja, das hatte ich ganz vergessen. Laetitia hatte von Ihrem Besuch erzählt, bevor sie gekündigt hat.« Der Herr deutete auf die Theke. Laetitia war offenbar die Empfangsdame gewesen. »Wir leben in turbulenten Zeiten, aber das wissen Sie vielleicht schon.«

Anneke zog fragend die Augenbrauen nach oben. An der Bürotür entdeckte sie den Namen »Gerrit Mulders« und darunter seine Jobbezeichnung. »Executive Manager Germany«. »Was meinen Sie damit, Herr Mulders?« Sie sprach den Namen holländisch mit einem Ü aus, was ihrem Gesprächspartner in Deutschland anscheinend selten passierte.

»U bent landgenote?«, fragte er auf Niederländisch und bot ihr den Stuhl vor seinem Schreibtisch an. Sie nickte, setzte das Gespräch dann aber auf Deutsch fort, um keine Vertraulichkeit aufkommen zu lassen. Mulders war Mitte vierzig, trug einen grauen Anzug und ein hellblaues, weit aufgeknöpftes Hemd. Seine Krawatte schlängelte sich um zwei Papierstapel, neben denen ein Telefon mit vielen Knöpfen und ein aufgeklapptes Notebook standen,

auf dessen Bildschirm Anneke die Startseite der Internetausgabe der »Bild« erkannte. Mulders selbst hatte ein glatt rasiertes Gesicht und auf wenige Millimeter geschorene Haare. Er kaute exzessiv Kaugummi.

Wahrscheinlich gewöhnt er sich gerade das Rauchen ab, dachte Anneke, als sie in einem Regal einen unbenutzten Aschenbecher entdeckte.

»Vielleicht haben Sie mitbekommen, *mevrouw commissaris*, dass die Beteiligungsgesellschaft, der auch unsere deutsche Niederlassung gehört, uns verkaufen will?«

»Tatsächlich? Nein, davon habe ich nichts gehört. Was bedeutet das?«

»Das weiß noch niemand. Und entsprechend groß ist die Unsicherheit. Laetitia hat in derselben Minute gekündigt, als sie davon erfahren hat. Sie glaubt, dass hier jetzt alles dichtgemacht wird. Aber das ist natürlich blanker Unsinn.«

»Wie heißt die Beteiligungsgesellschaft?«

»Das ist die Finco AG, sitzt am Starnberger See. Die Deutschen würden diese Leute als Heuschrecken bezeichnen.«

»Wie viele Angestellte hat denn die deutsche Gag-Factory?«

»Wir haben nicht viele feste Mitarbeiter. Vier sind es hier in der Münchner Verwaltung, in Berlin gibt es ein kleines Büro am Ku'damm mit gerade mal zwei Leuten. Dazu noch mich und meine persönliche Assistentin. Aber wir beschäftigen im ganzen Land eine Heerschar von freien Mitarbeitern und Gag-Schreibern.«

»Freelancer, deren man sich von heute auf morgen entledigen kann, ja?«

Mulders schwieg vielsagend.

»Arbeitete Lorenz Merz auch für Sie?«

»Der ermordete Kabarettist? Ich habe von dem Verbrechen gelesen.«

Anneke sah Mulders' Händen an, dass sie am liebsten nach einer Zigarette greifen würden, doch ansonsten wirkte ihr Gegenüber ruhig.

»Nein, leider nicht«, sagte er.

»Aber er hatte einen Vertrag mit Ihnen. Wir haben ihn gefunden.«

»Das ist richtig, *mevrouw commissaris*. Wir hätten Merz tatsächlich gerne in unseren Reihen gehabt«, sagte er, lehnte sich zurück und strich mit der rechten Hand über seinen fast kahlen Hinterkopf.

»Aber?«, hakte sie nach, als ihr die Stille zu lange dauerte. Musste sie ihm jedes Wort aus der Nase ziehen?

»Wir haben ihm einen Vertrag angeboten, den er aber nie unterschrieben hat. Es würde mich jedenfalls wundern, wenn Sie bei ihm ein von beiden Seiten unterzeichnetes Exemplar gefunden hätten. Uns liegt so ein Vertrag nicht vor.«

»Hm«, sagte Anneke. Mulders' Hand zitterte fast unmerklich, aber das musste nichts bedeuten. Sie kannte einige Leute, denen es oft ohne erkennbaren Anlass ähnlich ging. »Was hätten Sie mit Merz geplant? Wenn er unterschrieben hätte?«

Mulders stand auf und ging zum Fenster, als hätte er dort eine schönere Aussicht als die auf die längste Hauptverkehrsstraße Münchens.

»Was wir brauchen, sind Gesichter mit Wiedererkennungswert. Fernsehgesichter. TV-Köpfe. Wissen Sie, die Zeit, in denen lustige Menschen lustige Kabarettprogramme eigenhändig aufgeschrieben und dann selbst auf Kleinkunstbühnen dargeboten haben, diese Zeit ist vorbei. Die Comedy-Unterhaltung heute ist eine professionelle Humor-Industrie. Marktforscher finden heraus, worüber die Menschen lachen, dann entwickeln Kreativteams Mainstream-Comedy-Formate, für die wiederum projektweise zusammengestellte Autorenteams die Gags produzieren. Wer die Witze am Ende auswendig lernt und vor der Kamera steht, das ist zweitrangig. Es muss nicht einmal ein besonders humorvoller Mensch sein.«

Eine Gag-Fabrik mit Fließbandproduktion also, dachte Anneke und fragte: »Sie wollten Lorenz Merz also nicht engagieren, weil Sie ihn lustig fanden?«

Mulders lachte. »Nein, weil er gut aussah. Weil er immer braun gebrannt war. Und wenn er lachte, konnte man seine perfekten weißen Zähne sehen. Unser Creativedirector Ton Verkerk hat Merz ausgewählt. Er hatte ein YouTube-Video von ihm gesehen und versteht kein Wort Deutsch.«

»Und Merz hätte dann irgendwelche Gags von fremden Autorenteams präsentieren müssen? Dabei hätte er doch nie mitgemacht«, vermutete Anneke.

»Normalerweise haben Sie natürlich recht. Aber wenn die Alternative ist, seine erfolglosen Programme allabendlich vor ein paar Dutzend Zuschauern zu spielen, von denen jeder maximal zwanzig Euro Eintritt bezahlt? Bei uns hätte er eine Million bekommen. Per anno.«

»Und was hatten Sie mit der Lach-Kompanie vor?«

»Wir schauen uns im Moment in der ganzen Bundesrepublik nach einschlägigen Objekten um. Das können ruinöse Stadttheater sein, traditionsreiche Varieté-Bühnen in Geldnöten oder eben auch Kabaretthäuser. Auch am Circus Krone sind wir interessiert, aber an ihm stören uns die Tiere. Wenn wir den Markt erst einmal komplett durchdrungen haben, werden wir wöchentlich von einer unserer Bühnen unsere TV-Shows senden. Vor Live-Publikum und ohne Lacher vom Band. Heute Hamburg, morgen Berlin, übermorgen München. Die Shows lassen wir vor Ort von Subunternehmen produzieren, das senkt die Kosten. Denn Sie müssen wissen: Humor ist ein hartes Business, und unsere Shareholder wollen Rendite sehen. Da verstehen sie keinen Spaß.«

»Ich glaube, ich habe verstanden«, seufzte Anneke. Auch ihr war das Lachen vergangen.

SECHS

Mit Bus und S-Bahn fuhr Anneke wieder zurück in die Innenstadt. Den Weg vom Stachus zum Präsidium kannte sie bereits – genau wie die junge Frau, die ihr aus der Richtung des Karlstors entgegenkam.

»Hallo«, begrüßte sie ihre Kollegin. »Schon Feierabend?«

»Es hat geklappt!«, erwiderte Natascha. »Cool, was?«

Anneke überlegte kurz. Natascha konnte nur ihre Beförderung meinen.

»Dann darf ich Frau Oberkommissarin zu dir sagen?«

In ihrer Heimat hätte sie sie jetzt auf beide Wangen geküsst, aber nun überlegte sie, ob sie Natascha umarmen oder ihr die Hand geben sollte.

»Erst wenn ich die Ernennungsurkunde in der Hand halte«, erklärte Natascha. »Hast du Zeit? Für einen Kaffee?«

»Eigentlich muss ich noch ins Büro«, sagte Anneke. »Aber warum nicht? Du weißt ja, dass in den Adern von Holländern nicht Blut, sondern Kaffee fließt.«

»So wie bei uns Münchnern Weißbier?« Sie lachten. »Dann komm mit. Ich zeig dir, wo es den besten Kaffee am Stachus gibt. Könnte allerdings ein bisschen peinlich werden«, grinste Natascha.

Wenige Minuten später saßen sie im McDonald's, wo in der ersten Etage ein McCafé eingerichtet war, zwei große Tassen Cappuccino tall vor sich, dazu jeweils zwei in Plastikfolie eingeschweißte Gebäckröllchen.

»Wie läuft's denn bei dir?«, fragte Natascha und löffelte die oberste Schicht Schaum ab.

»Kollege Schmidtbauer bindet mich ganz gut in die Arbeit ein. Hätte ich nicht gedacht, dass ich so schnell schon richtig mitmachen kann.«

»Ja, Lukas ist schwer in Ordnung.«

Sie plauderten noch ein bisschen über die verschiedenen Kollegen, dann sagte Anneke: »Sag mal, Natascha. Die CSU hier in München …«

Natascha lachte. »Du als Gastarbeiterin bist doch wohl nicht wahlberechtigt, oder?«

»Natürlich nicht. Aber man liest ja viel über die CSU. Auch dass sie mit harten Bandagen gegen ihre Kritiker kämpft.«

»Das kann man wohl so sagen.« Natascha rührte gedankenverloren in ihrem Cappuccino.

»Aber die beseitigen keine missliebigen Gegner, oder? Also bringen sie wie in Sizilien um.«

»Über Leichen gehen die schon«, sagte Natascha. »Aber eher metaphorisch. Was ich damit sagen will: Da wird schon gerne ganz tief in die Trickkiste gegriffen, um jemanden auszuschalten und aus dem Weg zu räumen. Aber politische Morde gibt es in Bayern gottlob nicht. Warum fragst du?«

»Wegen unseres Toten, des Kabarettisten.«

»Lorenz Merz?«

»Genau der. Merz hatte sich für die Fastenpredigt am Nockherberg mit einer sehr CSU-kritischen Rede beworben. Dann hat er freiwillig einen Rückzieher gemacht.«

»Und wurde anschließend umgebracht?«

»Exakt.«

»Ich kann mir nicht vorstellen, dass eine kritische Nockherberg-Rede durch einen Mord verhindert werden sollte. Zumal du ja gesagt hast, dass Merz seine Bewerbung schon zurückgezogen hatte. Vor wem ich mich übrigens in Acht nehmen würde, ist der junge Benedictus-Chef.«

»Der Eberhartinger?«

»Genau der. Er schaut ganz smart und verständig aus, ist aber ein ziemlich harter Hund.« Verschwörerisch fügte Natascha hinzu: »Und auch kein unbeschriebenes Blatt.«

»Wie meinst du das?«, fragte Anneke. »Hat er etwas auf dem … wie sagt man? … auf dem Kerbholz?«

»Allerdings wurde er nie verurteilt, dafür ist er zu gerissen.«

»Jetzt mach es halt nicht so spannend«, erwiderte Anneke auf Nataschas dramaturgische Pause. »Was soll er denn getan haben?«

»Die Sache mit der Steuerhinterziehung ist noch die harmlosere. Dabei ging es um eine sechsstellige Summe. Er hat sich mit einer Selbstanzeige aus der Affäre gezogen. Vermutlich hatte er einen Tipp aus dem Finanzamt bekommen, dass man ihm auf der Spur war. Egal, der Fall wäre auch nicht in den Bereich der Mordkommission gefallen.«

»Du meinst also, ihr habt mal gegen ihn ermittelt?«, sagte Anneke staunend.

»Er hat seine Frau im Alkoholrausch halb totgeprügelt. Das ist jetzt etwa fünf Jahre her. Ermittelt wurde nach einer anonymen Anzeige aus der Nachbarschaft. Zum Prozess kam es nicht, weil seine Frau aussagte, sie sei die Treppe hinuntergefallen. Der Klassiker.«

»Und man konnte ihm nichts nachweisen?«

»Nein. Kurz danach fuhr Frau Eberhartinger einen neuen Porsche, und ein Jahr später war das Paar geschieden. Weitere zwei Monate danach prallte sie samt Wagen zwischen Starnberg und Gauting in einer scharfen Kurve ungebremst gegen einen Baum. Der Porsche war Schrott. Die Frau tot.«

»Ist sie am Steuer eingeschlafen? Oder war es … Selbstmord?«

»So sollte es jedenfalls aussehen«, sagte Natascha.

»Du meinst …?«

»Es war eindeutig, dass die Bremsen manipuliert worden waren, aber leider konnte nicht bewiesen werden, dass ein Fremder und nicht Frau Eberhartinger selbst am Werk gewesen war. Es gab weder ein Motiv für einen Suizid noch einen Abschiedsbrief. Sie hatte einen neuen Freund und nach der Scheidung viel Geld von ihrem Exmann bekommen.«

»Aber man hat ihm nichts nachweisen können?«, vergewisserte sich Anneke, und Natascha nickte stumm.

»Du würdest ihm also einen Mord zutrauen?«

»Ich habe den Kerl in mehreren Vernehmungen erlebt«, erinnerte sich Natascha. »Der ist eiskalt und aalglatt. Wenn es um seinen Vorteil geht, dann kennt er keine Kompromisse.«

Anneke dachte nach. Eberhartinger hatte einen sympathischen Eindruck auf sie gemacht. Hatte sie sich täuschen lassen?

»Würde er deiner Meinung nach auch einen Mord mit einer Waffe begehen?«, fragte sie.

»Er besitzt eine Pistole, das haben wir damals ermittelt. Außerdem hat er einen Waffenschein, den er bekommen hat, als es vor vielen Jahren mal eine Erpressung mit Morddrohung gegen die Brauerei gegeben hat. Aber warum fragst du? Welches Motiv könnte der Benedictus-Chef haben, einen Kabarettisten umzulegen?«

Anneke versuchte ihre Gedanken zu ordnen: »Ich weiß nicht, ob es für ein Mordmotiv reicht, aber vielleicht steckt tatsächlich mehr dahinter.« Sie blickte an Natascha vorbei durch das Fenster auf den Karlsplatz hinaus, wo die Menschen mit vollgepackten Einkaufstaschen kurz vor Feierabend die Fußgängerzone überschwemmten. »Merz war im Gespräch, den Barnabas beim Starkbieranstich zu geben. Doch dagegen verwahrte sich die CSU, weil seine Rede dem OB-Kandidaten geschadet hätte. Die CSU übte daraufhin Druck auf die Brauerei aus und drohte mit der Kündigung der Bierverträge für die Wahlkampfveranstaltungen. Benedictus wollte also Merz loswerden, der sich aber aus irgendeinem Grund weigerte zurückzutreten. Vielleicht hatte er etwas in der Hand, wusste etwas, das der Brauerei schaden konnte. Daraufhin hat ihn Eberhartinger einfach erschossen und Merz' freiwilligen Rückzug vom Barnabas-Job fingiert. So in etwa könnte es gewesen sein.«

»Würde deine Theorie stimmen, dann hätte Merz wirklich etwas Großartiges in der Hand haben müssen«, sagte Natascha zweifelnd. »Aber zutrauen würde ich dem Eberhartinger den Mord sofort.«

Ich nicht, dachte Anneke, sagte aber nichts. Sie war von ihrer Theorie noch nicht vollends überzeugt, spürte aber, dass das Fieber sie gepackt hatte. Der unstillbare Drang, einen Täter zu überführen und einen Fall aufzuklären. Wie hatte sie dieses Gefühl in den letzten Monaten vermisst. Und wie hatte sie die Gewissheit vermisst, in dem richtigen Beruf zu arbeiten, der Gerechtigkeit zu dienen.

»Ich mag München«, sagte Anneke und lächelte Natascha zufrieden an.

***

Anneke saß auf dem Sofa und zappte durch die Fernsehprogramme. Auf dem Glastisch lag noch der Rest Haselnussschokolade vom letzten Abend. Zwar hatte sie frisches Brot vom Bäcker sowie Salami und Käse besorgt, aber vergessen, auch Butter zu kaufen, und keinen Appetit auf butterloses Brot. Im ersten Programm lief eine Fußballübertragung, Hamburg gegen Barcelona. Der Aufgeregtheit des Reporters zufolge schien es ein wichtiges Spiel zu sein. Im Zweiten lief die Wiederholung einer alten Folge des »Isarbullen«. Kaum ein Deutscher war in ihrer Heimat beliebter als Oberinspektor Grieshaber, was eigentlich keine Kunst war in einem Land, in dem auch über sechzig Jahre nach Kriegsende jeder Deutsche als *rotmof* und potenzieller Fahrraddieb betrachtet wurde. *Geef me mijn fiets terug*, was übersetzt so viel hieß wie »Gib mir mein Fahrrad zurück«, das war noch immer ein geflügeltes Wort, mit dem ein Holländer einem unsympathischen Deutschen begegnete. Auf dem nächsten Kanal dirigierte ihr allzeit grinsender Landsmann André Rieu ein Orchester aus grimassenschneidenden Musikern mit merkwürdigen Kostümen und Perücken. Auch auf dem folgenden Sender sollte es wohl komisch zugehen, wie sie aus dem Lachen des Studiopublikums schloss, das einem jungen Mann in enger Jeans und mit roten Turnschuhen applaudierte.

Anneke wollte zu einem weiteren Stück Schokolade greifen, erwischte jedoch nur das Stanniolpapier.

Dann halt nicht, dachte sie und fragte sich, warum sie schon wieder einen Abend allein vor dem Fernseher mit einem hirnlosen Programm verbrachte. Das hätte sie auch in Holland haben können. Immerhin kam sie inzwischen mit dem Alleinsein zurecht. In der Anfangsphase nach dem Unfall von Henk war das nicht selbstverständlich gewesen. Nie zuvor in ihrem Leben hatte sie länger als eine Nacht allein in einer Wohnung verbracht. Dass sie sich als Polizistin vor Einbrechern im Kleiderschrank oder unter dem Bett gefürchtet hatte, hatte sie so lange lächerlich gefunden, bis sie erkannt hatte, dass es sich um Überbleibsel aus ihrer Kindheit handelte, die sie mit einer Therapie rasch in den Griff bekommen hatte.

Dann ist heute eben Fastentag, erinnerte sie sich an ihren Diätvorsatz und zerknüllte die Verpackung der Schokolade.

»... meene Freundin, die Sandy, hat ja den Führerschein im Lotto jewonnen, da bin ick mir janz sicher ...«, erzählte der Witzbold auf dem Bildschirm, der ein T-Shirt mit einer Ü30-Aufschrift trug. »Aba wenn ick sie rückwärts einparken seh, dann denk ick mir imma: Die Lottojesellschaft müsste man wejen Jefährdung der alljemeinen Sichaheit verklagn.« Das Studiopublikum kicherte kollektiv, und Anneke kam der Gedanke, dass sie den deutschen Humor wohl noch nicht durchschaut hatte. Die nächste Nummer drehte sich um die Kaufsucht der Freundin und endete mit der Pointe, dass Sandy sogar in der Wüste ein Kilo Sand kaufen würde, wenn man ihr dafür einen Schnäppchenpreis anbieten würde.

Der Applaus brach abrupt ab, als ein Moderator mit rotem Bürstenhaarschnitt und unnatürlich strahlend weißen Pferdezähnen die Bühne betrat und sich bei dem Künstler bedankte. »Bis zum nächsten Mal in unserer Show! Vielen Dank, Max Metulskie!«

Metulskie grinste in die Kamera, und endlich konnte Anneke die T-Shirt-Aufschrift komplett entziffern: »Ich bin Ü30, bitte helfen Sie mir über die Straße.«

»Viel Glück, lieber Max, auch für deinen Rekordversuch!«, sagte der Moderator, bevor er sich wieder an die Zuschauer wandte. »Helfen auch Sie unserem Max dabei, Witz-Weltmeister zu werden. Kommen Sie zum größten Comedy-Live-Act der Welt am nächsten Samstag in das Münchner Olympiastadion. Tickets gibt es –«

Anneke würgte den Rotschopf ab und schaltete auf den nächsten Kanal. Das Bayerische Fernsehen zeigte eine Reportage. Thema waren Menschen, die auf falsche Versprechen hereingefallen waren und viel Geld an der Börse verloren hatten. Anneke konnte kein Mitleid mit solchen Schicksalen empfinden. Mal wieder Betroffenheitsjournalismus, dachte sie und wollte schon unmotiviert weiterschalten, als sie einen Firmennamen hörte, der ihr nicht unbekannt war. Anscheinend ging es um die Finco AG. Sie legte die Fernbedienung auf die Glasplatte zurück.

»Die Manager sind bis heute ungeschoren davongekommen«, sagte eine Stimme aus dem Off, während Porträtfotos der Finco-Vorstandsmitglieder eingeblendet wurden. Es folgte ein Schwarz-Weiß-Bild einer älteren Dame mit traurigem Blick, darunter der Name Margit Voigtmann und daneben ein Kreuz. »Doch Margit Voigtmann ist tot«, sagte der Sprecher in düsterem und gleichermaßen anklagendem Tonfall. »In den Selbstmord getrieben von habgierigen Managern, die auf Kosten kleiner Anleger reich geworden sind. Der Witwer von Margit Voigtmann wartet bis heute auf eine Reaktion der Finco AG.«

Damit war auch dieser Beitrag beendet, und Anneke hatte die Hoffnung auf etwas Zerstreuung durch das Fernsehprogramm verloren.

Sie griff zu ihrem Handy, ohne genau zu wissen, was sie damit anfangen wollte. Selbst wenn ein Mord geschehen sollte, würde sich niemand bei ihr melden. Sie hatte keinen Bereitschaftsdienst. Sie war nur Hospitantin. Und Lukas? Der würde sie gewiss kein zweites Mal einladen. Vermutlich verbrachte er seinen Abend gemütlich mit Frau und Kindern. Gestern hatte er vielleicht nur eine Lückenbüßerin für einen zufällig familienfreien Abend gesucht.

Trotzdem suchte sie sich aus dem Anrufspeicher die Nummer von Lukas Schmidtbauer hervor und betätigte, ohne nachzudenken, die grüne Taste. Doch noch bevor die Verbindung überhaupt aufgebaut war, wanderte ihr Finger schon auf den roten Knopf und drückte zu.

Wo hatte sie die Flasche Rotwein noch mal hingestellt?

***

Anneke hatte schlecht geschlafen und von Rolf Eberhartinger geträumt. Sie wollte nicht glauben, dass sie sich derart in einem Menschen getäuscht haben sollte. War der smarte Geschäftsmann wirklich der menschenverachtende Verbrecher, als den ihn Natascha darstellte? Ihr Blick glitt auf die leere Rotweinflasche, dann auf die Digitalanzeige ihres Funkweckers. Halb sieben. Sie blickte an sich hinunter und erschrak. Sie war noch angezogen. Offensichtlich war sie am Abend auf dem Sofa eingeschlafen.

Herrje, dachte sie. Jetzt beginnt die Verwahrlosung.

Zehn Minuten später war sie frisch geduscht, eine weitere Stunde später stand sie im Vorzimmer von Rolf Eberhartinger und beschwor dessen Assistentin Babsi, sie zu einer dringenden polizeilichen Befragung in das Chefbüro vorzulassen. Erst als sie lautstark über die Behinderung von Ermittlungsarbeiten der exekutiven Staatsgewalt referierte und Babsi ebenso lautstark auf den gefüllten Terminkalender ihres Chefs verwies, öffnete sich die Tür von Eberhartingers Zimmer, und der Brauereichef trat heraus.

»Was ist hier los?« Als er Anneke erblickte, machte er eine besänftigende Geste in Richtung seiner Assistentin. »Schon gut, Babsi. Frau van Royen wird es sicher kurz machen.« Und zu Anneke sagte er: »Kommen Sie rein. – Kaffee?«

Anneke war verblüfft, dass sich Eberhartinger ihren Namen gemerkt hatte, wollte Babsi aber nicht derart demütigen, dass sie ihr jetzt auch noch Kaffee kochen müsste.

»Nein, danke. Ich mache es wirklich kurz«, sagte sie.

»Was kann ich also für Sie tun, Frau Kommissarin?«, fragte Eberhartinger und schloss die Bürotür hinter Anneke. »Habe ich gestern nicht all Ihre Fragen zufriedenstellend beantwortet? Und wo ist Ihr nervöser Kollege? Hat er wieder private Verpflichtungen?« Er lächelte überlegen.

Er weiß ganz genau, dass ich nicht legitimiert bin, ihn allein zu befragen, dachte Anneke.

»Wir teilen uns die Aufgaben«, erwiderte sie knapp. »Und tatsächlich sind nach der Durchsicht Ihrer Aussagen noch ein paar Fragen aufgetaucht.«

Sie versuchte in Eberhartingers Augen hinter seinen eckigen Brillengläsern eine Regung zu erkennen, doch vergeblich. Er fixierte sie mit einem eisigen Blick, der so gar nicht zu seinem verbindlichen Lächeln und dem nahezu freundlichen Tonfall passen wollte.

Ein perfekter Schauspieler, dachte sie. Vielleicht hat Natascha ja doch recht?

»Herr Eberhartinger, besitzen Sie eine Waffe?«

»Ja.« Die Antwort kam ohne Zögern. »Eine Kleinkaliberpistole. Möchten Sie die Waffenbesitzkarte sehen?« Er machte Anstalten aufzustehen, doch Anneke wehrte ab.

»Nicht nötig.« Die Daten dürften zentral im Computer gespeichert sein. »Wo ist die Pistole?«

»Jetzt bringen Sie mich aber in die Bredouille, Frau Kommissarin.« Eberhartinger lächelte tatsächlich verlegen. »Ich habe die Waffe verloren. Oder besser: Ich weiß nicht mehr, wo sie ist.«

»Wie bitte?«

»Ja, wie gesagt, es ist mir ein bisschen peinlich. Als unsere Firma vor ein paar Jahren ernst zu nehmende Morddrohungen erhielt, habe ich mir die Waffe zugelegt. Der unbekannte Briefeschreiber wurde jedoch identifiziert und zu einer Bewährungsstrafe verurteilt. Seitdem ist Ruhe. Ich habe die Pistole nie gebraucht und jahrelang nicht an sie gedacht. Als mir der Gedanke kam, sie zu verkaufen, und ich nach ihr suchte, konnte ich sie nicht mehr finden. Wahrscheinlich liegt sie sicher in irgendeinem Schrank versteckt. Ich habe keine Ahnung.«

Er lügt eiskalt, dachte Anneke. »Soso«, sagte sie nur. »Wo waren Sie eigentlich in der Nacht von Sonntag auf Montag?«

»Brauche ich etwa ein Alibi?«

»Es hat noch nie jemandem geschadet, eins zu haben.«

Eberhartinger räusperte sich. »Ich habe einen sehr geselligen Abend mit einer Reihe ehrenwerter Männer verbracht. Wir waren in einem Hotel in der Innenstadt. Im Königshof, wenn Sie es genau wissen wollen. Bis kurz vor Mitternacht. Brauchen Sie Namen und Anschriften der anwesenden Herrschaften?« Er räusperte sich übertrieben. »Allerdings möchte ich Ihnen in Ihrem eigenen Interesse nicht empfehlen, die Herren mit Ihren haltlosen Verdächtigungen zu behelligen.«

Anneke ignorierte seinen drohenden Tonfall und beschloss, sein Alibi später überprüfen zu lassen.

»Mich interessiert eher die Verbindung zwischen Ihrer Brauerei und der CSU.«

»Tatsächlich?«

Keine Spur von Verunsicherung.

»Rein hypothetisch, Herr Eberhartinger: Was hätte es für die Benedictus-Brauerei bedeutet, wenn Lorenz Merz sich nicht zum Rücktritt vom Amt des Fastenpredigers hätte bewegen lassen und auf die Einhaltung mündlicher Vereinbarungen bestanden hätte?«

»Ich verstehe Ihre Frage nicht«, antwortete Eberhartinger. Ein alter Trick, um Zeit zu gewinnen.

»Sie verstehen schon richtig.« Annekes Ton wurde schärfer. »Welchen Schaden hätte Merz Ihnen zufügen können?«

»Sie meinen, finanzieller Art?«, fragte Eberhartinger.

»Zum Beispiel.«

»Nun, ich kann Ihnen das Volumen unserer Lieferantenverträge für die CSU-Wahlkampfveranstaltungen nicht sagen, ohne nachschauen zu müssen. Aber wenn Sie bedenken, dass wir ein weltweit agierender Konzern sind, dann können Sie sich auch vorstellen, dass es bei diesen Verträgen um Peanuts im Vergleich zum Gesamtgeschäft geht.«

»Aber es geht nicht nur um Absatzzahlen, sondern auch um Politik, oder?«

»Natürlich sind wir an einem durchweg störungsfreien Verhältnis zur Regierungspartei an unserem Firmenstandort interessiert. Wir sind ja auch ein bedeutender Steuerzahler. Sie verstehen?«

»Hatten Sie mit Lorenz Merz, abgesehen von den Barnabas-Verhandlungen, schon mal etwas zu tun?«

»Ich habe mir einmal eine Vorstellung von ihm in der Lach-Kompanie angesehen. ›Scherz mit Merz III‹, glaub ich, war damals der Titel. Ist schon länger her und hat mich auch nicht nachhaltig beeindruckt.«

»Wieso kam er dann überhaupt als Barnabas in Frage, wenn Sie seinen Humor doch schon von der Bühne kannten und nicht besonders mochten? Den Ärger hätten Sie sich doch ganz einfach sparen können.« Anneke hatte das Gefühl, dass Eberhartinger ungeduldig wurde.

»Da mögen Sie recht haben, Frau van Royen. Aber die Entscheidung über den Bruder Barnabas trifft niemand allein. Dafür ist eine Findungskommission zuständig. Jetzt muss ich aber wirklich zu einem dringenden Termin. Sie entschul–«

»Eine Frage noch, Herr Eberhartinger. Sie sind verheiratet?«

»Äh, wie bitte?«

Volltreffer, dachte Anneke. Jetzt habe ich ihn endlich aus dem Konzept gebracht.

»Ich bin geschieden. Meine Exfrau ist verstorben. Ein tragischer Unfall. Aber was hat das –«

»Und jetzt? Sind Sie neu liiert?«

Eberhartinger stand auf, griff nach seinem Jackett, das über der Stuhllehne hing, und wurde lauter: »Ich muss doch sehr bitten. Ihre Fragen haben nichts mehr mit Ihren Ermittlungen zu tun. Überhaupt bezweifle ich, dass Sie das Recht haben, mich hier unangemeldet aufzusuchen. Jetzt entschuldigen Sie mich bitte. Ich habe einen Termin beim Aufsichtsrat.«

Er ging an Anneke vorbei und verließ sein Büro. »Die Frau Kommissarin möchte gehen«, sagte er zu Babsi.

»Ich finde schon selbst raus«, sagte Anneke und lächelte das Vorzimmerpüppchen freundlich an.

***

Wiggerl Sanktjohanser stand hinter einem Rednerpult auf dem Marienplatz vor dem Gebäude, in dem er nach der OB-Wahl gerne seinen Arbeitsplatz haben würde. In der jubelnden Menge zwischen Hugendubel und Donisl hatten sich zahlreiche JU-Anhänger mit Fähnchen und »Wiggerl für München«-Transparenten versammelt.

»Wir haben lange genug ein rotes Rathaus in unserer Stadt gehabt!«, rief der Kandidat. »Es wird Zeit, dass auch die Münchner endlich so regiert werden, wie es sich die meisten Menschen in Bayern wünschen. Dafür, liebe Freundinnen und Freunde, lasst uns in den letzten Tagen vor der Wahl kämpfen. Jede Stimme zählt. Jede Stimme für die CSU ist eine Stimme für die Zukunft unserer Stadt. Jede Stimme für mich ist eine Stimme für den Neuanfang, den wir so dringend brauchen. Vielen Dank, ich zähl auf euch!«

Beifall brandete auf. Eine Combo, die auf einem Nebenpodium vor dem Kaufhaus Ludwig Beck platziert war, spielte »We Are the Champions«. Von Defiliermärschen und ähnlichen Traditionen hatte sich Sanktjohanser anscheinend verabschiedet. Er wusste, dass er das Münchner Rathaus nur gewinnen konnte, wenn er die CSU als moderne Partei präsentierte. Siegesgewiss reckte er die Faust in die Luft und ließ sich noch ein paar Minuten feiern.

Als der Popsound verklungen war, tönte eine Stimme über den Marienplatz, die den weiteren Show-Act ankündigte: »Begrüßen Sie auf unserer Bühne den Münchner King of Comedy: Tooooooni Parooooooli!«

Nur einer der rund zweieinhalbtausend Zuschauer auf dem Platz im Herzen der Stadt interessierte sich nicht im Geringsten für das humoristische Programm des Entertainers. Auch der Rede des OB-Kandidaten hatte er nicht aufmerksam zugehört, sondern währenddessen so getan, als hätte er an den Tischen mit Sonderangeboten und Restposten des Buchhändlers am Platz gestöbert. Erst als nach Sanktjohansers Ansprache die Musik eingesetzt hatte, war er langsam durch die Zuschauermenge nach vorn gegangen, wobei er die rechte Hand tief in der Tasche seines Wollmantels vergraben hatte. Auch seine dunkelblau getönte Brille und die Strickmütze hatten niemandes Aufmerksamkeit erregt. Nun stand er in der ersten Reihe vor der Bühne. Über die Witze von Toni Paroli lachte er nicht.

SIEBEN

Kies Grötzinger pflegte eine sportliche Fahrweise. Schon die zweite Ampel auf der Leopoldstraße war dunkelgelb gewesen. Ohne Sondersignale fuhren sie weiter Richtung Zittelstraße, wo sie sich bei Silke Rembeck angemeldet hatten.

Es war Rushhour in München-Schwabing. An den U-Bahn-Stationen am Straßenrand waren viele Anzugträger mit Lederkoffern zu beobachten, die hektisch auf die mehrstöckigen Bürogebäude zusteuerten. Anneke hätte im Uni-Viertel mehr Studenten erwartet, doch ein Blick auf die Uhr im Armaturenbrett des Dreier-BMW ließ sie vermuten, dass die meisten Studenten um diese Zeit wohl noch schliefen. Es war erst acht Uhr früh.

»Abends ist Schwabing netter als morgens«, sagte Kies und schmatzte auf einem Kaugummi herum. Anneke fragte sich, ob er einfach nur vergessen hatte, seine obersten drei Hemdknöpfe zu schließen, oder ob er ihr mit seiner üppig sprießenden Brustbehaarung etwas Bestimmtes sagen wollte.

»Hm«, antwortete sie. Erwartete er jetzt von ihr, dass sie ihn bat, ihr das abendliche Schwabing zu zeigen?

»Wenn es Sie interessiert, zeige ich Ihnen gern ein paar nette Bars hier im Viertel.«

Volltreffer, dachte sie. Ich muss gar nicht erst fragen. Das erledigt er schon selbst.

»Im ›Sausalitos‹ in der Türkenstraße kann man gute Cocktails trinken. Das ›Café Puck‹ ist auch nett. Oder das ›Schall und Rauch‹ …«

»Ja, mal sehen.« Und danach geht's gleich zu Mister Superlover nach Hause, dachte sie und erinnerte sich an Nataschas Warnung.

»Verdammt, ich glaub, wir müssen jetzt nach links«, wechselte er plötzlich das Thema, worüber sie dankbar war. »Aber das ist eine Einbahnstraße. Kannst du … äh, können Sie mal im Handschuhfach nachschauen? Da müsste ein Stadtplan liegen.«

»Warum haben wir eigentlich nicht den Dienstwagen genommen?«, fragte Anneke, während sie das Fach öffnete. »Die haben doch alle Navigationsgeräte.«

»Weil ich keine Lust auf dieselbetriebene Schrottkisten habe. Deshalb. Außerdem ist Autofahren für mich mehr als nur bloße Fortbewegung von Punkt A nach Punkt B.«

»Nämlich?«

»Autofahren hat auch etwas mit Stil zu tun. Mit Lebensqualität, wissen Sie? Ich kann niemanden verstehen, der sich freiwillig in einen Smart oder einen Mini quetscht.« Er lachte und entblößte seine schlechten Zähne. »Oh, ich hoffe, ich bin jetzt in kein Fettnäpfchen getreten. Was fahren Sie denn?«

»Einen Fiat Punto.« Anneke griff in das Handschuhfach, aber sie holte keinen Stadtplan hervor.

»Ach, Fachliteratur?« Sie musste kichern, als sie ein Micky-Maus-Heft in der Hand hielt. Ein Frauenheld mit Comics im Auto. Als sie auf dem Heft einen Adressaufkleber entdeckte, musste sie laut losprusten: »Sie haben Micky Maus abonniert? Ich lach mich tot.«

»Wollen Sie es sich ausleihen? Ist anspruchsvoller, als man glaubt. Sehr sozialkritisch. Echt.«

»Vielleicht, ja.« Sie kicherte noch immer.

»Nicht dass ich mich rechtfertigen müsste, aber ich beziehe das Heft schon seit meiner Sandkastenzeit. Meine Oma hat es für mich abonniert, als ich noch ein Schulbub war, und ich hab es nie gekündigt.«

Sie bogen in die Hohenzollernstraße ein.

***

Silke Rembeck öffnete die Wohnungstür im dritten Stock des modernen Wohnblocks. Anneke traute ihren Augen nicht, als sie eine völlig in Schwarz gekleidete Frau vor sich sah. Wie eine trauernde Witwe.

»Grüß Gott, Kripo München. Mein Name ist Grötzinger, das ist meine Kollegin van Royen. Sie wissen ja, worum es geht.«

Frau Rembeck war Mitte vierzig und hatte eine schlanke Figur. Ihre auffallend roten Korkenzieherlocken wirkten unnatürlich. Die

Augen verbargen die großen dunklen Gläser einer Ray-Ban-Sonnenbrille. Durch die Wohnungstür drang der ätzende Geruch von Putzmitteln, der sich mit dem Duft einer Bratensoße vermischte.

Anneke überlegte, ob sie das schwarze Kostüm zufällig trug oder ob sie tatsächlich trauerte. Und wenn ja, um wen?

»Kommen Sie herein. Es stört Sie hoffentlich nicht, dass nicht aufgeräumt ist.« Silke Rembeck winkte die Besucher durch einen Korridor und bat sie, in einem großen Wohnzimmer Platz zu nehmen. Staubkörner tanzten in den Sonnenstrahlen, die durch eine große Glasfront in den Raum fielen. Die Gastgeberin räumte schnell einige Zeitschriften von einem Ledersofa und bot den Beamten etwas zu trinken an. Kies und Anneke lehnten dankend ab.

Anneke bemerkte, wie ihr Kollege Silke Rembecks Figur von oben bis unten scannte. Er musste erkennen, dass sie für ihr Alter einen untypisch durchtrainierten Körper hatte. Diese Frau sollte es nicht nötig haben, schmachtende Liebesbriefe an einen mittelmäßigen Kabarettisten zu schreiben. Zudem machte sie nicht den Eindruck einer durchgeknallten Stalkerin.

»Sie kommen wegen des Todesfalls«, sagte sie. »So viel habe ich verstanden. Was kann ich also für Sie tun?«

»Nun«, druckste Kies herum. »Sie standen offenbar in einer besonderen Beziehung zu dem Toten. Also, ich meine … Vielleicht können Sie uns genauer sagen, welche Art von Beziehung …?«

»Was fragen Sie da noch?«, zeigte sich Silke Rembeck empört. »Ich habe ihn geliebt. Er war der Mann meines Lebens.«

»Sie haben ihn … geliebt. Aha«, sagte Anneke und bemühte sich, einfühlsam zu sein. »Und hat er sie auch geliebt?«

»Ich bitte Sie! Wir wollten heiraten. Es war schon alles besprochen. Er hat mich auch überall als seine«, sie schien nach dem korrekten Wort zu suchen, »ihm Versprochene vorgestellt.«

Sie ist doch durchgeknallt, verbesserte sich Anneke im Stillen, versuchte aber, sich nichts anmerken zu lassen.

»Sie waren also verlobt. Und bei welchen Gelegenheiten hat er das verkündet? Wie oft haben Sie sich überhaupt gesehen?«

»In letzter Zeit war er häufig unterwegs, hatte geschäftlich viel zu tun. Da war es völlig klar, dass ich zurückstehen musste. Aber er hat immer wieder versprochen, dass er beruflich kürzertreten würde, wenn wir erst verheiratet wären. Aber das ist ja jetzt alles vorbei.« Tränen traten ihr in die Augen. Die Gefühlsregung war nicht gespielt. Diese Frau trauerte wirklich. Anneke schaute Kies an, der zu verstehen schien, was sie dachte.

»Sind Sie in … äh … ärztlicher Behandlung, Frau Rembeck?«

Sie stutzte, als verstünde sie den Sinn seiner Frage nicht.

»Ja, natürlich. Ich lasse mich regelmäßig beim Sportmediziner durchchecken. Aber ich habe keine chronischen Krankheiten, wenn Sie das meinen. Außer Zahnarzt und Gynäkologe –«

»Ich meine keine körperlichen Krankheiten. Lassen Sie mich ganz direkt fragen: Sind oder waren Sie schon mal in psychotherapeutischer Behandlung?«

»Was bilden Sie sich eigentlich ein?«, fuhr sie ihn an. »Worauf wollen Sie hinaus, Herr Kommissar?«

»Beruhigen Sie sich, Frau Rembeck«, sagte Anneke beschwichtigend. »Wir stellen hier nur einige Routinefragen wegen des Todes von Herrn Merz. Vielleicht könnten wir noch über die Briefe reden, die Sie Ihrem … äh, Verlobten geschrieben haben?«

»Haben Sie ihm denn häufig geschrieben?«, fragte Kies. »Und hat er auch geantwortet?« Als sie auch nach mehreren Augenblicken nicht reagierte und an ihm vorbeizuschauen schien, wurde er lauter: »Frau Rembeck? Hören Sie mich?«

»Äh, ja, Entschuldigung.« Sie wickelte ihre roten Locken wie ein kleines Kind um ihren Zeigefinger. »Wenn er länger unterwegs war, haben wir natürlich viel telefoniert und uns SMS geschickt.«

»Das heißt also, er hat Ihnen auch geantwortet? Haben Sie Briefe von ihm?«

»Selbstverständlich«, sagte Silke Rembeck. »Ich kann sie holen. Aber gestatten Sie mir zuvor auch eine Frage.«

»Selbstverständlich«, sagte Kies.

»Wer ist … Herr Merz?«

Kies blickte Anneke fragend an. Dann betrachteten beide sprachlos die Zeugin.

Schizophrenie, dachte Anneke. Oder sie will uns auf den Arm nehmen und spielt nur die Verrückte.

Kies holte einen durch Plastikfolie geschützten Briefumschlag hervor, den sie in Merz' Garderobe sichergestellt hatten.

»Es geht um Ihre Liebesbriefe an Lorenz Merz. Wir haben bei dem Toten keinerlei Hinweise darauf gefunden, dass er Ihre Liebe erwiderte.«

»Moment, Moment.« Silke Rembeck strich sich nervös mit ihrer Hand durch die Haare. »Jetzt verstehe ich gar nichts mehr. Ich kenne keinen Lorenz Merz. Ich dachte, Sie wären wegen meines Verlobten hier. Wobei ich immer noch nicht verstehe, warum sich die Polizei für seinen Tod interessiert.«

»Lorenz Merz wurde mit einer Kleinkaliberpistole erschossen, Frau Rembeck.«

Silke Rembeck nahm zum ersten Mal ihre Ray Ban ab. Sie hatte strahlend blaue Augen, mit denen sie Anneke und Kies fragend und ratlos anblickte.

»Ich sage es Ihnen jetzt noch mal: Ich kenne keinen Lorenz Merz. Mein Verlobter hieß Joseph Kofler. Gestorben ist er an einem Hirnschlag. Eine Kleinkaliberpistole war ganz bestimmt nicht im Spiel.« Ihre Stimme wurde mit jedem Wort lauter. »Was wollen Sie von mir?«

Anneke deutete auf den Brief.

»Dies ist nur einer von zwei Dutzend Liebesbriefen an Lorenz Merz, die wir gefunden haben. Alle tragen Ihren Absender. Mit der korrekten Adresse.«

Kies schob ihr den Umschlag hinüber. »Haben Sie diesen Brief geschrieben?«

Silke Rembeck würdigte den Brief nur für Sekundenbruchteile eines Blickes. »Nein«, sagte sie energisch, »wieso sollte ich einem Mann, den ich nicht kenne, Liebesbriefe schreiben? Was ist das für ein makaberes Spiel, das Sie mit mir treiben?«

»Ist das Ihre Handschrift?«, fragte Anneke. Kies holte einen kleinen Notizblock aus seiner Hemdtasche und schob ihn zusammen mit einem Kugelschreiber zu Silke Rembeck hinüber.

»Bitte notieren Sie hier Ihre Adresse. In Druckbuchstaben.«

Sie tat wie ihr geheißen. Noch während sie schrieb, stellte Anneke fest, dass es keines graphologischen Gutachtens bedürfen würde, um festzustellen, dass die Liebesbriefe an Merz nicht von Silke Rembeck stammten.

»Ich glaube, wir müssen uns entschuldigen«, sagte sie. »Möglicherweise hat jemand die Briefe an Merz in Ihrem Namen geschickt. Gibt es jemanden, der Ihnen übel mitspielen will? Dem Sie so etwas zutrauen würden?«

Silke Rembeck schüttelte langsam ihren Kopf.

»Ich verstehe überhaupt nichts mehr. Entschuldigen Sie bitte, aber das ist jetzt alles etwas zu viel für mich.«

»Es tut uns leid, entschuldigen Sie das Missverständnis«, sagte Anneke. »Aber wir mussten annehmen, dass –«

»Schon gut, Sie machen nur Ihren Job«, erwiderte Silke Rembeck.

»Wir melden uns dann wieder«, sagte Kies. Auf dem Weg zur Tür murmelte er leise: »Verdammte Scheiße.«

***

Wenige Augenblicke nachdem die zwei Schüsse gefallen waren, hatten mehrere Dutzend Polizeibeamte den Marienplatz abgesperrt, für den herbeieilenden Notarzt eine Gasse gebildet und alle CSU-Politiker in Sicherheit gebracht. Über Lautsprecherdurchsagen wurden die Menschen aufgefordert, Ruhe zu bewahren und geordnet den Marienplatz zu verlassen.

Seine Waffe hatte er wieder in der Manteltasche verschwinden lassen. Es war ein Leichtes gewesen, nach dem zweiten Schuss in dem Getümmel unterzutauchen und unbehelligt mit der Rolltreppe in das S-Bahn-Geschoss hinunterzufahren. Wenige Minuten später kam die S8 Richtung Flughafen.

***

»Die Kollegin gehört zu uns«, sagte Lukas zu einem der Beamten, die den Tatort abschirmten, und zeigte auf Anneke. Der Schutzpolizist ließ beide durch. Neidlinger und Grötzinger waren schon da.

»Was wissen wir?«, fragte Lukas, und Neidlinger gab ihm einen kurzen Überblick.

»Zeugen berichten übereinstimmend von zwei Schüssen, die aus der Menge abgefeuert wurden. Der Täter ist flüchtig.«

»Und das Opfer?«, fragte Anneke und machte sich einige Notizen.

Neidlinger stutzte eine Sekunde, vermutlich weil er nicht mit Fragen der Hospitantin gerechnet hatte. Dann antwortete er routiniert: »Schwer verletzt. Ein Lungensteckschuss und eine Kugel im Oberarm. Aber der Mann wird wohl durchkommen, meint der Notarzt. Sie haben ihn ins Rechts der Isar gebracht. Er heißt Anton Wallutat und tritt als Komiker unter dem Namen Toni Paroli auf.«

Schon wieder ein Spaßmacher, dachte Anneke und beobachtete, wie immer mehr Polizeibeamte versuchten, die Menschenströme durch die engen Straßen vom Marienplatz abfließen zu lassen. Inzwischen waren auch einige sensationsgierige Reporter und Fotografen erschienen, die ihre Auslöser auf Dauerfeuer gestellt hatten und alles ablichteten, was sich bewegte.

»Was sagt der ED?«, fragte Lukas.

»Es gibt nur wenig Spuren zu sichern«, sagte Kies Grötzinger. »Der Arzt und die Sanitäter waren ziemlich hektisch.«

»Lassen Sie mich durch!«, rief eine Frau plötzlich von hinten. Sie trug einen Pelzmantel und einen extravaganten Hut. »Lassen Sie mich durch. Ich will zu meinem Mann!«

Lukas, der die Frau bemerkt hatte, signalisierte Anneke mit einem Kopfnicken, dass sie sich ihrer annehmen sollte.

»Was ist passiert? Wo ist mein Mann?«, rief die Frau aufgelöst. Ihre pechschwarzen Haare blitzten unter ihrer auffälligen Kopfbedeckung hervor.

Anneke ging auf sie zu, fasste sie sanft am Arm und führte sie ein paar Meter weiter.

»Sie sind Frau Wallutat?«, fragte Anneke und bemühte sich um einen sanften Ton. »Ihr Mann ist im Krankenhaus. Er wurde verletzt.«

»Was ist passiert?«, wiederholte Frau Wallutat und blickte sich suchend um, als könnte sie nicht glauben, dass ihr Mann nicht mehr hier war.

»Wir wissen noch nichts Genaues. Offenbar wurde auf Ihren Mann geschossen. Er wurde ins Klinikum rechts der –«

»Geschossen? Was sagen Sie da?« Sie blickte Anneke entgeistert an. »Auf Toni wurde geschossen? Aber wer …?«

»Wir wissen es noch nicht. Hatte Ihr Mann Feinde? Können Sie uns bei der Suche nach –«

»Ich muss sofort zu meinem Mann. Wer macht denn so etwas?« Sie brach in Tränen aus und nahm ihren Hut vom Kopf. Anneke betrachtete ihn genauer.

»Lukas, den Hut habe ich schon mal gesehen«, sagte sie leise.

»Stimmt. Jetzt, wo Sie es sagen. Das kann kein Zufall sein.« Dann wandte er sich an Frau Wallutat: »Frau Wal–«

»Lukas«, stoppte ihn Anneke, »Sie wollen sie doch deshalb nicht festnehmen? Das könnte auch nur ein Zufall sein.«

»Das werden wir sehen«, erwiderte er. »Auf jeden Fall wird sie uns das erklären müssen.«

***

Horst Bendix saß in der Maske in einem Nebenraum des Schlachthofes, der seit Jahren ein Mal pro Woche für die »Horst-Bendix-Show« in ein Fernsehstudio umfunktioniert wurde.

»Und, wie war ich?«, stellte er die obligatorische Frage an Florence, die Maskenbildnerin, die ihm mit Watte das Make-up vom Gesicht tupfte. In den ersten Jahren seiner Show hatte er sich noch gewünscht, er hätte diese Frage der rothaarigen Französin in einem anderen Zusammenhang stellen können, doch inzwischen waren über dreihundert Folgen seiner Late-Night-Show ausgestrahlt worden, und weder er noch Florence waren jünger geworden. Die Maskenbildnerin war inzwischen mit dem Head of Sales and Finances der Produktionsfirma verheiratet, und Bendix machte schon lange nicht mehr den Kalauer, dass er gerne mal eine Nacht in Florence verbringen würde. Auch nach ihren Französischkenntnissen fragte er schon lange nicht mehr.

»Phantastisch, Horst«, antwortete sie pflichtgemäß, bemängelte aber den etwas zu langatmigen Talk mit einer Nachwuchsschauspielerin aus einer neuen Telenovela. »Außerdem hättest du ihr etwas unauffälliger auf die Möpse starren können«, fügte sie hinzu. »Und die Nummer mit den Playmobilfiguren und der Varusschlacht … Na ja, du hast schon Aufregenderes gebracht.«

»Ja, ja«, brummte Bendix. Ihm war durchaus bewusst, dass sich sein Konzept inzwischen totgelaufen hatte. Obwohl die Quote lange nicht mehr das Niveau der Anfangsjahre erreichte, leistete sich der Sender die »Bendix-Show« aus dem Münchner Schlachthof als pseudointellektuelles Aushängeschild zwischen billig produzierten Krimis und aus Amerika eingekauften Pathologen-Serien. Die Quote spielte keine Hauptrolle mehr. Gerade erst hatte er seinen Vertrag mit dem Sender um ein weiteres Jahr verlängert und sich geschworen, dass es das letzte sein würde. Danach hätte er genug Geld verdient, um wieder mit einem Kabarettprogramm über die Kleinkunstbühnen der Republik touren zu können. Ohne Rücksicht auf Senderchefs, Werbekunden und Programmdirektoren. Aus purem Spaß.

»Noch etwas Creme?«, fragte Florence und deutete auf seine raue Wange, doch Bendix winkte ab. »Schon die ›ATZ‹ von morgen gelesen?«, fragte sie und deutete auf die Abendausgabe der Boulevardzeitung. »Das Metulskie-Interview ist drin. Lustigerweise direkt neben einem Spendenaufruf zur Rettung der Lach-Kompanie.«

Bendix hatte schon davon gehört, dass der Nachwuchsspaßmacher mal wieder kräftig gepoltert hatte. Auszüge des Interviews waren am Nachmittag im Radio ausgestrahlt worden. Horst Bendix, so Metulskie, sei ein verbitterter alter Mann, der wegen seines eiskalten Zynismus mit über fünfzig Jahren immer noch keine Frau abbekommen habe. Er sei die größte Pfeife im Fernsehgeschäft und nur noch jede Woche auf dem Bildschirm zu sehen, weil seinem Sender der Mut fehle, die Show wegen Erfolgs- und Einfallslosigkeit abzusetzen.

»Ja, ja«, murmelte Bendix. »Kenn ich schon. Die alte Leier.«

Es war nicht das erste Mal, dass Metulskie sich öffentlich über die Altherren der Fernsehunterhaltung lustig machte. Anders als die Shootingstars der Comedy-Szene hatte Bendix sein Handwerk, und als solches verstand er seinen Beruf, von der Pike auf gelernt: Schauspielschule, Kleinstengagements auf Provinzbühnen, von Tell über Hamlet bis zum »Zerbrochenen Krug«. Dann klassisches Kabarett. Zuerst im Düsseldorfer »Kom(m)ödchen« und später bei der Münchner Lach-Kompanie. Erst eine eigene Fernsehsendung im Dritten Programm hatte Bendix einem breiteren Publikum bekannt gemacht. Nach über zwanzig Jahren Ochsentour. Heute wurden die Comedians von Casting-Agenturen entdeckt, mit Gag-Autoren und lukrativen Verträgen versorgt und anschließend vor einem Millionenpublikum verheizt. Nachdem Bendix vor einem halben Jahr in seiner Sendung enthüllt hatte, dass Metulskie für einen Auftritt im Berliner Olympiastadion zwei Millionen Euro kassierte, war er zum liebsten Feindbild des erfolgsverwöhnten Junior-Humoristen avanciert.

»Willst du es lesen?«, fragte Florence und legte ihre Puderquaste zur Seite.

»Du kennst doch das Sprichwort von der Eiche und der Sau, die sich daran wetzt? Meine Bahn kommt gleich. Ich nehm das Käseblatt mit und lese es unterwegs. Vielleicht.«

Seit der ersten Sendung fuhr Bendix jede Woche nach der Aufzeichnung vom Schlachthofviertel mit der U-Bahn zum Marienplatz und von dort mit der S-Bahn zum Isartor, in dessen Nähe er ein großzügiges Dachgeschossapartment bewohnte. Er genoss es, in der Bahn erkannt und angesprochen zu werden. Autogrammkarten hatte er immer dabei.

»Lass uns doch bei Gelegenheit wieder mal etwas trinken gehen, Horst«, schlug Florence vor, während sie ihre Utensilien zusammenpackte.

Das hättest du dir fünf Jahre früher überlegen können, dachte Bendix, sagte aber: »Ja, demnächst. Ganz bestimmt.«

Er hängte sein weinrotes Studiosakko in den Garderobenschrank und nahm die Lederjacke heraus. Dann setzte er ein rotes Käppi auf sein schütter werdendes Haar, steckte die zusammengerollte Zeitung in die Innentasche seiner Jacke und warf Florence einen theatralischen Handkuss zu. *»Au revoir, Mademoiselle«*, säuselte er und war im selben Moment durch die Tür nach draußen verschwunden. Über einen Seiteneingang verließ er das traditionsreiche Backsteingebäude in der Zenettistraße.

Er war es gewohnt, dass keiner der Showgäste ihn auf dem Weg zum Kapuzinerplatz ansprach. Niemand rechnete damit, dem Star des Abends so nah und leibhaftig zu begegnen. Gut gelaunt schlenderte Bendix die Straße entlang an den geparkten Autos vorbei. Zu Hause würde er wie immer nach der Aufzeichnung zwei Gläser hervorragenden italienischen Rotwein trinken und auf der Dachterrasse eine Cohiba rauchen. Das war sein Ritual – seit über dreihundert Sendungen.

Dass ihm jemand folgte, registrierte er zwar, es erweckte aber nicht sein Misstrauen. Vermutlich ein Autogrammjäger, dachte er und verminderte sein Tempo. Auch der Verfolger wurde langsamer und blieb stehen, als Bendix sich schließlich umdrehte. Er griff in die Innentasche seiner Jacke.

»Sie möchten ein Autogr…«

Er hielt inne, als auch der Verfolger in seine Manteltasche griff.

Dann blickte Bendix zwei Sekunden lang regungslos vor Schreck in den Lauf einer Pistole.

ACHT

Sibylle Wallutat rauchte bereits die vierte Zigarette innerhalb der halben Stunde, die sie mittlerweile auf dem hölzernen Stuhl im vierten Stock des Polizeipräsidiums saß. Ihre Hand zitterte, die Zigarettenasche verteilte sich im Aschenbecher und daneben.

Sie sah jünger aus als die zweiundvierzig Jahre, die sich aus ihren Personalien ergaben, doch ihre Hände verrieten die Wahrheit. Wenn Anneke das Alter einer geschminkten Frau schätzen wollte, schaute sie zuerst auf die Hände, dann auf den Hals. Sibylle Wallutats zitternde Hände waren faltig.

Lukas klärte die Zeugin gerade über ihre Rechte auf und informierte sie darüber, dass sie nicht als Beschuldigte vernommen wurde. Anneke hatte Bilder von Verhören aus den deutschen Fernsehkrimis im Kopf, doch die Szene im hell gestrichenen Raum hatte nichts damit gemein. Auch ein Tonbandgerät mit drehenden Bändern fehlte. Lukas hatte ein digitales Diktafon in der Größe einer Zigarettenschachtel auf den Tisch gelegt, daneben einen Notizblock und einen blauen Kuli.

»Frau Wallutat«, begann er, »hat Ihr Mann Feinde?«

»Feinde?« Sie atmete tief durch. »Natürlich macht man sich als Kabarettist mit bösem, zynischem Humor nicht nur Freunde. Und vielleicht macht man sich sogar Feinde. Aber«, sie zog an ihrer Zigarette, »aber deshalb wird doch nicht auf einen geschossen.«

»Sie wissen also nicht, ob es jemand auf Ihren Mann abgesehen haben könnte?«, fragte Lukas. »Gab es vielleicht Drohungen? Briefe? Anrufe?«

Sibylle Wallutat schüttelte den Kopf. »Nicht dass ich wüsste. Aber seine Post wird von seinem Agenten in Pöcking bearbeitet. Wahrscheinlich hätte der die Briefe von Irren sofort aussortiert.«

»Vermutlich, ja«, sagte Lukas. »Sie kannten Lorenz Merz?«

Anneke bemerkte, wie Sibylle Wallutat stutzte.

»Warum fragen Sie das?«

Lukas fixierte sie. »Auf zwei Münchner Unterhaltungskünstler wird innerhalb weniger Tage geschossen. Da liegt es doch nahe, dass wir nach Zusammenhängen suchen.«

Sie zögerte mit ihrer Antwort: »Nun ja, natürlich kennt man sich in der Szene, trifft sich schon mal auf Partys, Empfängen …«

Lukas blickte Anneke an. Instinktiv wusste sie, was er ihr andeuten wollte, und öffnete eine Mappe, die vor ihr auf dem Tisch lag.

»Frau Wallutat, kennen Sie diesen Hut?« Anneke schob ihr das Blitzerfoto zu. Sibylle Wallutat schaute sich das Bild für Sekundenbruchteile desinteressiert an.

»Solche Hüte gibt es in München massenhaft«, sagte sie.

Anneke hatte eine derartige Antwort erwartet und zog nun einen weiteren Trumpf aus der Mappe.

»Auf diesem Bild ist die Person auf dem Beifahrersitz zur Abwechslung nicht unkenntlich gemacht worden. Das Foto ist ein bisschen unscharf, aber doch deutlich genug, um Sie darauf zu erkennen.«

Frau Wallutat schaute sich das Bild gar nicht erst an. »Na und? Dann saß ich eben mit Herrn Merz im Auto. Habe ich ihn deshalb vielleicht ermordet?«

Anneke blickte Lukas fragend an, der sie mit einem Blick ermunterte, das dritte Ass auf den Tisch zu legen.

»Das hier ist eine Ausschnittsvergrößerung«, sagte sie und deutete auf den Ausdruck. »Sie ahnen ja gar nicht, was mit digitaler Fotografie alles machbar ist. Die reinste Zauberei.«

»Was soll das?«, fragte die Ehefrau des Opfers.

»Dieses Bild hier«, sagte Anneke, »zeigt die rechte Hand der Beifahrerin, die sich während der Geschwindigkeitsüberschreitung beiläufig am Kinn kratzt. Was sehen Sie?«

»Nichts«, sagte Sibylle Wallutat.

»Richtig«, bestätigte Anneke, während sich Lukas zufrieden zurücklehnte und Annekes Triumphzug verfolgte. »Und genau das ist das Besondere an dem Bild. Zeigen Sie mal bitte Ihre rechte Hand! Warum haben Sie Ihren goldenen Ehering nicht getragen, während Sie bei Herrn Merz auf dem Beifahrersitz saßen?«

Sibylle Wallutat schwieg mehrere Minuten lang. Sie schien nach Ausflüchten und Erklärungen zu suchen, drückte ihre Zigarette aus, obwohl sie noch gar nicht zu Ende geraucht war. Dann kapitulierte sie.

»Ich habe ihn nicht ermordet. Warum hätte ich das tun sollen?«

»Aber Sie geben zu, dass Sie ein Verhältnis mit Lorenz Merz hatten?«, fragte Anneke.

Sibylle Wallutat starrte stumm vor sich auf die Tischplatte. Dann nickte sie.

»Sie waren Stammgäste in der ›Pension Locarno‹ am Hauptbahnhof, nicht wahr? Übernachtung mit Frühstück ab fünfundzwanzig Euro? Jeden Montag?«

Wieder schwieg sie für einen Moment. »Offiziell war Lorenz Montagabend immer bei seiner kranken Mutter im Altenheim, aber die hatte er erfunden. Seine Mutter lebte schon seit zwanzig Jahren nicht mehr. Und nein, wir waren nicht jeden Montag dort. Wir haben uns nur im Hotel getroffen, wenn die Zeit zu knapp war und wir nicht zu ihm nach Hause nach Bad Tölz fahren konnten.«

»Also nicht jeden Montag?«, hakte Lukas nach.

»Nein. Höchstens ein Mal im Monat.«

»Und wie lange ging das schon mit Herrn Merz und Ihnen?«

»Schon über ein Jahr. Es war ... Es ist ... Ich habe ihn geliebt.« Mit fahrigen Fingern holte sie eine neue Zigarette aus der Packung.

»Und warum waren Sie dann nicht offiziell mit ihm zusammen? Er war doch frei«, warf Lukas jetzt ein. »Sie hätten sich nur von Ihrem Mann trennen müssen.«

»Ich hätte es ja auch getan. Ich wollte es schon so lang tun. Aber ...«

»Aber?«

»Wenn das nur immer so einfach wäre. Vierzehn Jahre Ehe. Die wirft man nicht so über Nacht weg.«

»Das stimmt«, sagte Lukas, und Anneke hatte das Gefühl, als sagte er das nicht einfach so dahin.

»Hat er Sie denn auch geliebt?«, fragte Anneke.

»Ja. Wäre es nach ihm gegangen, dann wären wir längst zusammen gewesen.« Sie zündete ihre Zigarette an.

»Und Ihr Mann hat ein Jahr lang davon nichts mitbekommen?«, fragte Anneke.

»Nein. Er ist selbst so viel unterwegs, und ich habe auch nicht wenige Verpflichtungen. Wir sehen uns nicht allzu häufig.«

»Und wenn er doch etwas gemerkt hätte? Wie hätte er reagiert?«, fragte Lukas.

»Sie meinen, ob er Lorenz umgebracht hätte? Aus Eifersucht? Nein, das ist absurd!«

»Hätte er Sie verlassen?«

Sibylle Wallutat schüttelte den Kopf.

»Ich weiß es wirklich nicht. Vielleicht hätte er mir ein Ultimatum gestellt oder den Unwissenden gespielt. Alles wäre denkbar gewesen. Aber er hätte keinen Mord begangen. Dafür ist er ein zu friedlicher Mensch.«

In diesem Moment vibrierte Lukas' Handy in seiner Hemdtasche. Geschickt zog er es mit der linken Hand heraus.

»Schmidtbauer, MK 3.« Er hörte kurz zu, dann beendete er das Gespräch mit den Worten: »Wir kommen.«

Anneke schaute Lukas mit fragendem Blick an.

»Sie können gehen«, sagte er zu Frau Wallutat.

»Das ist jetzt schon der dritte«, sagte Lukas, als sie wieder allein waren.

»Der dritte was?«

»Der dritte Anschlag auf einen Spaßmacher. Komm mit. Wir müssen zum Schlachthof.«

***

»Jetzt hört der Spaß auf.« Gerrit Mulders Lachen klang gekünstelt. Tatsächlich herrschte in dem kleinen Besprechungsraum des Hilton-Airport-Hotels am Münchner Flughafen Totengräberstimmung. Sogar die dunklen Anzüge der Herren passten ins Bild. Hendrik Meulenaere war mit einer KLM-Maschine nach München geflogen, um mit Finco-Finanzvorstand Josef-Franz Köppen die Details des Verkaufs zu besprechen.

Mulders kritzelte Strichmännchen auf den Block, der vor ihm lag.

»Der Verkauf an Endemol ist nicht das Ende der Gag-Factory«, sagte JFK. »Für uns handelt es sich um eine Strategic Decision. Wir haben die Firma in den vergangenen vier Jahren neu positioniert und für einen Verkauf an einen attraktiven Partner ausgerichtet. Wir haben noch viele Items auf der Agenda.«

»Aber von der Gag-Factory wird nur der Name bleiben, sonst nichts«, sagte Mulders lethargisch. Er hatte sich bereits damit abgefunden, dass er nach einem Verkauf des Unternehmens an den großen niederländischen Unterhaltungskonzern nicht mehr gebraucht werden würde. Schon seit Tagen stand er in Kontakt mit dem Produktionschef der »Horst-Bendix-Show«, der ihm Hoffnung auf den Posten des Creative Directors gemacht hatte.

»Endemol ist bereit, eine Bestandsgarantie für die deutschen Locations und einen Großteil der Human Resources vertraglich festzuschreiben«, sagte Köppen und strich sich dabei mit der Hand über seinen kahlen Schädel, als wolle er sich vergewissern, dass nicht plötzlich Haare nachgewachsen waren. »Des Weiteren ist von attraktiven Prämien für jene Topmanager die Rede, die sich auf eigenen Wunsch von der Company freistellen lassen.« Köppen blickte Mulders beifallheischend an.

»*Mijnheer* Köppen«, meldete sich Meulenaere mit holländischem Akzent zu Wort. »Wir sind Ihnen zu großem Dank verpflichtet. Mit Ihrem Investment haben Sie unsere deutsche Niederlassung nach vorne gebracht. Wir hoffen, dass unsere Interessen auch künftig …«

Mulders wollte sich das nicht mehr länger anhören. Er riss das Blatt mit den Strichmännchen vom Block ab, ließ es in der Tasche seines Sakkos verschwinden und stand auf. »Sie entschuldigen mich, meine Herren. Aber ich habe noch Termine.«

***

Lukas und Anneke fuhren mit Blaulicht über die Lindwurmstraße Richtung Isarvorstadt. Sie verzichteten auf die Polizeisirene, denn das Opfer war bereits tot, wie die Beamten vor Ort sofort festgestellt hatten.

»Wieso fahren wir eigentlich zum Schlachthof?«, fragte Anneke. »Ich dachte, das Opfer ist nach einer Fernsehaufzeichnung erschossen worden?«

Lukas erklärte ihr, dass im Wirtshaus im Schlachthof in den achtziger Jahren die legendäre Fernsehserie »Zur Freiheit« gedreht worden war. Die einstige Viehhof-Gaststätte gegenüber vom Schlachthofgelände hatte sich anschließend zu einem Veranstaltungsort für Kultur und Kabarett entwickelt.

»Früher gab es auch die beliebte Talksendung ›Live aus dem Schlachthof‹«, erläuterte er. »Später dann eine Kabarettshow namens ›Ottis Schlachthof‹. Jetzt wird dort ein Mal pro Woche die Late-Night-Show mit Horst Bendix aufgezeichnet.«

»Aha«, sagte Anneke und erinnerte sich daran, in einem Zeitungsartikel gelesen zu haben, dass der deutsche Humor oft »grobschlächtig« sei. Sie nahm sich vor, bei nächster Gelegenheit die Bedeutung dieses Wortes nachzuschlagen.

Lukas schaltete das Radio auf Charivari 95.5 ein. Madonna sang »Like a Virgin«. Erst jetzt fiel ihm ein, dass zartbesaitete Gemüter es möglicherweise pietätlos finden könnten, auf dem Weg zu einem Mordschauplatz Dudelfunk zu hören.

»Stört Sie das?«, fragte er mit einem Seitenblick auf Anneke. Sie schüttelte den Kopf. Am Goetheplatz bogen sie links in die Häberlstraße ein. Der Radiomoderator schwadronierte über das Wetter, bevor er zum nächsten Lied überleitete, »Angels« von Robbie Williams.

»Hatten Sie bei der Drogenfahndung auch viel mit Toten zu tun?«, fragte Lukas.

»Leider ja. Gelegentlich, immer wieder. Bei uns im Distrikt natürlich seltener als in Amsterdam. Aber wenn schlechter Stoff im Umlauf war, dann kam es schon vor, dass wir einen Junkie fanden. Krepiert an einer versehentlich gesetzten Überdosis. Oder an verunreinigtem Mist. Kein schöner Anblick.«

»Sie haben schon mehr gesehen, als ich gedacht habe«, sagte Lukas. »Aber dass Sie bei uns nicht zum Aktensortieren hospitieren wollen, das war mir –«

»Sie brauchen mich nicht zu schonen, Lukas. Ich habe auch schon einen Mann mit einer Kugel im Kopf …« Ihre Stimme brach weg.

»Alles in Ordnung, Anneke?«

Sie hatte sich wieder gefasst und wischte sich unauffällig eine Träne aus dem Augenwinkel.

»Ja, ja, schon gut. Entschuldigen Sie.« Dann erregte der Radiomoderator ihre Aufmerksamkeit. »Hey, hören Sie das, Lukas? Machen Sie mal lauter!«

»… soll die Starnberger Finco AG mit dem Verkauf einer ihrer lukrativsten Beteiligungen die Insolvenz in letzter Minute abwenden. Nach Informationen unseres Senders handelt es sich dabei um den deutschen Zweig des belgischen Medienunternehmens Meulenaere & Verkerk, besser bekannt unter dem Namen Gag-Factory. Damit zieht sich die Finco AG wohl endgültig aus dem Entertainment-Bereich zurück, nachdem sie vor zwei Jahren bereits ihre Beteiligung an der Produktionsfirma Isar-TV verkauft hat. Die Finco AG hat bei der Zusammenarbeit mit Humoristen keine guten Erfahrungen gemacht. Vor Jahren startete sie eine Werbekampagne, in der Münchner Comedians mit eingängigen Parolen für den Börsengang der Finco AG und ihre Münchner Volksaktie warben. Noch heute erinnern wir uns an Toni Paroli oder den gerade verstorbenen Lorenz Merz und ihre Slogans ›Mit Humor zur Million‹ oder ›Lachen Sie sich reich!‹. Dass die sogenannte Volksaktie den Münchnern wenig Glück brachte, ist inzwischen hinlänglich bekannt. Erst vor zwei Tagen entschied das Münchner Landgericht in einem Musterprozess, dass die Finco AG gegenüber zahlreichen geschädigten Kleinaktionären zu hohen Schadensersatzzahlungen verpflichtet ist. Börsen-Insider sehen in dem jetzt bekannt gewordenen Verkauf der Gag-Factory und dem Gerichtsurteil durchaus einen Zusammenhang. Weder bei der Finco AG noch bei Meulenaere & Verkerk war auf Anfrage dazu eine Stellungnahme zu erhalten. Und jetzt ins Ausland …«

Lukas drehte die Lautstärke wieder herunter. Sie waren inzwischen am Schlachthof angekommen, der Tatort war weiträumig abgeriegelt. Der Reporter eines Nachrichtenkanals schien bereits live auf Sendung zu sein.

»So sieht man sich wieder«, wurden sie von Kellerbach begrüßt, der einen weißen Einwegoverall trug. »Ihr solltet ernsthaft überlegen, alle Münchner Spaßvögel unter Polizeischutz zu stellen, wenn das so weitergeht.«

»Beim Opfer handelt es sich um Horst Bendix«, sagte Kies Grötzinger. »Seine heutige Show müsste in wenigen Minuten ausgestrahlt werden, so steht's jedenfalls in der Programmzeitschrift. Ist aber wohl keine Live-Sendung.« Kies lachte.

»Der Fernsehmoderator, von dem Sie gerade gesprochen haben?«, fragte Anneke flüsternd in Lukas' Ohr.

»Ja, mit seiner Sendung hat er das Format der Late-Night-Show bei uns populär gemacht. Man nannte ihn den deutschen Letterman. Allerdings«, Lukas atmete tief durch, »konnte man die Show schon lange nicht mehr anschauen. Auch wenn man über Tote nichts Schlechtes sagen soll.«

»Ja?«

»Man hat ihm angemerkt, dass er ausgebrannt war und er jeden nur denkbaren Gag schon drei Mal gemacht hatte. Er hätte rechtzeitig aufhören sollen.«

Lukas und Anneke näherten sich Bendix' Leiche, die seitlich gekrümmt auf dem Gehweg lag.

»Was hat er denn da?« Anneke deutete auf die etwas ausgebeulte Lederjacke. »Da steckt eine Zeitung drin, oder? Vielleicht die Abendausgabe?«

»Ja, und?« Kies zuckte mit den Schultern. »Auch wenn es auf den ersten Blick wie Hexerei aussieht, ist es in München nichts Ungewöhnliches, um diese Uhrzeit schon die Abendausgabe zu lesen.«

»Das weiß ich«, erwiderte Anneke und zog sich Einweghandschuhe über. »Darf ich mal?« Sie hockte sich neben die Leiche und zog ihr die Zeitung aus der Jackentasche. »Tatsächlich die Abendausgabe. Schauen Sie mal! Bendix ist auf der Titelseite abgebildet.« Sie las die Schlagzeile vor: »›Krieg der Spaßmacher – Metulskie gegen Bendix‹. Und darunter steht: ›Die Hass-Attacke des King of Comedy gegen den Meister der Late Night‹.« Anneke überflog den Artikel und las ein paar weitere Zitate vor.

»Glauben Sie etwa, dass der Krieg der Comedians hier auf der Straße mit Waffen fortgesetzt wurde?« Kies lachte leise. »Lachen und Schießen, ja?«

»Es kann, aber muss kein Zufall sein«, meinte Lukas und wandte sich an einen der uniformierten Beamten, der mit seinem Kollegen als Erstes am Tatort gewesen war: »Gibt es Zeugen?«

»Den Schuss haben mehrere der Zuschauer gehört, die nach der Vorstellung noch ein Bier getrunken hatten und dann auf dem Weg zum Parkplatz oder zur U-Bahn waren. Gesehen hat aber niemand etwas. Fest steht, dass nur ein Mal geschossen wurde.«

»Die Kugel traf ihn am Oberarm, dabei wurde kein lebenswichtiges Organ verletzt«, sagte Kies Grötzinger. »Aber der Arzt meint, dass die Energie, die der Schuss auf den Körper ausgeübt hat, einen Herzstillstand ausgelöst hat. Er war wohl sofort tot –«

»Gut, den Papierkram machen wir dann später«, unterbrach ihn Lukas. »Wir brauchen jetzt die Aussagen aller Augenzeugen. Wer hat Bendix gefunden? Wer hat uns verständigt?«

»Ein Taxifahrer hat ihn im Vorbeifahren am Straßenrand liegen sehen und über Funk die Zentrale verständigt. Die haben dann sofort den Notruf abgesetzt.«

Als Anneke sich einen Augenblick unbeobachtet fühlte, schritt sie noch einmal auf die Leiche zu. Sie hatte schon zahlreiche Tote gesehen, allerdings noch nicht viele, die durch einen Schuss zu Tode gekommen waren. Sie dachte an Jan Tedsen. An die Kugel aus ihrer Dienstwaffe, die ihm die Arterie durchschlagen hatte, sodass er binnen weniger Minuten verblutet war. Sie sah die Bilder vor sich, als wäre es gestern geschehen.

Als sie spürte, wie sich ihr der Magen umdrehte, übergab sie sich nach drei schnellen Schritten zur Seite in ein Blumenbeet.

»Passen Sie bloß auf, dass Sie keine Spuren verunreinigen, Fräulein«, spottete Kies Grötzinger. Dann flüsterte er Lukas gespielt konspirativ zu: »Vielleicht hätten wir ihr vorher sagen sollen, dass ein Tatort kein Ponyhof ist.«

»Hör auf mit dem Quatsch, Kies!«, blaffte Lukas und beugte sich zu Anneke. »Alles in Ordnung?«

»Danke, geht schon wieder.« Es war ihr furchtbar peinlich, vor den neuen Kollegen die Kontrolle verloren zu haben.

»Eine Schusswunde ist halt schon was anderes als eine Überdosis«, meinte Kies und erntete dafür wieder einen bösen Blick von Lukas.

»Frau Wallutat hat für diesen Mord jedenfalls ein todsicheres Alibi«, stellte Anneke fest.

»Allerdings«, bestätigte Lukas.

»Dennoch muss es einen Zusammenhang geben. Ich bin sicher, dass das Kaliber wieder dasselbe ist.«

»Aber wer sollte einen Spaßmacher nach dem anderen töten?«, sagte Lukas mehr zu sich selbst.

Plötzlich kämpfte sich ein Mann durch die Menschenmenge. Auch von der Absperrung ließ er sich nicht bremsen. Er trug einen gestreiften Anzug, sein Gesicht ähnelte dem eines Raubvogels.

»Wer leitet hier die Ermittlungen?«, fragte er hektisch und schaute einen nach dem anderen an. »Mein Name ist Kranz. Dr. Matthias Kranz. Ich vertrete die Interessen von Herrn Bendix.«

»Sind Sie Anwalt?«, fragte Lukas.

»Ich bin sein Manager. Was ist mit Herrn Ben…« In diesem Moment hatte er die Leiche entdeckt, die inzwischen mit einem weißen Tuch bedeckt war. »O Gott«, sagte er, dann erschlafften seine Gesichtszüge.

»Herr Bendix wurde erschossen«, klärte Lukas den Juristen auf, bevor er ihm die üblichen Fragen nach möglichen Feinden und Bedrohungen stellte. Beide verneinte der groß gewachsene Manager, dessen maßgeschneiderter Anzug vermutlich ein komplettes Monatsgehalt eines Hauptkommissars gekostet hatte.

»Wie kommt es eigentlich, dass Sie so schnell hier sind?«, wollte Lukas wissen.

»Ich hatte ein Strategietreffen mit den Verantwortlichen der Schlachthof-Bühne. Es ging um eine Verlängerung des Vertrags mit der Produktionsfirma und dem Sender.«

»Wie lange vertreten Sie schon die Interessen von Horst Bendix?«, fragte Anneke.

»Seit Beginn seines Late-Night-Vertrags. Also fast fünf Jahre.«

»Erlauben Sie mir noch eine Frage, Herr Kranz, auch wenn sie Ihnen vielleicht seltsam vorkommt?«

»Natürlich, fragen Sie!«

»Wissen Sie, ob Horst Bendix vor einigen Jahren an einer Werbekampagne für die Finco AG beteiligt war?« Als Dr. Kranz nicht sofort antwortete, fügte sie hinzu: »Es ging um eine Münchner Volksaktie. An der Kampagne haben sich mehrere –«

»Ja, sicher. Jetzt erinnere ich mich wieder. ›Mit Humor zur Million‹ oder so ähnlich hieß es doch? Es war eine schreckliche Werbung, aber sehr gut bezahlt. Da lässt man sich nicht lange bitten. Warum wollen Sie das wissen?«

Anneke blickte Lukas an. Er zwinkerte zurück. Im nächsten Moment signalisierte sein Handy einen Anruf mit höchster Priorität.

»Stapper«, las er auf seinem Display. »Was will denn der Präsi von mir?«

NEUN

»Wir müssen von einem terroristischen Anschlag ausgehen«, sagte Hans Heyden. Der Wahlkampfmanager der Münchner CSU saß neben OB-Kandidat Ludwig Sanktjohanser im Sitzungssaal des dritten Stocks im Franz-Josef-Strauß-Haus. Schon wenige Minuten nach den Schüssen auf dem Marienplatz hatten sich die Parteigranden in der Zentrale versammelt.

»Und ein Anschlag müsste nicht zu unserem Schaden sein«, fügte Heyden hinzu.

»Das ist makaber und zynisch, Herr Kollege«, empörte sich der stellvertretende Bezirksvorsitzende Anton Markert. »Gottlob hat der Irre diesen Paroli nicht getötet. Wir können doch jetzt nicht politisches Kapital daraus schlagen, dass –«

»Beruhigen Sie sich.« Heyden machte eine beschwichtigende Geste. »Wir müssen aus nichts Kapital schlagen. Wir müssen uns nur ruhig verhalten. Der Rest wird ganz von alleine passieren.« Einen Moment lang genoss er die fragenden Blicke seiner Vorstandskollegen. »Die SPD hat uns immer wieder vorgeworfen, wir würden die Terrorangst der Bevölkerung für den Wahlkampf instrumentalisieren. Sie haben unsere Plakate menschenverachtend genannt, und die Presse hat die Attacken dankbar aufgenommen.«

»Das Plakat mit dem billigen Slogan ›Terrorzelle in München – und die Stadt zahlt die Miete‹ haben wir zu Recht wieder entfernt«, meinte Schatzmeisterin Heidi Bohde.

»Sicherlich wird man einen terroristischen Hintergrund nicht ausschließen können«, sagte Heyden. »Warum sonst sollte man auf einer Parteikundgebung auf das Podium feuern? Dadurch würden unser Kampf gegen Terror und unsere Null-Toleranz-Strategie bestätigt werden.«

»Aber jetzt mal ehrlich«, wandte Sanktjohanser ein, der immer noch sichtlich mitgenommen von den Ereignissen war. »Wer mich hätte umbringen wollen, der hätte das auch getan. Und ganz bestimmt hätte er nicht auf einen Spaßmacher geschossen.«

»Und wenn es ein Versehen war?«, fragte Heyden. »Vielleicht war der Täter abgelenkt.« Anscheinend hatte er selbst bemerkt, dass seine Theorie unwahrscheinlich war, redete aber trotzdem weiter. »Vielleicht war es ein –«

»Die Frage ist doch«, unterbrach ihn jetzt Peter Lamminger, der Pressesprecher des Parteiverbandes, »wie wir den Wahlkampf weiterführen, solange der Täter nicht gefasst ist. Wir können schließlich nicht jede Kundgebung mit Leibgarden sichern oder das Podium mit kugelsicheren Wänden abschirmen.«

»Für noch mehr Security-Leute und Personenkontrollen fehlt uns sowieso leider das Geld«, stellte die Schatzmeisterin fest.

»Wollen Sie etwa den Wahlkampf abblasen?«, fragte Karl-Heinz Eberhartinger, der Älteste in der Vorstandsrunde, und blickte den OB-Kandidaten an.

Sanktjohanser presste seine Hände vors Gesicht und schwieg fast eine Minute lang. Dann stand er auf und verließ ohne ein Wort den Raum. Die übrigen Vorständler blieben sprachlos zurück.

»Was war das denn jetzt?«, fragte Heyden nach einer Schrecksekunde.

»Vermutlich braucht er nur eine Auszeit«, sagte Eberhartinger.

»Die sollten wir ihm zugestehen«, meinte Markert. »Und Sie«, er wandte sich an Lamminger, »Sie bereiten jetzt sofort eine anteilnehmende Pressemitteilung vor, in der wir diesem Pausenclown gute Genesung wünschen.«

***

»Ich hätte Sie gerne unter anderen Umständen kennengelernt, Frau van Royen.«

Der Polizeipräsident trug seinen dunkelgrünen Lodenanzug vor seinem Schreibtisch spazieren, hatte die Hände hinter dem Rücken verschränkt und roch nach teurem Rasierwasser. Anneke saß auf einem Stuhl am Besuchertisch und fühlte sich wie ein Schulmädchen, das wegen ungebührlichen Verhaltens zum Direx bestellt worden war. Fehlte nur noch, dass er sie mit Fräulein ansprach. Über Lukas' Mobiltelefon hatte Stapper angeordnet, dass Anneke bei Dienstbeginn am nächsten Morgen sofort in seinem Büro zu erscheinen habe.

»Wie Sie wissen, habe ich persönlich die Teilnahme des Münchner Polizeipräsidiums am Europol-Austauschprogramm mit allen Möglichkeiten gefördert und mich intensiv dafür eingesetzt, dass alle Dezernate nicht nur Kräfte ins Ausland entsenden, sondern auch interessierte Teilnehmer aus dem benachbarten europäischen Ausland aufnehmen und in unsere Polizeiarbeit integrieren.«

Anneke wartete. Kommen Sie endlich zur Sache, hätte sie am liebsten gesagt, schwieg aber. Was wollte Stapper nur von ihr?

»Wir haben Sie als Hospitantin aufgenommen, Frau van Royen. Sie wissen, was das bedeutet?«

Sie nickte. »Natürlich. Ja.«

»Ein Hospitant ist ein Gast. Ein Zuschauer. Und es hat nichts mit Zweifeln an Ihrer Qualifikation oder Ihren Fähigkeiten zu tun, dass ich Sie hiermit ausdrücklich und ganz offiziell auffordern möchte, sich nicht in unsere hoheitlichen Polizeiaufgaben einzuschalten.« Seine Stimme wurde schärfer. »Haben wir uns verstanden?«

»Ja, natürlich«, sagte sie leise. »Aber warum … worauf spielen Sie an?«

»Es ist vollkommen in Ordnung, wenn Sie die ermittelnden Sachbearbeiter begleiten und unterstützen. Aber wenn mir noch einmal etwas von einem Alleingang zu Ohren kommt, dann ist Ihre Hospitanz mit sofortiger Wirkung beendet.«

Ihm war also etwas zu Ohren gekommen? Dann konnte es sich nur um Eberhartinger handeln.

»Hat sich jemand über mich beschwert?«, fragte sie. »Herr Eberhartinger ist für mich hochgradig tatverdächtig. Und er hat ein Motiv.«

»Habe ich mich gerade eben nicht deutlich genug ausgedrückt, Frau van Royen?«

»Ja, Herr Präsident. Aber ich hielt es für angemessen und notwendig, dass ich –«

»Eberhartinger hat ein Alibi«, fuhr er dazwischen und sah sie fordernd an.

»Ach ja?« Anneke staunte.

»Der Brauereichef hat am Sonntagabend ab zwanzig Uhr an einem Treffen der Rotarier im Königshof teilgenommen. Er hat das Hotel bis halb drei Uhr in der Früh nicht verlassen. Danach war er in einem Zustand, in dem er nicht mehr Auto hätte fahren können, und auch zu einem Mord wäre er nicht mehr in der Lage gewesen.«

»Und wer kann das bezeugen?«, wollte Anneke wissen.

»Ich«, sagte Stapper mit schneidender Stimme.

Anneke schluckte. Sie hatte einen Rotarierfreund des Polizeipräsidenten verdächtigt. Da war sie ja mit voller Kraft in einen ganzen Fettbottich getreten. Sollte sich etwa die Geschichte wiederholen, wegen der sie in Holland nicht mehr arbeiten konnte? Sollte sie sich ein weiteres Mal ihren höchsten Vorgesetzten zum persönlichen Feind gemacht haben?

»Also, ja ... äh ... wenn Sie dabei waren, Herr Präsident. Ich meine, als Zeuge. Also, einen besseren Zeugen kann man ja gar nicht –«

»Schon gut.« Stappers Stimme klang auf einmal weich, fast väterlich. »Wenn Sie keine erfahrene Kollegin wären, würde ich das unter der Rubrik Anfängerfehler verbuchen. Aber in Ihrem Fall sage ich einfach: Schwamm drüber.«

Er trat näher an Anneke heran und klopfte ihr sanft auf die Schulter, woraufhin sie reflexartig zusammenzuckte.

»Und jetzt machen Sie sich wieder an die Arbeit!«

Anneke nickte und stand wortlos auf, um das Büro zu verlassen. Sie ballte die Fäuste. Warum ließ sie sich von diesem blasierten Hampelmann nur so einschüchtern? Respekt vor Autoritätspersonen war ihr im Grunde fremd. Eine Sekunde lang erwog sie, Stapper ein paar passende Worte um die Ohren zu hauen, doch in der nächsten Sekunde war ihr wieder klar, dass das keine gute Idee gewesen wäre. Sie atmete tief ein.

Als sie an der Tür schon die Klinke in der Hand hatte, hielt sie Stapper noch einmal auf: »Frau van Royen, was ich noch sagen wollte ...«

»Ja?«

»Aufgrund der Häufung von Delikten, die auf einen Zusammenhang mit der Unterhaltungs... wie sagt man noch? ... mit der Kabarett- und Comedy-Szene hindeuten, haben wir beschlossen, eine Sonderkommission einzurichten. Die Leitung habe ich Hauptkommissar Lukas Schmidtbauer übertragen, mit dem Sie sich ja ganz gut verstehen, wie mir zu Ohren gekommen ist.«

Dem kommt aber viel zu Ohren, dachte Anneke und schaute verlegen.

»Ich möchte Sie hiermit zum ordentlichen Mitglied der Soko Harlekin machen.«

»Ja, geht das denn so einfach? Dass ich Mitglied einer deutschen Soko bin, ohne bei der Münchner Polizei angestellt zu sein?«

»Es ist durchaus üblich, Mitarbeiter ausländischer Polizeiorganisationen in Ermittlungsgruppen einzubinden. Wir hatten schon öfter Fälle, in denen wir zum Beispiel Spezialisten des FBI angefordert haben. In diesem Fall greifen wir eben auf eine hervorragende Kollegin vom DNR der königlichen Polizei der Niederlande zurück.«

Anneke war sprachlos. Damit hatte sie nicht gerechnet, das hatte sie nicht zu träumen gewagt. Erst der Rüffel und jetzt die formelle Aufnahme in die Ermittlungsarbeit.

»Ich muss natürlich noch Ihren direkten Vorgesetzten informieren«, sagte Stapper, »aber das ist reine Formsache. Und jetzt erwarten Ihre Kollegen Sie zur Lagebesprechung. Ich verlange von Ihnen volle Loyalität. Aber ich denke, wir haben uns verstanden.«

***

Ein eisiger Wind wirbelte das Laub auf den einsamen Gehwegen im Hofgarten auf.

»Der Vorschlag kommt ziemlich überraschend«, sagte Karl-Heinz Eberhartinger. »Ich dachte, wir hätten uns längst auf Toni Paroli verständigt.«

»Die aktuellen Ereignisse«, Hans Heyden zog tief an seiner Zigarre, »lassen uns keine andere Möglichkeit.«

Eberhartinger fragte sich, ob der CSU-Wahlkampfmanager mit den Ereignissen die bevorstehende Kommunalwahl oder die Mordanschläge auf Münchner Humoristen meinte. Während der Seniorchef der Benedictus-Brauerei und der Parteistratege durch den Hofgarten spazierten, kam es Eberhartinger so vor, als würden die Worte seines Gesprächspartners aus dem Prunkgebäude ferngesteuert, dessen Anblick den Hofgarten beherrschte: aus der Staatskanzlei.

»Wir können miteinander Klartext reden, oder?«, sagte Heyden, dessen Blick tatsächlich an Eberhartinger Richtung Regierungssitz vorbeizugehen schien.

Eberhartinger nickte und wickelte seinen dunkelgrünen Schal enger.

»Sie wissen, dass der Starkbieranstich für uns heuer keine spaßige Angelegenheit sein wird. Der Münchner CSU steht die wichtigste Wahl seit vielen Jahren bevor. Wir haben eine reelle Chance, das rote Rathaus zu erobern, da können wir es uns nicht erlauben, dass das Derblecken zu einer Hetzveranstaltung und einer Wahlkundgebung für die anderen wird. Und genau das –«

»Aber ich bitte Sie!«, wandte der Benedictus-Senior ein. »Wir werden –«

»Nein, genau das befürchten wir, wenn die Fastenpredigt von Bruder Barnabas von einem politischen Kabarettisten verfasst und gehalten wird. Sie wissen doch selbst: Politkabarett ist immer links, sonst lachen die Menschen nicht. Traurig, aber wahr.«

»Hm«, sagte Eberhartinger, dem nicht ganz klar war, was Heyden mit diesem Gespräch, um das er kurzfristig gebeten hatte, bezwecken wollte. »Und was sollen wir Ihrer Meinung nach jetzt tun? Den Nockherberg absagen? Auf die Fastenpredigt verzichten? Dass wir nicht die Erfüllungsgehilfen der CSU sind, das habe ich Ihnen –«

»Lassen Sie uns nicht schon wieder damit anfangen«, fiel ihm Heyden ins Wort. »Sie wissen selbst am besten, wie viele Brauereien es in München gibt. Und jede davon würde einiges dafür tun, einen Generalvertrag für die Belieferung der CSU-Kundgebungen und Festzeltveranstaltungen zu bekommen.«

»Ich bin nicht mehr der Chef im Laden.«

Eberhartinger konnte Heyden ansehen, dass dieses Argument für ihn nicht zählte.

»Wir müssen uns nichts vormachen. Ohne Sie geschieht noch immer nichts in diesem Laden, wie Sie Ihre Firma nennen. Außerdem«, Heyden blickte ihm jetzt erstmals während des Gesprächs direkt in die Augen, »ist nächstes Jahr Bundestagswahl. Sie wissen, dass alles auf die Kanzlerkandidatur unseres Ministerpräsidenten Franz Däxl hinausläuft.« Jetzt schaute Heyden wieder zur Staatskanzlei hinüber. »Und wenn Däxl bundesweit Wahlkampf macht, dann werden die Unions-Anhänger in Flensburg, Schwerin und Wuppertal gewiss gerne gutes bayerisches Bier ausgeschenkt bekommen. Benedictus-Bier.«

»Kann man Ihr Vorgehen als Erpressung bezeichnen?« Eberhartinger blieb stehen und blickte Heyden herausfordernd an.

»Nennen Sie es, wie Sie wollen. Ich nenne es jedenfalls freie Marktwirtschaft. Und in den vergangenen Jahren haben Sie schließlich auch immer kooperiert, wenn es darum ging, Schaden von unserer Partei abzuhalten.«

»Aber ich habe mich nie erpressen lassen, Herr Heyden. So allmächtig ist die CSU nicht, dass sie den Nockherberg kaufen kann.«

Der Wahlkampfmanager blies seinen Zigarrenqualm knapp an Eberhartingers Gesicht vorbei. »Denken Sie noch mal in Ruhe darüber nach.«

»Und was ist, wenn ich Nein sage?«

»Sie meinen, wenn Sie auf ein lukratives Geschäft für die Belieferung von Hunderten von Wahlkundgebungen bundesweit verzichten wollen?«

»Ja.«

»Nun«, Heyden räusperte sich leise, »nicht weit entfernt von hier befindet sich unser Justizministerium.«

»Das ist nicht *Ihr* Ministerium!«

Heyden überging die Bemerkung mit einem arroganten Lächeln. »Glauben Sie, es wäre eine gute Publicity für Ihre Firma, wenn sich der neue Juniorchef so kurz nach Übernahme der Amtsgeschäfte einem wieder aufgerollten Ermittlungsverfahren stellen müsste?« Er legte eine kleine Kunstpause ein. »Wegen Mordes.«

Eberhartinger schluckte. Mit allem hatte er gerechnet, aber nicht damit, dass der CSU-Wahlkampfmanager damit drohte, im CSU-geführten Justizministerium Druck zu machen, dass eine schon seit Jahren geschlossene Ermittlungsakte wieder geöffnet werden würde. Dass ein Verfahren gegen einen Unschuldigen aufgerollt werden würde.

»Nur mal angenommen«, Eberhartinger sprach leise und langsam, »wir wären bereit …«

»Das klingt doch schon viel besser«, sagte Heyden gönnerhaft und berührte ihn kameradschaftlich am Unterarm. Instinktiv wich Eberhartinger zurück.

»Wenn Sie kooperieren, wird das Ihr Schaden nicht sein. Und falls Ihr Sohn mal ein Mandat anstreben sollte, dann können wir über alles reden.«

»Was verlangen Sie, Herr Heyden?«, flüsterte Eberhartinger.

»Es ist nur ein harmloser Vorschlag: Gehen Sie mit der Zeit. Werden Sie modern.«

»Was meinen Sie damit?«

»Ganz einfach. Machen Sie auf dem Nockherberg kein Politkabarett mehr.« Heyden blickte den Brauerei-Senior mit einem breiten Lächeln an. »Machen Sie Comedy!«

***

»Me-tul-skie! Me-tul-skie!«, skandierten die ungeduldigen Fans schon seit mehreren Minuten. Hunderte Menschen waren in das riesige Möbelhaus in einem trostlosen Gewerbegebiet in Wolfratshausen gekommen, um sich das kostenlose Showprogramm anlässlich des zehnten Jubiläums von Möbel Otter anzusehen. Dass jeder Besucher zur Begrüßung auch noch Prosecco im Plastikbecher ausgehändigt bekommen hatte, steigerte die bereits ausgelassene Stimmung umso mehr.

Max Metulskie war seit Monaten die Werbe-Ikone des Möbelhauses, das neben dem Stammsitz in ganz Deutschland ein paar Dutzend Filialen hatte – Otter-Mega-Stores genannt. Wochenlang war die gesamte Republik mit Metulskie-Plakaten und seinen Slogans »Heute schon geottert?« oder »Ottern statt Stottern« zugeklebt worden. Auch an den TV-Werbespots, in denen der Comedy-Star seine Vorliebe für Schrankwände, Polstermöbel und Badezimmereinrichtungen mit seiner Berliner Schnauze propagierte, kam niemand vorbei, der auch nur für wenige Minuten den Fernseher einschaltete. Und jedes Mal ertönte zum Schluss, untermalt von Lachsalven vom Band: »Qualität für wenig Schotter – Möbelhaus Otter.«

Doch heute gab es Metulskie nicht als Gag-Konserve, sondern als Live-Act. Auf den in ganz München geklebten Postern waren »Ausschnitte aus seinem Rekord-Programm« angekündigt worden.

Die Zuschauer standen jetzt dicht gedrängt. Immer mehr leere Plastikbecher rollten über den gefliesten Marmorfußboden, während eine volltourig wummernde Klimaanlage im Foyer des fünfstöckigen Möbelhauses mit der riesigen Glasfront für einigermaßen frische Atemluft sorgte. Endlich kündigte eine Stimme aus dem Lautsprecher in Boxring-Manier den Stargast an: »Begrüßen Sie heute bei Möbel Otter in Wolfratshausen den King of Comedy, den designierten Gag-Weltmeister ... Maaaaaaaax Metulskiiiiiiie!«

Die Menge tobte und grölte, als Metulskie wie üblich in enger Röhrenjeans und roten Turnschuhen auf die Bühne schritt. Zur Abwechslung trug er diesmal nicht das türkisfarbene T-Shirt mit der Aufschrift »Ich bin Ü30, bitte helfen Sie mir über die Straße«, sondern eine knallrote Variante, der Farbe des Möbelhauses, mit einer verschnörkelten Buchstabenkombination aus M und O.

»Juten Tach«, eröffnete der Comedian wie immer sein Programm. Als wäre dies bereits der erste Gag, brach das Publikum in dankbares Lachen aus.

»Wir sind ja hier im Möbelhaus, liebe Männa«, sagte Metulskie und zappelte dabei merkwürdig mit seinen Extremitäten. »Ihr wisst doch, wat dit bedeutet, wenn meene Freundin, die Sandy, sacht, die Lampe im Backofen funktioniert nich? Na?« Er kicherte schon, bevor er die Pointe ins Publikum prustete: »Dit se 'n eneues Haus haben will!« Er lachte laut los, und die Zuschauer taten es ihm nach. »Und wisst ihr, wat die Frau von Stevie Wonder mitten im Ehekrach macht?« Er blickte erwartungsvoll mit weit aufgerissenen Augen in die Menge, bevor er die Auflösung zum Besten gab: »Sie stellt die Möbel um!« Als könnte er sich nicht beherrschen, fuhr er fort: »Und kennt ihr schon den mit den sprechenden Möbeln?« Er wartete einen Moment. »Wie, kennt ihr nich? Kennt ihr echt nich? Soll ick erzählen? Erzähl ick euch! Also ...« Für Metulskie schien es beim Gedanken an die bevorstehende Pointe kein Halten mehr zu geben. »Also, der jeht so: Der Liebhaber is bei ihr zu Besuch, sie liejen beede im Bette.« Die ersten verschämten Lacher waren zu hören. »Dit ist noch nich lustich, liebe Leute. Also. Liebhaber. Im Bette. Plötzlich kommt der Ehemann die Treppen ruff. Der Liebhaber versteckt sich im ... na, wo versteckt er sich? Riiiiichtich: im Schrank natürlich. Der Ehemann kommt also ins Zimmer und sacht:

›Schatz, draußen brennt's. Wir müssen uns in Sichaheit bringen.‹ Plötzlich hört man 'ne Stimme aus 'm Schrank: Rettet die Möbel! Rettet die Möbel!«

In das Lachen hinein ließ der Spaßmacher bereits den nächsten Brüller folgen. »Ick hab noch 'n eMöbelwitz. Passt mal uff! Fritzchen kommt stöhnend mit 'nem Kleiderschrank uffm Rücken die Treppe ruff. Seine Mutter sieht ihn und will wissen: ›Sach mal, Fritzchen, wollte dein Kumpel Erwin dir nich helfen?‹ Sacht Fritzchen: ›Ja, Mutta, er hilft mir ja ooch. Er sitzt im Schrank und hält die Büjel fest.‹« Metulskie hatte sein Pulver an Möbelwitzen noch immer nicht verschossen. »Übrigens jut, dit ihr hier alle im Möbelhaus Otter einkooft. Und nich bei Ikea. Ihr wisst doch, wat Ikea bedeutet, wa?« Grinsend blickte er in die Menge. »Idioten koofen einfach allet.«

Ein Mann, der etwas abseits der lachenden Masse stand, konnte sich über die Scherze auf der Bühne nicht amüsieren, auch wenn er sie auswendig hätte mitsprechen können.

»Qualität für wenig Schotter: Möbelhaus Otter«, summte er den bekannten Werbeslogan in Gedanken, während seine Hand in der rechten Manteltasche das kalte Metall einer Waffe umklammerte. Er war entschlossen, sie zu benutzen, und wartete nur noch auf den richtigen Moment. Das krankhafte Grölen der aufgewühlten Menschenmenge würde den Schuss übertönen. Er zog seine Hand langsam aus der Manteltasche, als ihn jemand forsch ansprach.

»Entschuldigen Sie, junger Mann, machen Sie bitte den Weg hier frei.« Der Security-Mitarbeiter mit einer dunkelblauen Uniform trug ein Logo auf der Brust, das an einen Sheriffstern erinnerte. »Sie stehen direkt vor einem Notausgang. Das hier ist ein Fluchtweg. Bitte gehen Sie ein paar Schritte nach vorne.«

Er brummte unwillig und hoffte, dass der Sicherheitsmann sich sein Gesicht nicht merken würde. Als Vorsichtsmaßnahme beschloss er, das Möbelhaus besser sofort zu verlassen.

Währenddessen bereitete Max Metulskie die nächste Pointe vor und blickte sich suchend um.

ZEHN

Als Anneke den Besprechungsraum betrat, entdeckte sie nur noch einen freien Stuhl neben Natascha.

»Du auch hier?«, fragte die Holländerin leise. Lukas hatte bereits begonnen, die Soko-Mitglieder zu begrüßen.

Natascha, die heute eine schwarze Bluse und die Haare hochgesteckt trug, nickte. Sie sah nicht mehr wie die bayerische Lara Croft, sondern eher wie eine Vorstandssekretärin aus. »Stapper hat alle verpflichtet, die nicht bei drei auf den Bäumen waren.«

»Auf den Bäumen? So wie Kies?«

»Ach was«, Natascha lachte leise, »ist nur so eine Redensart. Aber weil wir nicht genügend sind, wurde sogar noch aus den benachbarten KPIs rekrutiert. Der Kollege links neben dir«, Natascha deutete auf einen Mann Anfang vierzig mit millimeterkurz rasiertem Haupthaar, »ist Jürgen Sonne, mein früherer Chef. Der leitet jetzt die Kripo in Fürstenfeldbruck und freut sich, mal wieder seine alte Wirkungsstätte zu sehen.«

Anneke zählte insgesamt zwölf Männer und vier Frauen an den hufeisenförmig zusammengestellten Tischen. Es waren vorwiegend jüngere Kollegen, keiner schien älter als Mitte vierzig zu sein. Auch alle Mitglieder der Männer-WG waren anwesend – bis auf deren Chef.

»Was ist denn mit Neidlinger?«, fragte Anneke, und Natascha erläuterte, dass er die Bearbeitung der übrigen Fälle koordinieren würde, die nicht in die Zuständigkeit der Soko fielen.

»Und das lässt er einfach so mit sich machen?«, fragte Anneke staunend. »Ist das nicht eine Demütigung, dass er nicht dabei ist? Wird er vielleicht kaltgestellt?«

»Ach was.« Natascha winkte ab. »Der ist eher froh, dass er die Arbeit vom Hals hat und Lukas den Job übernimmt. Neidlinger ist ein guter Typ, der hat in dem Laden hier schon alles erreicht. Seine Motivation besteht nur noch darin, die Dienstzeit bis zur Pensionierung zu überstehen, ohne sich bei der Mörderjagd eine Kugel einzufangen.«

Lukas schaltete jetzt einen Beamer ein, der in großen Buchstaben die Worte »Soko Harlekin« auf eine weiße Leinwand projizierte.

»Wir haben bisher drei Opfer«, sagte Lukas. »Zwei Tote und einen Verletzten.« Die Fotos von Lorenz Merz, Anton Wallutat und Horst Bendix erschienen auf der Leinwand, dahinter jeweils der genaue Tatort und der Zeitpunkt des Verbrechens. »Wir können davon ausgehen, dass wir es mit einem Täter zu tun haben. Darauf deutet nicht nur das Milieu hin, aus dem alle Opfer stammen, sondern auch«, ein weiteres Bild zeigte eine Reihe von Kleinkaliberpistolen, »dass auf alle Opfer mit derselben Waffe geschossen wurde. Unsere neue Kollegin kann uns mehr über diese Waffengattung sagen. Anneke?«

Anneke fuhr zusammen. Damit hatte sie nicht gerechnet. Sie spürte, dass sie knallrot im Gesicht wurde. Die zwei Sekunden, in denen sie keinen Laut hervorbrachte, erschienen ihr wie eine Ewigkeit. Sie überlegte kurz, ob sie aufstehen sollte, entschied sich aber dann dafür, sitzen zu bleiben. Schließlich war sie nicht mehr in der Schule.

»Es handelt sich«, kam es dann über ihre Lippen, »um eine KK-Handfeuerwaffe. Es wurde ein Kaliber 22 lfB Subsonic verwendet. Die Unterschallmunition bietet nahezu die Leistung einer Standardpatrone, ist jedoch deutlich leiser, da kein Überschallknall entsteht. Die Geschwindigkeit liegt bei etwa dreihundertzwanzig Metern pro Sekunde.«

Sie blickte in ein Dutzend interessierter Gesichter und verlor nach wenigen Augenblicken die Scheu. Mehrere Minuten lang referierte sie alles, was sie aus ihrer Arbeit als Drogenfahnderin über diese Pistolenart wusste. Zudem ergänzte sie ihr Wissen um die Vermutung, dass der Täter oder die Täterin eher zufällig an die Waffe gelangt sein könnte, da sie sich als Mordinstrument nur bedingt eignete. »Mit einer Neun-Millimeter-Pistole hätte der Täter zum Beispiel bei der Tat zum Nachteil von Toni Paroli einen tödlichen Wirkungstreffer erzielen können.« Anneke staunte selbst, wie sehr sie die deutsche Beamtensprache schon verinnerlicht hatte, und verkniff sich ein Grinsen. Dass von ihren Zuhörern niemand eine Miene verzog, bewies ihr, dass sie – zumindest was den Wortschatz betraf – bei ihren neuen Kollegen angekommen war. Sie konnte sich sogar einbilden, in einigen Gesichtern so etwas wie Anerkennung zu entdecken.

»Danke, Anneke«, sagte Lukas und wandte sich dann an die große Runde. »Wer von euch Anneke van Royen noch nicht kennt: Sie kommt vom Dienst Nationale Recherche der niederländischen Kriminalpolizei und verstärkt unser Dezernat für die nächsten sechs Monate. Sie hat sich nach wenigen Tagen bereits so gut eingearbeitet, dass der Präsident sie zum ordentlichen Mitglied unserer Ermittlungsgruppe berufen hat.«

Die Soko-Mitglieder klopften mit ihren Fingerknöcheln auf die Tischplatte, während Lukas in den Papieren blätterte, die vor ihm lagen. Anneke wurde rot.

»Interessant sind noch einige Details aus dem Obduktionsbericht von Horst Bendix. Schon am Tatort kam es uns seltsam vor, dass der Talkmaster unmittelbar starb, ohne dass die Kugel ein lebenswichtiges Organ verletzt hatte. Die Rechtsmedizin hat bei Bendix einen sogenannten Schocktod festgestellt. Ich lese mal vor. ›Durch die starke Druckwirkung des Geschosses wurden fernab vom Schusskanal liegende Organe alteriert. Die intensive Wirkung des Geschosses führte zu einer plötzlichen Erregung der Nerven in einem größeren Bereich, die dann den sofortigen Tod zur Folge hatte, ohne dass sichtbar lebenswichtige Gebiete geschädigt wurden. Es handelt sich um einen Schocktod infolge multipler, plötzlicher Reizung des peripheren Nervensystems.‹« Er schaute in die Runde, ob noch alle zuhörten. »›Wird die Theorie des paarigen Schockreflexes als richtig unterstellt, ist weiterhin anzunehmen, dass die Stoßwelle den entscheidenden Faktor darstellt. Es gilt allgemein, dass die Translationsenergie eines Geschosses prozentual wesentlich schneller abnimmt als die Rotationsenergie.‹« Lukas brach ab. »An dieser Stelle wird es zu kompliziert.«

»Kann es nicht vielleicht sein«, fragte Anneke, »dass der Schütze in diesem Fall Bendix nicht töten, sondern nur verletzen wollte?«

»Theoretisch ist das denkbar«, sagte Lukas. »Allerdings hätte ich dafür keine plausible Erklärung.«

Er blätterte in seiner Präsentation weiter zum nächsten Bild, das einen Stadtplan von München mit roten Kreuzen zeigte: die Tatorte.

»Seit gestern haben wir einen weiteren Zusammenhang zwischen den Opfern herausgefunden.« Das folgende Bild zeigte ein mehrstöckiges Bürogebäude mit dem leuchtenden Firmennamen Finco auf dem Dach. »Die Starnberger Finco AG hat vor mehreren Jahren mit Merz, Paroli alias Wallutat und Bendix Verträge abgeschlossen. Und zwar Werbeverträge für die sogenannte Münchner Volksaktie.«

»Ich weiß noch«, sagte Jürgen Sonne. »Das war während des Börsen-Hypes. Jede Oma wollte unbedingt ihren Sparstrumpf an der Börse investieren und von sprudelnden Aktiengewinnen profitieren.«

Anneke erinnerte sich, dass auch in Holland ein regelrechter Börsenboom geherrscht hatte und die ganze Nation zu einem Land von Kleinanlegern geworden war. Jeder hatte davon geträumt, irgendwann so viel Gewinn zu machen, dass er nicht mehr arbeiten müsste.

»Kies hat sich in der vergangenen Nacht ein bisschen mit dieser Finco AG und der damaligen Werbekampagne beschäftigt«, sagte Lukas. »Deine Ergebnisse, bitte!«

Kies Grötzinger stand auf und trat vor die Runde. Sein Hemd spannte sich über den Muskeln seines Oberkörpers. Er sah völlig übermüdet aus, hatte einen zusammengefalteten Zettel mit Bleistiftnotizen in der Hand und räusperte sich, bevor er anfing.

»Die Finco AG ist eine Beteiligungsgesellschaft mit Sitz am Starnberger See. Sie wurde vor zwölf Jahren von den Unternehmensberatern Florian Mayerhofer und Rainer Karnebogen gegründet und hat seitdem zahlreiche marode Firmen aufgekauft, saniert und dann wieder gewinnbringend veräußert.« Er griff zu seiner Kaffeetasse, stellte sie aber wieder auf den Tisch, als er bemerkte, dass sie schon leer war. »Unter diesen Firmen waren Kinderwagenhersteller ebenso wie Autoteilezulieferer. Auch ein Kleinverlag für Handarbeitszeitschriften. Die Firma hat viele Millionen Gewinne gemacht und mitten im Börsenboom mit einem Börsengang eine Kapitalerhöhung vollzogen. Dafür wurde, analog zur bundesweiten Kampagne für die T-Aktie der Telekom, PR-wirksam eine Münchner Volksaktie erfunden, mit der Kleinanlegern das schnelle Geld versprochen wurde. Begleitet wurde der Börsengang von einer publicityträchtigen Werbekampagne. Doch dazu später mehr.« Kies fingerte noch einmal an seiner Kaffeetasse herum, als hätte sie sich auf wundersame Weise füllen können.

»Vor zwei Jahren setzten sich Mayerhofer und Karnebogen mit einem angehäuften Vermögen von geschätzten fünfunddreißig Millionen Euro zur Ruhe. Seitdem verbringen sie ihre Zeit als Privatiers damit, ihre Jachten zu polieren. Die Firma ist unter der neuen Führung den Bach runtergegangen. Einige von Finco übernommene Unternehmen ließen sich nur noch mit Verlust verkaufen. Der Kurs fiel in den Keller, und Aktionärsvertreter prangerten mehrfach Unregelmäßigkeiten in den Geschäftsberichten an.« Kies räusperte sich. Anscheinend hatte er vom vielen Reden eine trockene Kehle bekommen. »Die Fäden in der Hand haben derzeit der Vorstandsvorsitzende Ulrich Winkler, achtundfünfzig, sowie sein Finanzvorstand Josef-Franz Köppen, achtunddreißig, genannt JFK. Die Finco AG geriet erst vor wenigen Tagen wieder in die Negativschlagzeilen, als das Münchner Landgericht dem Kleinaktionär Bernward Zorn recht gab und die Finco AG zu einer fünfstelligen Summe Schadensersatz wegen Anlagebetrugs verurteilte.« Kies schaute mit müden Augen in die Runde. »Bitte nagelt mich nicht auf die juristischen Details fest, davon versteh ich nichts, aber es ging wohl auch hier um die Tatsache, dass den Kleinanlegern, die damals diese Volksaktie gekauft haben, vorsätzlich falsche Hoffnungen gemacht und Risiken verschwiegen wurden. Brisant ist der Fall ›Zorn gegen Finco‹ nicht allein wegen dieses einen Urteils. Vielmehr handelt es sich um einen Musterprozess, dem über vierhundert weitere Klagen folgen werden. In einer Stunde bin ich mit Herrn Zorn verabredet. Vielleicht wissen wir hinterher mehr.«

»Die Finco AG dürfte damit am Ende sein, oder?«, sagte Jürgen Sonne.

»Das wäre tatsächlich der Fall«, sagte Kies, »wenn sie sich nicht von einer ihrer lukrativsten Beteiligungen trennen würde. Und da hätten wir dann einen weiteren Berührungspunkt mit unserer Mordserie.« Die Kollegen schauten ihn einige Sekunden lang erwartungsvoll an, bevor er weiterredete. »Die Finco AG hat angekündigt, ihre

Anteile an der Firma Meulenaere & Verkerk abzustoßen. Steht seit gestern Abend auf sueddeutsche.de.«

Weil offenbar niemand etwas mit dem Firmennamen anfangen konnte, warf Anneke in den Raum: »Meulenaere & Verkerk ist die Gag-Factory.«

»Die alle Kleinkunst- und Kabarettbühnen plattmachen will?«, fragte Jürgen Sonne. »Davon hab ich in der Zeitung gelesen.«

»Und die Lorenz Merz einen Millionenvertrag angeboten hat«, ergänzte Lukas. »Und was hat es nun mit dieser Werbekampagne auf sich, Kies?«

Kies holte aus einer roten Plastikmappe einen Stapel kopierter Papiere, die er unter den Kollegen verteilen ließ. Anneke legte die ersten vier ausgeteilten Bögen nebeneinander vor sich auf die Tischplatte. Alle zeigten sie großflächige Fotos mit grinsenden Gesichtern vor einem roten Hintergrund mit jeweils einem Slogan aus gelben Buchstaben. Die Gesichter waren ihr gut bekannt. Das erste Motiv zeigte Toni Paroli mit dem Spruch »Mit Humor zur Million«. Auf dem nächsten Blatt war Lorenz Merz zu sehen, der forderte: »Lachen Sie sich reich!« Horst Bendix, der damals wohl gerade mit seiner Late-Night-Show begonnen hatte, bekam die Worte in den Mund gelegt: »Reich zu sein, bedarf es wenig.« Das vierte Anzeigenmotiv war Max Metulskie mit dem Spruch: »Lieber reich und lustig als arm und traurig.«

»Gab es noch mehr dieser Motive oder nur die vier?«, fragte sie.

»Die Werbeagentur hatte noch drei weitere Motive entworfen, die jedoch zurückgezogen wurden«, sagte Kies. »Von ihnen habe ich keine Kopien, aber es ging um Karl Valentin, Loriot und Pumuckl. Valentins Erben, Pumuckls Erfinderin und Loriot selbst hatten allesamt ihre Zustimmung zu der Kampagne verweigert.«

»Aber warum war dieser Metulskie damals dabei?«, wollte Lukas wissen. »Der ist doch noch gar nicht so lange im TV-Geschäft?«

»Stimmt«, antwortete Kies. »Metulskie war vor seiner ständigen Bildschirmpräsenz ein Münchner Nachwuchs-Comedian, der jahrelang als Spaßkasper zwischen Tigern und Elefanten im Circus Krone oder in der Fußgängerzone aufgetreten ist. Später war er dann öfter Gast in ›Ottis Schlachthof‹, war also dann zumindest schon in Bayern ein bisschen prominent. Er wurde damals für Loriot engagiert.«

»Aber in seinem Bühnenprogramm berlinert er doch«, wunderte sich Sonne, »wie kann er da aus München kommen?«

Auf diese Frage hatte Kies auch keine Antwort und zuckte mit den Schultern. »Ich weiß nur, dass er seit mehreren Jahren in Berlin-Friedrichshain lebt und auch in der Öffentlichkeit als Berliner Künstler wahrgenommen wird.«

»Als Künstler?«, fragte ein junger Beamter, der hinten rechts in der Ecke saß und abfällig den Kopf schüttelte.

Anneke strich sich eine Strähne aus der Stirn und klemmte sie hinter dem rechten Ohr fest. »Sehe ich das richtig, dass Metulskie der einzige der hier abgebildeten Humoristen ist, der noch keine Kugel vom Kaliber 22 lfB im Leib stecken hat?«

»Er ist auch der einzige, der nicht in München oder im hiesigen Speckgürtel lebt«, sagte Lukas. »Aus welchen Motiven auch immer unser Killer mordet, bis jetzt scheint er den Aufwand zu scheuen, dafür sechshundert Kilometer zurückzulegen.«

Anneke erinnerte sich schlagartig an ihren langweiligen Fernsehabend am Mittwoch. Zwar bekam sie die platten Zoten, die Metulskie in der Comedy-Sendung gerissen hatte, nicht mehr auf die Reihe, aber an eins erinnerte sie sich noch ganz genau.

»Der Mörder muss überhaupt keine sechshundert Kilometer fahren!«, rief sie in die Runde. Alle blickten sie mit fragenden Blicken an.

»Was ist, was meinen Sie damit?«, fragte Kies die Holländerin.

Annekes Herz raste. »Wir müssen Metulskie retten«, sagte sie aufgeregt. »Der Mörder wird zuschlagen. Hier in München.« Sie schluckte, holte tief Luft und fügte dann hinzu: »Und zwar schon morgen Abend, wenn ich mit meiner Vermutung richtigliege!«

***

Nach einem Anruf beim Managementbüro in Berlin wussten sie, in welchem Hotel Metulskie in München abgestiegen war. Es war erwartungsgemäß eins der edelsten der Stadt.

»Kommen Sie, wir gehen«, sagte Lukas zu Anneke. »Der Bayerische Hof ist nur einen Steinwurf entfernt. Zu Fuß sind wir eher da, als wir mit dem Schlüssel den Wagen aufgesperrt hätten.«

Der Paternoster brachte sie ins Erdgeschoss.

»Warum heißt der Aufzug eigentlich Paternoster?«, fragte Anneke, strich sich wieder eine Strähne aus der Stirn und betrachtete sich skeptisch im Spiegel. Sie trug die Haare offen. Zum ersten Mal seit mindestens sieben Jahren hatte sie das Haus heute nicht mit Pferdeschwanz verlassen. Den Grund dafür hätte sie selbst nicht genau angeben können. Sie hatte schon immer gefunden, dass sie mit offenen Haaren eher ein Pfannkuchengesicht hatte. Aber hier in München musste sie niemandem gefallen.

Lukas konnte ihre Frage spontan beantworten. »Das kommt vom katholischen Rosenkranz, den man auch Paternosterschnur nannte. Bei ihm sind die Gebetskugeln hintereinander aufgereiht wie auch die Kabinen dieses Umlaufaufzugs.«

»Verstehe«, sagte Anneke. »Beim Rosenkranz ist jede elfte Kugel für das Vaterunser, das Paternoster.«

»Übrigens wurde in Westdeutschland seit 1974 kein neuer Paternoster mehr in Betrieb genommen.«

»Und woher wissen Sie das alles?«

Lukas lächelte. »Eigentlich sollten vor ein paar Jahren alle Paternosteraufzüge aus Sicherheitsgründen abgeschafft werden. Doch dagegen regte sich Widerstand, und hier in München gründete sich der ›Verein zur Rettung der letzten Personenumlaufaufzüge‹. Es gibt noch eine Handvoll Paternoster in München. Zum Beispiel im Gebäude der Boston Consulting Group in der Ludwigstraße oder auch im Kaufhof am Stachus, aber der ist nur für Mitarbeiter. Im alten Verlagsgebäude der ›Süddeutschen‹ in der Sendlinger Straße gab's auch einen.«

Sie verließen das Präsidium und gingen schweigend und mit strammen Schritten die Karmeliterstraße entlang Richtung Promenadenplatz. Der eisige Wind ließ Anneke frösteln, und sie war froh, als sie wenige Minuten später in der gut geheizten Lobby des Luxushotels standen, von dem sie vor allem als Nobelabsteige für Weltstars von Robbie Williams bis Lionel Richie schon gehört hatte. Mit ihrer Jeans, dem Kapuzenpullover und der ausgeblichenen Windjacke fühlte sie sich hoffnungslos underdressed. Am liebsten hätte sie allen Nadelstreifenträgern im Umkreis zugerufen, dass sie Polizistin und dienstlich hier sei.

Lukas schien es nichts auszumachen, ein dem Ort nicht ganz angemessenes Outfit zu tragen. Jedoch schien er unmittelbar nach dem Betreten des Gebäudes die Orientierung zu verlieren.

»Alles klar?«, fragte Anneke, während ihr Kollege seine Brille von der Nase nahm.

»Ich seh nix mehr«, sagte Lukas. »Die Brille beschlägt sofort, wenn ich vom Kalten ins Warme komme.« Er wischte mit den Fingern noch notdürftig die beschlagenen Gläser frei, als schon ein Hotelbediensteter in einer königsblauen Uniform auf sie zueilte. Sein Gesicht erweckte den Eindruck, als glaubte er, es mit einem Bettlerpärchen zu tun zu haben.

»Kann ich Ihnen helfen?«, fragte er. Was er wirklich meinte, war wohl eher: Wenn Sie keine Hotelgäste sind, entfernen Sie sich bitte umgehend.

Lukas zückte seinen Dienstausweis und gab sich als Polizist zu erkennen. Zuerst veranlasste das den Lobbywärter zu einer angedeuteten demütigen Verbeugung, dann aber zeichnete sich Furcht auf seinem Gesicht ab, als seien sie beide die Vorhut einer groß angelegten Razzia. Lukas beruhigte ihn sofort.

»Keine Sorge, Herr Lutz.« Den Namen hatte er vom kleinen Schild abgelesen, das an die Brust des Hotelbediensteten gepinnt war. »Wir wollen bloß einen Ihrer Gäste in seinem eigenen Interesse sprechen. Es geht um seine Sicherheit.«

Herr Lutz machte eine verständnisvolle Geste und bat sie schließlich, ihm zur Rezeption zu folgen.

»Um welchen Gast handelt es sich bitte?«

»Max Metulskie«, sagte Lukas. Als Herr Lutz nicht sofort reagierte, fügte er hinzu: »Der Spaßmacher. Sie wissen schon.«

Herr Lutz tippte etwas in seinen Buchungscomputer, schüttelte dann aber nur mitleidig den Kopf wie ein Arzt, der seinem Patienten die Krebsdiagnose mitteilen muss.

»Vielleicht hat er auch unter seinem bürgerlichen Namen eingecheckt?«, warf Anneke ein. »Franz Pröse.«

Anneke spürte Lukas' staunenden Blick und genoss ihn stillschweigend. Die Recherche, um Metulskies bürgerlichen Namen herauszufinden, hatte nicht mehr als einen Klick auf Wikipedia gekostet.

Diesmal hellte sich Herrn Lutz' Gesicht auf, ohne dass er den Computer konsultieren musste.

»Herr Pröse hat heute Vormittag plötzlich das Hotel verlassen, kurz nachdem er eine Mitteilung erhalten hatte.«

Anneke wurde mit einem Schlag heiß und kalt zugleich.

»Von wem war die Mitteilung?«, fragte sie. »Wissen Sie, wohin er gegangen ist?« Hatte der Mörder sein nächstes Opfer etwa schon zur Hinrichtung bestellt?

Herr Lutz begann seelenruhig auf seiner Computertastatur zu tippen.

»Hier irgendwo muss es stehen, einen Moment noch ... hmmm, nein, hier nicht ... Wie schreibt sich der Name noch gleich? ... Ach so, ah, hier, jetzt hab ich es. Also, der Anruf kam um vierzehn Uhr neunundzwanzig und ... Aber Moment, darf ich Ihnen das überhaupt sagen? Haben Sie einen richterlichen Beschluss oder so etwas?«

»Wollen Sie dafür verantwortlich sein, dass Ihr prominenter Gast gleich eine Kugel verpasst bekommt?«, fragte Anneke energisch. »Wollen Sie ein Menschenleben auf dem Gewissen haben, weil Sie auf Ihren Vorschriften herumgeritten sind?«

Die Verwirrung des Rezeptionisten war offensichtlich. Er schien tatsächlich keine Ahnung zu haben, dass es sich bei Herrn Pröse um einen Prominenten handelte. Eine Bildungslücke, um die man ihn eigentlich beneiden konnte.

»Dies ist eine polizeiliche Ermittlung«, machte Lukas den Ernst der Lage deutlich. Und als ob das noch nicht gereicht hätte, fügte er hinzu: »Herr Pröse schwebt in Lebensgefahr. Also bitte!«

Wenige Augenblicke später hatten sie den Straßennamen notiert, zu dem ein Anrufer, dessen vermutlich erfundener Name mit »L. Bauer« notiert worden war, Franz Pröse bestellt hatte. »Für sechzehn Uhr.« Die Adresse für den angegebenen Treffpunkt kam Anneke vage bekannt vor.

Sie schaute auf ihre Armbanduhr. Es war fünfzehn Uhr neunundvierzig.

***

»Dr. med. B. Zorn«, stand in schwarzen Lettern auf dem weißen Schild neben dem Eingang eines Mietshauses in der Situlistraße in Freimann, es folgte »Facharzt für Haut- und Geschlechtskrankheiten« und des Weiteren in kleineren Buchstaben »Keine Wartezeiten für Privatpatienten ohne Termin«.

»Hoffentlich spricht er überhaupt mit AOK-Versicherten«, sagte Kies, als er die Klingel betätigte, woraufhin sofort der Türsummer ertönte.

Natascha drückte auf einen Lichtschalter, und sie stiegen in einem dunklen Achtziger-Jahre-Treppenhaus die Stufen hinauf in den ersten Stock.

»Gut, dass wir einen Termin gemacht haben«, sagte Natascha. »Vielleicht kommen wir dann ja sofort dran.« Sie lachte.

»Ah, die Herrschaften von der Polizei«, wurden sie von einer Zwei-Zentner-Frau mit rot gefärbtem Pagenschnitt im weißen Kittel begrüßt, als sie die Praxis betraten. »Der Herr Doktor erwartet Sie bereits. Gehen Sie rechts durch, Sprechzimmer Nummer eins.«

Die Praxis wirkte altmodisch und war beengt und unaufgeräumt. An den Wänden hingen vergilbte Fotografien mit Landschaftsaufnahmen ferner Länder sowie mit einem Tintenstrahldrucker selbst gedruckte Plakate, die für Herpesimpfungen, Hautkrebsvorsorge und HIV-Tests warben. »Haarausfall muss nicht sein. Behandlung in dieser Praxis«, war da zu lesen. Und daneben: »Für Garderobe wird nicht gehaftet.« Zum Behandlungszimmer führte ein langer, schmaler Korridor, der von einem Kronleuchter erhellt wurde, den man sich gut in Großmutters Reihenhaus vorstellen konnte, aber nicht in einer dermatologischen Praxis. Eine altmodische Pendeluhr war auf halb sechs stehen geblieben.

Dr. Zorn saß auf einem mit Lammfell verkleideten Stuhl an einem Schreibtisch, auf dem sich Karteikarten, Patientenakten, Arzneituben, Stifte, Verbandsmaterial und medizinische Fachbücher türmten. Der Arzt war Mitte fünfzig, groß und kräftig und trug für sein Alter etwas zu lange Haare, deren Grautöne das verbliebene Braun bereits überlagerten.

»Mein Name ist Grötzinger von der Kripo, wir haben telefoniert«, stellte sich Kies vor.

»Steinberg«, sagte Natascha. Sie reichten sich förmlich die Hände.

»Nehmen Sie Platz. Wer von Ihnen möchte«, sagte der Arzt. »Ich habe leider nur einen Stuhl hier.«

»Danke, wir können auch stehen«, erwiderte Natascha. »Es geht um die Finco AG.«

Zorn rollte auf seinem Drehstuhl einen halben Meter zurück und schob den vor seinem Gesicht hängenden Schwenkarm einer großen Leuchtlupe zur Seite.

»Sie sehen mich überrascht«, sagte er. »In dieser Sache hätte ich eher mit einem Besuch des Betrugsdezernats gerechnet. Was hat denn die Mordkommission mit der Angelegenheit zu tun? Es tut mir leid, dass ich Sie in keinem standesgemäßeren Umfeld empfangen kann, aber auch das hat mit den Schweinen von Finco zu tun. Sie entschuldigen bitte meine Wortwahl. Mein Respekt diesen … Menschen gegenüber ist nicht mehr sehr groß.«

»Es ist nur eine Routineangelegenheit«, sagte Kies. »Im Zusammenhang mit Ermittlungen in einem Tötungsdelikt sind wir auf die Finco AG gestoßen. Und damit auch auf Ihren Namen.«

»Was meinen Sie überhaupt mit dem Empfang in einem nicht standesgemäßen Umfeld?«, fragte Natascha und zog den Reißverschluss ihres Anoraks höher, da sie bemerkt hatte, wie die Blicke des Arztes an ihrem Busen klebten.

Wirklich schlimm, dass selbst Männer mit Berufen, in denen sie genug nackte Haut zu Gesicht bekommen, ihre Triebe nicht im Griff haben, dachte sie.

»Bis vor vier Jahren hatte ich eine florierende Praxis im Lehel. Altbau mit Stuck an den Decken, Parkett mit Fußbodenheizung, dazu eine teure Espressomaschine im Wartezimmer und«, er senkte die Stimme auf halbe Lautstärke, »eine hübsche, vollbusige Sprechstundenhilfe, die allzeit zu Überstunden bereit war.«

»Und warum praktizieren Sie jetzt hier draußen in Freimann?«, fragte Natascha.

»Mit PVC-Fußboden und einer Assistentin, die vermutlich gerne pünktlich Feierabend macht?«, ergänzte Kies feixend.

»Weil ich mehr in die Münchner Volksaktie investiert habe, als ich übrig hatte.« Zorn seufzte. »Ein Anfängerfehler. Ich habe vorher nie etwas mit Aktien zu tun gehabt. Zuerst wollte ich nur mein

Spielgeld vermehren, doch als ich nach ein paar Wochen fast zwanzig Prozent Gewinn gemacht hatte und der Finco-Kurs weiterhin stieg, nahm die Gier überhand. Ich habe mein gesamtes Erspartes flüssiggemacht und es diesen Verbrechern vom Starnberger See in den Rachen geworfen.«

»Wie viel Geld haben Sie verloren?«, fragte Kies.

»Knapp hundertzwanzigtausend Euro«, sagte Zorn.

»Das ist tatsächlich viel«, räumte Kies ein. »Andererseits hatten Sie doch eine florierende Praxis, wie Sie selbst eben sagten.«

Zorn seufzte. »Ja. Aber dann kamen zu dem Pech an der Börse auch noch das Pech in der Liebe und überflüssigerweise im Beruf dazu.«

»Was ist passiert?«, wollte Natascha wissen.

»Zuerst ein Kunstfehler. Ein Routineeingriff bei einem kleinen Mädchen. Es sollte nur ein Muttermal entfernt werden. Leider hatte meine Assistentin …«

»Die mit den Überstunden?«, warf Kies ein.

»… das Skalpell nicht steril gereinigt. Es gab eine Infektion. Staphylokokken. Das arme Kind hat eine sehr hässliche Narbe im Gesicht zurückbehalten. Dummerweise hatte der Vater nicht nur gute Anwälte, sondern war auch noch Ministerialrat im Justizministerium. Dann brannte zum ungünstigsten Zeitpunkt meine Frau mit ihrem Golflehrer durch. Auch sie hatte einen guten Anwalt. Nach der Scheidung war ich erledigt.«

»Und pleite«, stellte Natascha fest.

»So ist es. Hier kostet die Praxis weniger als die Hälfte. Ich versuche eine möglichst hohe Quote an Privatpatienten zu halten, sonst könnte ich nicht überleben. Aber lassen Sie uns nicht über die Gesundheitsreform diskutieren, sonst werde ich noch aggressiv.«

Kies und Natascha nickten verständnisvoll, sie hatten schon viele Ärzte jammern hören. Doch Zorn wurde nun unruhig.

»Aber Sie glauben doch nicht, ich hätte deshalb …? Ich komme trotzdem ganz gut über die Runden. Meine Schulden sind einigermaßen abgezahlt, und mit dem Schadensersatz, den mir das Gericht für die Aktienverluste zugesprochen hat, kann ich die Praxis renovieren lassen. Sie glauben doch nicht etwa, dass ich aus Rache einen Mord …? Wer ist denn überhaupt ermordet worden?«

»Haben Sie damals die Werbekampagne für die Finco-Aktie verfolgt?«, antwortete Kies mit einer Gegenfrage.

»Ja, ich kann mich dunkel erinnern. Das waren vor allem Plakate und Anzeigen in den Lokalzeitungen. Irgendwelche Fernsehfritzen haben für die Volksaktie geworben. Aber Genaues weiß ich nicht mehr. Die Kampagne hat für mich aber auch keine Rolle gespielt. Mich hat eher der Anlageberater bei der Sparkasse beeinflusst. Auch so ein Betrüger.«

»Haben Sie Kontakt zu anderen Opfern, die durch den Kauf der Finco-Aktie viel Geld verloren haben?«, fragte Natascha.

»Nicht persönlich. Ein paar Briefe, Faxe, E-Mails habe ich bekommen. Die Betroffenen haben mir für meinen Prozess Glück gewünscht. Aber ich habe darauf nie geantwortet und auch nie jemanden von den Schreibern persönlich getroffen.«

»Sagt Ihnen der Name Voigtmann etwas?«, fragte Kies.

»Voigtmann?« Zorn dachte nach. »Kann sein, dass einer der Briefeschreiber so hieß. Ich weiß es leider nicht genau.«

»Haben Sie die Briefe aufgehoben?«, fragte Kies.

Zorn drehte sich auf seinem Stuhl nach hinten, griff in das unterste Regal eines Aktenschranks und nahm einen gelben Leitz-Ordner heraus, der mit »Finco/Korrespondenz« beschriftet war.

»Bitte sehr«, sagte er. »Die Briefe sind ganz hinten eingeordnet.«

Natascha nahm den Ordner und überflog die Namen der Briefeschreiber. Karp, Bambek, Herrmann, Sawade. Beim fünften Namen stutzte sie. Sie hatte ihn erst vor Kurzem in den Ermittlungsakten gelesen.

ELF

Der Saal war mit einem Dutzend Lokalreportern gefüllt, die der kurzfristigen Einladung der Benedictus-Brauerei gefolgt waren. »Neues Konzept am Nockherberg« lautete das Thema der Pressekonferenz.

Rolf Eberhartinger saß auf dem Podium des grell erleuchteten Saals, rechts von ihm die Pressereferentin der Brauerei, Lena Bauer, und links von ihm die Person, auf die sich die Objektive aller Fotografen richteten: Max Metulskie.

»Sehr geehrte Damen und Herren, schön, dass Sie so zahlreich erschienen sind. Ich begrüße Sie zu unserer Pressekonferenz«, sagte Eberhartinger. »Und ich freue mich ganz besonders, Ihnen heute den Star unseres nächsten Derbleckens am Nockherberg präsentieren zu dürfen: Max Metulskie.«

Als sich das Blitzlichtgewitter gelegt hatte, verlas der Brauereichef ein vorbereitetes Statement.

»Wir kennen den Wert von Tradition, und wir wissen, dass Althergebrachtes nicht von heute auf morgen über Bord geworfen werden darf. Trotzdem haben wir uns entschieden, mit einer langjährigen Tradition zu brechen und am Nockherberg einen neuen Weg zu gehen. Das Derblecken darf und muss ein ganzes Stück moderner werden. Wir setzen auch künftig auf hohen Unterhaltungswert, Ironie und Witz, doch nach den harschen Fastenpredigten der vergangenen Jahre geht es uns ab sofort mehr um heitere Entspannung. Politisch wird es beim neuen Derblecken nicht allzu sehr zur Sache gehen.«

»Wird der Nockherberg jetzt etwa eine Comedy-Show?«, rief ein Reporter vom »Merkur« dazwischen. »Solche gibt's doch heute zum Saufuttern.«

»Wir wollen gute Unterhaltung bieten«, antwortete Eberhartinger. »Die Unterscheidung zwischen Comedy und Kabarett ist nicht mehr aktuell. Heute gibt es nur noch guten und schlechten Humor. Und dass Max Metulskie die Menschen begeistern kann, dürfte außer Frage stehen. Und zwar egal, ob sein Weltrekord morgen gelingen wird oder nicht. Aber lassen wir ihn doch selbst zu Wort kommen.«

»Vielen Dank.« Der Comedian räusperte sich. »Ich bin sehr gerührt und erfreut, dass ich so kurzfristig auserwählt wurde, die nächste Fastenpredigt am Nockherberg zu halten. Es ist eine große Ehre für mich, und ich bin mir sehr wohl dessen bewusst, in welch große Fußstapfen ich trete. Daher will ich mir auch nicht anmaßen, die Rolle des Bruders Barnabas zu übernehmen, die Jonas Hagmeyer in den vergangenen Jahren geprägt hat. Ich werde meinen Auftritt nicht als Mönch halten, sondern der Max Metulskie bleiben, den meine Fans von meinen Auftritten her kennen. Ich bin der Überzeugung, dass sich der Nockherberg der Stand-up-Comedy nicht mehr verschließen muss.«

»Heißt das«, fragte Roger Jahn von Antenne Bayern, »dass die urbayerische Tradition des Derbleckens künftig von einem Berliner fortgesetzt wird?«

»Wenn Sie unter Berliner jemanden verstehen, der in der Hauptstadt seinen Wohnsitz hat, dann ja. Was viele allerdings nicht wissen: Ich bin gebürtiger Münchner und habe sehr lange in Bayern gelebt. Bei dem Dialekt muss ich zwar passen, aber Sie müssen nicht befürchten, dass icke die Fastenrede berlinern werde, wa.«

Im hinteren Teil des Raums entstand Unruhe, als ein Mann und eine Frau den Saal betraten, sich etwas hilflos umschauten und sich dann auf zwei freie Stühle in der letzten Reihe setzten.

Die Journalisten stellten noch eine Weile vor allem kritische Fragen, die darauf abzielten, dass das Derblecken zu einer Klamaukveranstaltung verkommen könnte, bis Lena Bauer die Pressekonferenz beendete und auf die ausführlichen Hintergrundinformationen in der Mappe verwies, die jeder Journalist erhielt.

Metulskie ließ sich noch von einigen Bildreportern in verschiedenen Posen gemeinsam mit dem Brauereichef ablichten, bevor das zu spät gekommene Pärchen auf ihn zuschritt und ihn anzusprechen versuchte.

»Es gibt leider keine Einzelinterviews«, ging Lena Bauer sofort dazwischen. »Ich muss Sie bitten, sich mit den Informationen zu begnügen –«

Doch der Mann zückte ebenso schnell einen grünen Ausweis. »Kripo München, mein Name ist Schmidtbauer, das ist meine Kollegin van Royen. Wir müssen mit Herrn Pröse sprechen.« Als er den fragenden Blick der Pressefrau sah, fügte er hinzu: »Mit Herrn Metulskie. Es geht um seine Sicherheit.«

»Um meine was? Das muss doch eine Verwechslung sein«, sagte Metulskie. »Oder ein schlechter Witz. Das wäre allerdings eher mein Gebiet, nicht wahr?« Er lachte.

»Können wir irgendwo ungestört reden?«, fragte Anneke. Metulskie wurde klar, dass es ernst war.

»Sie können hier in den Nebenraum gehen«, sagte Lena Bauer und wies ihnen den Weg in ein Besprechungszimmer.

***

»Hilf mir schnell auf die Sprünge, Kies«, sagte Natascha. »Wer ist noch mal dieser Alfons Hedderich?« Sie zeigte auf den Absender des abgehefteten Briefes. »Der Name steht doch schon irgendwo in den Akten.«

»Klar«, sagte Kies. »Hedderich ist der Chef der Lach-Kompanie. Lukas und Anneke haben ihn nach dem Mord an Merz in der Klinik besucht und vernommen. Zeig mal her!« Kies nahm den Ordner und las den Brief.

»Ist ja interessant«, sagte er dann. »Hedderich hat zwölftausend Euro mit seinem Investment in die Finco-Aktien verloren. Sein gesamtes Vermögen.«

»Und jetzt steht auch noch seine Bühne vor dem Aus. Aber er liegt im Krankenhaus und hat damit ein gutes Alibi.« Natascha seufzte. Dann wandte sie sich an Dr. Zorn: »Dürfen wir den Brief mitnehmen?«

Er nickte, während sie weiterblätterte.

Den Brief von Josef Voigtmann fand sie sehr schnell. Sie überflog ihn, doch er schien inhaltlich nicht viel herzugeben. Voigtmann wünschte Zorn viel Erfolg und bat darum, über den weiteren Prozessverlauf informiert zu werden.

»Haben Sie Herrn Voigtmann über die Verhandlungen auf dem Laufenden gehalten?«, fragte Natascha.

»Nein«, antwortete Zorn. »Wie ich schon sagte: Ich hatte keinen persönlichen Kontakt zu diesen Leuten. Meinem Anwalt habe ich Kopien der Briefe gegeben, aber ich weiß nicht, ob er die Leute angerufen hat. Vielleicht hat er auf diese Weise ja noch ein paar neue Mandanten gewonnen.«

»Okay, wir werden das überprüfen, Herr Dr. Zorn«, sagte Kies. »Sie hören dann von uns.«

»Eine interessante Verbindung«, sagte Natascha, als sie wenige Minuten später wieder im Wagen saßen und mit einem Anruf im Klinikum Schwabing herausgefunden hatten, dass Hedderich bereits am Mittwoch, also vor zwei Tagen, entlassen worden war.

»Die Schüsse auf Toni Paroli und Horst Bendix sind erst am Donnerstag gefallen«, sagte Kies und steckte sein Nokia-Handy in die Freisprechanlage. »Hedderich hätte sich nach seinem Klinikaufenthalt noch mal ordentlich ausschlafen und dann in aller Ruhe losziehen und seine Mission als Comedy-Killer fortsetzen können.«

»Und der Schwächeanfall, wegen dem er im Krankenhaus lag?«, wandte Natascha ein.

»Schätzchen, der Mann hat schon hundert Jahre lang auf der Bühne gestanden und ist in tausend verschiedene Rollen geschlüpft.«

»Okay, aber nenn mich nicht Schätzchen!«

»Es dürfte für ihn also kein Problem gewesen sein, zwei gestressten Polizisten den sterbenden Schwan vorzuspielen.« Er grinste sie frech an und fügte dann hinzu: »Schätzchen.«

»Ich habe gesagt, du sollst das lassen. Mach lieber mal die Sitzheizung an oder fahr los zu diesem Hedderich nach Hause. Mir ist kalt.«

»Adresse?«

Natascha blickte auf den Absender des Briefs. »Urbanstraße 9, 81371 München.«

»Na toll. Das ist in Sendling«, sagte Kies. »Am anderen Ende der Stadt.«

»Fahr endlich los! Ich sag derweil Neidlinger Bescheid.«

»Nix da«, sagte Kies, löste die Handbremse und legte einen Kavalierstart hin, während er mit der linken Hand das magnetische Blaulicht aufs Dach montierte.

»Pass doch auf!«, rief Natascha, als sie eine junge Frau mit dem Kinderwagen entdeckte, die gerade den Zebrastreifen überqueren wollte und im letzten Moment zurückwich, bevor der Polizeiwagen vorbeifuhr.

»Hab ich schon gesehen«, erwiderte Kies. »Alles unter Kontrolle. Aber wenn wir den Neidlinger jetzt anrufen, dann bestellt er direkt ein SEK herbei. Schließlich dürfte der Mörder bewaffnet sein. Dabei wollen wir offiziell doch bloß mal höflich nachfragen, wie es dem kranken Mann so geht.«

Kurz darauf fuhren sie auf die Ungererstraße, um dann Richtung Isar abzubiegen.

»Sag mal, Kies? Warum heißt du eigentlich so?«

»Blöde Frage. Warum heißt du Natascha?« Er überholte waghalsig einen Tanklastwagen.

»Weil meine Eltern mich auf den Namen haben taufen lassen. Aber Kies ist doch nicht dein richtiger Name. Kies ist überhaupt kein Name.«

Ihr Kollege schwieg. Anscheinend hatte ihm noch nie jemand diese Frage gestellt. Er tat, als würde er sich plötzlich auf den Verkehr konzentrieren.

»Ich bin schon immer so genannt worden«, antwortete er dann und nickte mit dem Kopf, wie um auf seinen Bauch zu deuten.

»Warum? Weil du als Kind immer in der Kiesgrube gespielt hast? Oder weil du mal einen Kieselstein verschluckt hast?«

»Schau mal her, was siehst du?« Jetzt klopfte er mit der flachen rechten Hand auf seinen Bauch.

»Eine Zunge? Auf deinem Rolling-Stones-T-Shirt?«

Kies nickte. »Und was sagt dir das?«

»Stones?« Natascha dachte kurz nach. Dann kam ihr die Erleuchtung. »Keith. Keith Richards!« Sie schlug sich mit der Hand vor die Stirn. »O Mann, da hätte ich aber auch selbst drauf kommen können, dass du das Ti-Eitsch nicht richtig aussprechen kannst.« Sie prustete los, als sie sein irritiertes Gesicht sah. »Bist du so ein Fan von denen? Oder spielst du so gut Gitarre wie dein Namensvetter? Kies, Keith. Das ist echt lustig!«

»Kannst ja mal auf ein Konzert mitkommen. Oder zur Bandprobe. Ich bin ein begnadeter Musiker – Schätzchen.«

Natascha ignorierte die Provokation ihres Kollegen und betrachtete die Briefe auf ihrem Schoß.

»Sag mal, Kies«, sie schaute sich die Adressen noch einmal genauer an, »das wäre aber ein kurioser Zufall.«

»Was denn, Schätzchen?«

***

Kies stellte den Wagen in der Urbanstraße ab.

»Meinst du nicht, wir sollten zumindest Lukas informieren?«, fragte Natascha.

»Jetzt klingeln wir zuerst mal ganz in Ruhe und fragen Herrn Hedderich, wie es ihm geht. So viel polizeiliche Fürsorge muss ja noch gestattet sein.« Kies grinste.

»Und was machen wir mit diesem Voigtmann?« Natascha deutete nach links. »Der wohnt in der Schaftlachstraße. Gleich um die Ecke. Ist sogar dieselbe Postleitzahl.«

»Das muss noch nichts bedeuten. Das hier ist eine der schönsten Wohngegenden in München. Steinmayr wohnt auch in der Nähe, direkt am Flaucher. Ich sag's dir: Das hier wird das neue Haidhausen, nur besser. Also komm!«

Sie stiegen aus dem Dienstwagen und schritten auf das offenbar frisch renovierte Mietshaus zu. Kies drückte die Klingel neben dem Namensschild »A. Hedderich«. Erst nach einem zweiten, etwas längeren Klingeln wurde der Türsummer betätigt. Der Kabarettchef erwartete sie im dritten Stock in der Tür.

»Grüß Gott, Herr Hedderich, mein Name ist Grötzinger von der Kripo, das ist meine Kollegin Steinberg. Dürfen wir kurz reinkommen?«

»Wir wollten uns erkundigen, wie es Ihnen geht«, sagte Natascha. »Wir wussten gar nicht, dass Sie schon aus der Klinik entlassen wurden.«

»Kommen Sie doch herein.«

Der Kabarettchef trug einen bordeauxroten Satinmorgenmantel, aus dem sein üppiges Brusthaar hervorquoll. Um seinen Hals baumelte eine Kunststoff-Lesebrille an einem Band, sein wallendes Haupthaar war ordentlich gekämmt.

Hedderich trat zur Seite, um seine Besucher in die Wohnung zu lassen. »Es war nur ein kleiner Schwächeanfall. Es geht mir schon wieder gut. Die Ärzte haben mir noch bis Ende der Woche Ruhe und Schonung verordnet. Wenn man mal die siebzig überschritten hat, dann sind die Halbgötter in Weiß immer etwas übervorsichtig, wissen Sie? Und solange der Mord auf der Bühne nicht aufgeklärt ist, werde ich die Lach-Kompanie eh nicht öffnen können. Wie weit sind Sie denn mit den Ermittlungen?«

Unauffällig umklammerte Natascha unter ihrer Jacke den Griff ihrer Dienstwaffe. Der Täter besaß eine Pistole. Und sollte es sich bei dem Mörder um Hedderich handeln, könnte er die kleinkalibrige Waffe gut in der Tasche seines Morgenmantels versteckt haben. Allerdings konnte sie eine Ausbeulung nicht erkennen. Zudem wirkte Hedderich entspannt und nicht wie ein nervöser Verdächtiger. Auch Natascha entspannte sich etwas, als der Kabarettchef ihnen einen Platz und etwas zu trinken anbot.

»Danke, wir bleiben nicht lange«, sagte Kies. Natascha bemerkte, dass auch ihr Kollege seine Hand unter der Jacke verborgen hielt.

»Wir haben nur eine Frage.« Sie zog Hedderichs Brief an Dr. Zorn hervor. »Wir haben herausgefunden, dass auch Sie von den Verlusten der Finco-Aktie betroffen waren. Warum haben Sie uns das nicht erzählt?«

»Es hat mich niemand danach gefragt«, antwortete er. »Was soll das auch mit dem Mord zu tun haben?«

»Inzwischen geht es nicht mehr nur um den Mord an Lorenz Merz«, sagte Kies. »Ich weiß nicht, ob Sie im Krankenhaus mitbekommen haben, dass es weitere Anschläge auf Stars der Comedy-Szene –«

»Damit habe ich nichts zu tun«, fiel ihm Hedderich ins Wort. »Und bitte, verwenden Sie das Wort Comedy nicht im Zusammenhang mit der Lach-Kompanie.«

»Wie auch immer: Nach dem Mord an Merz wurde Horst Bendix er- und Toni Paroli angeschossen. Ich denke, die Namen sagen Ihnen etwas?«

»Ja, natürlich, Paroli hatte bei mir gerade Premiere. Erlauben Sie, dass ich auf diese Nachricht etwas trinke?« Hedderich ging zu einem kleinen Glastisch, auf dem zahlreiche Spirituosen säuberlich nebeneinander aufgereiht standen. Er griff zu einer Flasche Grappa und goss sich ein Glas ein, das er in einem Zug leerte. Dann setzte er sich auf ein Möbel, das Natascha als Fernsehsessel bezeichnet hätte, doch in der Wohnstube konnte sie kein TV-Gerät entdecken. Wo sie ansonsten einen Fernseher vermutet hätte, stand eine überdimensionale Schrankwand aus massivem Buchenholz.

»Herr Hedderich, was haben Sie seit Ihrer Entlassung aus dem Krankenhaus getan?«, wollte Kies wissen. »Wo waren Sie in den letzten Tagen?«

»Hier«, antwortete Hedderich. »Ich bin mit dem Taxi nach Hause gefahren und habe die Wohnung seitdem nicht mehr verlassen.«

»Kann das jemand bezeugen?«

»Heute früh war Marijana hier, meine Putzhilfe. Sie hat auch ein paar Einkäufe bei Tengelmann für mich erledigt. Ansonsten habe ich den Anordnungen der Ärzte Folge geleistet und mich geschont.«

»Was ist mit dem Verlust, den Sie mit der Finco-Aktie gemacht haben?«, fragte Natascha und deutete auf den Brief.

»Was soll damit schon sein? Das Geld ist weg. Beziehungsweise – wie sagt man so schön? Das Geld ist nicht weg, sondern nur woanders.« Er lächelte verkrampft.

»Sie haben zwölftausend Euro verloren?«

»Ja. In guten Zeiten war das die Summe, die wir mit einem erfolgreichen Gastspiel verdient haben. Ich hätte nicht mit Geld spekuliert, dessen Verlust ich nicht hätte verkraften können. Heute sähe das natürlich anders aus. Wenn ich jetzt zwölftausend Euro übrig hätte, würden meine Leute wenigstens noch ein paar Wochen ihren Lohn bekommen. Zahlt mir eigentlich jemand den Ausfall, den ich jetzt habe, weil die Bühne geschlossen ist?«

»Da müssen Sie mit Ihrer Versicherung sprechen«, sagte Natascha.

»Werden Sie sich denn der Sammelklage anschließen und gerichtliche Schritte gegen die Finco AG einleiten?«, fragte Kies.

»Darum kümmert sich mein Anwalt. – Möchten Sie wirklich keinen Schluck? Sie sind ja im Dienst, ich weiß schon.« Hedderich goss sich einen zweiten Grappa ein.

»Besitzen Sie eine Waffe?«, sagte Kies so beiläufig, als würde er sich nach der Uhrzeit erkundigen.

»Nein«, antwortete Hedderich ebenso selbstverständlich. »Aber das habe ich Ihren Kollegen schon gesagt. Meine Waffe ist das Wort.«

Hedderich wirkte glaubwürdig. Natascha konnte sich nicht vorstellen, dass dieser ältere Mann wegen zwölftausend Euro zum Serienmörder geworden war. Aber natürlich war er auch ein guter Schauspieler.

»Eine Frage noch«, sagte sie und holte den zweiten Brief hervor. »Sagt Ihnen der Name Voigtmann etwas? Josef Voigtmann?«

»Ja, natürlich. Der Voigtsepp. So nennen ihn hier alle. Er wohnt nur eine Straße weiter. Ich glaube sogar, dass er es war, der mir damals den Tipp mit der Volksaktie gegeben hat. Aber seit seine Frau gestorben ist, lebt er sehr zurückgezogen. Man sieht und hört nichts mehr von ihm. Früher saß er regelmäßig abends im ›Thalkirchner‹ vorne an der Ecke, wo jetzt so ein Edeltürke ist. Den Selbstmord seiner Frau hat er nie überwunden.«

»Sie hat sich wegen der Finco-Verluste umgebracht, stimmt das?«, fragte Natascha.

»Es wird so viel geredet. Die Margit litt an Depressionen, so viel steht fest. Sie hatte ein Hutgeschäft von ihren Eltern geerbt, das sie in fünfter Generation führte. Der Laden ging zur gleichen Zeit pleite, als sie das Geld mit der Finco-Aktie verloren hat. Ich glaube allerdings, dass der emotionale Verlust für sie viel schlimmer war als der finanzielle Ruin. Wer kauft heute denn noch Hüte? Haben Sie in Ihrem Leben jemals ein Hutgeschäft betreten, Frau Kommissarin, Herr Kommissar?«

Beide schüttelten den Kopf.

»Sehen Sie. Und *wenn* Sie heute einen Hut kaufen wollten, dann würden Sie ihn vermutlich online bestellen. Manche Branchen sterben einfach aus, das ist der Lauf der Zeit. Es gibt keine Postkutschen mehr und auch keine Hutgeschäfte. Bald wird es auch keine Postämter oder Kaufhäuser mehr geben, wenn alles nur noch im Internet gekauft wird. Und die Kabarettbühnen werden auch verschwinden. Das Einzige, was wirklich krisensicher ist, ist die Bestattungsbranche. Gestorben wird immer. Bis zum jüngsten Tag.«

»Und die Polizei«, sagte Kies. »Ich glaube, unsere Branche wird auch nie überflüssig werden.«

Hedderich seufzte.

»Dann wollen wir mal Herrn Voigtmann aufsuchen«, sagte Natascha.

»Zum Voigtsepp wollen Sie?« Hedderich lächelte freundlich. »Das können Sie sich sparen.«

ZWÖLF

Kies beendete die Handyverbindung, nachdem er Lukas alle neuen Informationen mitgeteilt hatte.

»Wenn es stimmt, was Hedderich behauptet, dann ist Josef Voigtmann aus der Nummer raus«, sagte er zu Natascha, als sie das Mietshaus in der Urbanstraße verließen.

»Ja«, sagte sie. »Wenn er wirklich die ganze Zeit zur Kur war, dann hätte er ein Alibi. Aber solange wir das nicht überprüft haben ...?«

»Hedderich hat doch gesagt, dass bei Voigtmann seit zwei Wochen die Rollläden heruntergelassen sind. Und dass er seine Zeitung abbestellt hat. Lukas meint, wir sollen mal Voigtmanns Wohnung checken und bei den Nachbarn klingeln. Und um neun ist Lagebesprechung im Augustiner.«

»Gut. Der Comedy-Killer verhagelt uns zwar das Wochenende, aber immerhin leiden unsere Traditionen nicht darunter.«

»Da schau her! Das da drüben wär doch was für unsere neue Kollegin!« Kies deutete auf ein kleines Café mit dem Namen »Orange«.

»Ich glaube nicht, dass Anneke auf Fußball steht.«

»Tun das nicht alle Holländer?«, fragte er, als sie in der Schaftlachstraße das Haus mit der Nummer vier erreichten, in dem Josef Voigtmann wohnte. Über der Eingangstür aus dunkelbraunem Holz prangte ein steinerner Frauenkopf mit der eingemeißelten Jahreszahl 1928. Es gab acht kleine schwarze Klingelschilder. Im ersten Stock waren vor mehreren Fenstern die Rollläden heruntergelassen. Erwartungsgemäß reagierte bei Voigtmann niemand auf das Läuten. Kies betätigte die Klingel daneben, und kurz darauf ertönte der Türsummer. Sie stiegen eine knarzende Holztreppe hinauf. Es roch nach Bohnerwachs.

Kies und Natascha stellten sich der alten, weißhaarigen Dame vor, die sie im Türrahmen erwartete und dem Türschild zufolge Frau Schachtner hieß. Natascha schätzte sie auf über achtzig.

»De Bolizei?«, fragte sie ungläubig. »Jetzad? Wissen S', wia späd das is?«

Natascha hörte im Hintergrund die Fanfare der »Tagesschau«. »Anscheinend genau zwanzig Uhr. Wir wollen auch nicht lange stören.«

»Wir haben nur ein paar kurze Fragen zu Ihrem Nachbarn, Herrn Voigtmann.«

»Deaf i amoi Eanan Ausweis seng?« Die alte Dame ließ sich die Dienstausweise zeigen und musterte sie. »Warten S' an Moment«, sagte sie dann, schloss die Tür und verschwand für zwei Minuten in der Wohnung.

Als Frau Schachtner die Tür wieder öffnete, trug sie eine runde Metallbrille mit dicken Gläsern. Ausgiebig verglich sie die Fotos der Ausweise mit den Gesichtern ihrer unerwarteten Besucher. Bei Natascha schien sie keinen Zweifel an der Übereinstimmung zu haben. Bei Kies hingegen schaute sie mehr als skeptisch.

»Eanane Hoa warn a schomoi länga. I hob scho öfta vo Ganoven ghead, die wo an da Dia leitn und oam an Schädl eischlong. Aber oans sog i Eana: Bei mia is nix zum Hoin. Deaf i amoi bei Eana aufm Revia oruaffa, damit i woaß, dass Sie koane Trickbetrüga san?«

Natascha lachte freundlich und ließ sich ihre Ungeduld nicht anmerken. Sie musste sich konzentrieren, um den Dialekt zu verstehen. »Keine Sorge, Frau Schachtner. Es ist gut, dass Sie so vorsichtig sind. Rufen Sie ruhig im Polizeipräsidium an und fragen Sie nach Kriminalkommissarin Steinberg und Kriminalhauptkommissar Grötzinger.«

»Und auf weichan Naam san S' dauft?«

»Natascha Steinberg«, antwortete sie, »und Kies . . äh … Leonhard Grötzinger.«

»Fragen Sie nach Kies Grötzinger«, sagte er. »Als Leonhard kennt mich da keiner.«

»Oba do steed doch im Ausweis …« Frau Schachtner schüttelte verzweifelt den Kopf. »Ah, wissen S' wos: I glaub Eana jetz. Wenn S' mi hättn daschlong woin, waar i längst hi. Kemman S' eina. Ham S' wos dageng, wenn i an Apparat weiterlaufa loos – wenn i an Ton obdrah?« Sie deutete auf den Fernseher, während sie die Wohnstube betraten. »Wissen S', glei kimmt da Pilawa. Den schau i recht gern oo.«

In der kleinen Wohnung roch es wie so häufig bei alten Leuten nach einer Mischung aus Mottenpulver und Sahnelikör. Natascha sah in Gedanken sofort die Gelsenkirchener-Barock-Einrichtung ihrer Großmutter vor Augen.

»Vielleicht sind wir auch schon wieder weg, wenn die Tausend-Euro-Frage gestellt wird, Frau Schachtner«, sagte Kies, der in einem dunkelgrünen Ohrensessel Platz genommen hatte.

»Herr Voigtmann ist verreist?«, fragte Natascha und nahm anschließend die nächste Frage, ob der Nachbar etwas verbrochen habe, gleich vorweg. »Unsere Befragung ist eine reine Routineangelegenheit.«

»Ja, scho. Da Voigtsepp is woi länga fuat. Sonst hätt er mia ned de Schlüssl für d' Wohnung und an Fuchzga fürn Anton gem. Also, fias Fuada fürn Anton.«

»Anton? Ist das sein Haustier?«, fragte Kies.

»A Kanarienvogl, ja. Der frisst ned vui. Für den Fuchzger kannt i eam a boa Joahr fuaddan. Und außer mia kimmert se ja koana um des arme Vieh. Seit sei Frau gstoam is, hat da Voigtsepp ja koan mea. Er is a trauriga Mo woan und duad ma dabarma. Drum heif i eam, wo i ko.«

»Wie lange ist Herr Voigtmann denn verreist? Und wissen Sie auch wohin?«

»Na. Er hat nur gsogt, dass es länga dauan kunnt. Und dass i mi ned obedoa soi, wenn er sie ned meidt. Er hod wos von ana Kreuzfahrt gsogt. Da hob i mi ja scho gfrogd, wie er des zoin ko. Sie wissn ja gwis, dass ea ned vui auf da Seitn hod.«

Natascha und Kies nickten betroffen.

»Sie haben also den Schlüssel zu seiner Wohnung?« Kies' Stimme klang auffordernd.

»Hob i«, sagte Frau Schachtner. »Aber heid hob i den Anton scho zwoa Moi gfuaddad. Wenn S' moang nomoi kemma woin …«

»Frau Schachtner, es dauert nur fünf Minuten«, sagte Natascha. »Wir wollen nur kurz nach dem Rechten sehen. Das wäre sicher auch im Sinne von Herrn Voigtmann.«

Die Nachbarin seufzte und sagte: »Na guad. Wenn ma scho moi de Bolizei im Haus hod.« Sie ging zu einem Telefonschränkchen im Flur, auf dem zu Nataschas Überraschung nicht wie bei ihrer eigenen Großmutter ein grünes Telefon mit Wählscheibe stand, sondern ein modernes blaumetallicfarbenes schnurloses Gerät mit Anrufbeantworter.

Aus einer Schublade nahm Frau Schachtner einen Schlüssel und überreichte ihn der Kommissarin.

***

»Worum geht es also?«, fragte Metulskie, als alle drei saßen. Der Comedian wirkte wie ausgewechselt, sein ewiges Grinsen war verschwunden.

»Sie wissen, dass in den vergangenen Tagen in München mehrere Mordanschläge auf Kabarettisten und Comedians verübt worden sind?«, sagte Lukas. »Wir gehen inzwischen von einem Zusammenhang aus und befürchten, dass auch Sie in Gefahr sind.«

»Moment, Moment, warum ausgerechnet ich? Es gibt doch Dutzende, wenn nicht Hunderte von Kabarettisten und Comedians in der Stadt. Warum sollte ausgerechnet ich –«

»Wir sind auf einen Zusammenhang zwischen den Opfern gestoßen, der darauf schließen lässt, dass Sie der Nächste sein könnten«, sagte Anneke.

»Sie erinnern sich an die Werbekampagne für die Finco AG?«, fragte Lukas. »Daran waren Toni Paroli, Horst Bendix und Lorenz Merz beteiligt. Und Sie.«

»Ich verstehe trotzdem nicht ...« Metulskie zuckte ratlos mit den Schultern. »Was wollen Sie mir damit sagen?«

»Sie wissen selbst, dass sich durch die Münchner Volksaktie der Finco AG viele Menschen ruiniert haben. Einige sind sogar –«

»Ja, und?« Metulskie war von seinem Stuhl aufgesprungen, seine Stimme wurde laut. »Was habe ich denn damit zu tun? Bin ich etwa für die Produkte verantwortlich, für die ich mein Gesicht hinhalte? Ich werde großzügig dafür bezahlt, dass ich einen lustigen Text in die Kamera spreche und mich fotografieren lasse, damit dann ein Werbeslogan dazu gedruckt wird. Das ist doch nur ein Job. Damit verdiene ich meinen Lebensunterhalt.«

»Beruhigen Sie sich, Herr Metulskie. Oder Herr Pröse. Wie sollen wir Sie eigentlich ansprechen?«

Aus Metulskies Hosentasche ertönte »Always Look on the Bright Side of Life« von Monty Python.

»Entschuldigung«, sagte Metulskie und holte sein Telefon hervor. Anneke war gespannt, mit welchem Namen er sich melden würde, und war enttäuscht, als er den Anrufer nur mit »Hallo, mein Hasi« begrüßte. »Ja, natürlich schaffen wir den Termin. Ich habe noch eine kurze Besprechung, ein paar Minuten. Dann bis gleich.« Er steckte sein Telefon ein, setzte sich wieder und stützte den Kopf in seine Hände. »Haben Sie eine Zigarette?«

Lukas zückte eine Schachtel Marlboro, die er auch als Nichtraucher immer in seiner Tasche trug. Es kam nicht selten vor, dass ihn seine Gesprächspartner um eine Zigarette baten.

»Sagen Sie einfach Metulskie. Dass ich eigentlich anders heiße, vergesse ich manchmal selbst. Also noch mal, man will mich ermorden, bloß weil ich mein Gesicht für eine Aktie hingehalten habe?«

»Über vierhundert Kleinaktionäre haben die Finco AG auf Schadensersatz verklagt. Es geht dabei zum Teil um immense Summen«, sagte Anneke. »Einige Anleger haben ihr gesamtes Vermögen investiert. Und verloren.«

»Ja, und? Was hat das mit mir zu tun? Jeder, der mit Aktien spekuliert, sollte wissen, dass man an der Börse nicht nur gewinnen, sondern auch verlieren kann.«

»Wir überprüfen derzeit die Anleger, die durch Verluste mit der Finco-Aktie erhebliche Summen und vielleicht sogar ihre Existenz verloren haben«, sagte Lukas.

»Oder ihr Leben«, ergänzte Anneke.

»Ihr Leben?« Metulskie schaute sie verständnislos an. »Was soll das bedeuten?«

Anneke holte aus ihrer Handtasche ein Foto von Margit Voigtmann hervor.

»Diese Frau hier hat sich umgebracht, nachdem sie alles verloren hatte.«

»Aber wenn sie sich umgebracht hat, kann sie ja wohl keinen der Morde begangen haben«, stellte Metulskie lakonisch fest.

»Der Witwer ist spurlos verschwunden. Wir suchen nach ihm«, sagte Lukas. »Allerdings ist noch nicht bewiesen, dass er etwas mit der Sache zu tun hat. Wir müssen auf Nummer sicher gehen.«

»Was soll das heißen?«, wollte Metulskie wissen.

»Dass wir Sie bitte möchten, Ihre Weltrekordshow morgen Abend abzusagen.«

»Wie bitte? Das kann nicht Ihr Ernst sein!«, empörte sich Metulskie.

»Doch, das ist es«, sagte Anneke. »Bei über fünfzigtausend Menschen im Olympiastadion können wir unmöglich für Ihre Sicherheit garantieren. Jeder der Zuschauer könnte problemlos eine Waffe versteckt haben und auf Sie schießen. Bei so einer Veranstaltung können wir kaum eine Sicherheitskontrolle wie am Flughafen organisieren. Seien Sie vernünftig, Herr Metulskie!«

»Ich werde niemals auf diese Show verzichten, Herr Kommissar. Die Presse berichtet seit Wochen über den Weltrekordversuch, die Tickets sind verkauft, und so viel kann ich Ihnen verraten: Wenn alle kommen, die Karten haben, dann wird der Weltrekord gelingen. Ich kann einfach auf keine abstrakte Gefahr Rücksicht nehmen. Würde ich immer daran denken, was passieren könnte, könnte ich niemals mehr auftreten.«

»Wir können die Veranstaltung auch behördlich stoppen lassen, wenn Sie sich weiterhin so uneinsichtig zeigen«, sagte Lukas mit scharfer Stimme. »Also denken Sie drüber nach.«

»Es ist in Ihrem eigenen Interesse«, sagte Anneke etwas sanfter. »Was würde denn Ihre Freundin dazu sagen? Soll Sandy tatenlos zusehen, wie Sie möglicherweise auf offener Bühne erschossen werden?«

»Lassen Sie mein Privatleben aus dem Spiel«, entgegnete Metulskie.

»Warum denn so empfindlich? Ist etwas mit Ihrer Freundin?«

»Über mein Privatleben rede ich weder in Interviews noch in Vernehmungen durch die Polizei. Damit das mal klar ist.«

»Schon gut, schon gut. Die Indizien, dass es der unbekannte Täter auf Sie abgesehen haben könnte, sind allerdings sehr konkret.«

»Denken Sie noch mal in Ruhe darüber nach«, sagte Lukas und legte eine seiner Visitenkarten vor Metulskie auf den Tisch. Er merkte nicht, dass dabei eine weitere Karte auf den Boden fiel. »Sie können mich unter der Mobilnummer jederzeit erreichen.«

In diesem Moment betrat ein Mann ohne anzuklopfen den Raum. Er schien in Eile zu sein.

»Grüß Gott, Herr Grau«, sagte Lukas. »Mit Ihnen hätte ich hier aber nicht gerechnet.«

»Guten Tag. Leider habe ich im Moment überhaupt keine Zeit zum Plaudern«, sagte Grau. Anneke versuchte den Blick zu interpretieren, den er Metulskie zuwarf. Eine Mischung aus ungeduldiger Erwartung und freudiger Erregung.

»Sie kennen sich?«, fragte Metulskie. »Ernst ist mein Autor. Wir haben gleich einen wichtigen Termin bei einer TV-Produktionsfirma. Sie entschuldigen uns?«

Anneke hob die heruntergefallene Visitenkarte auf und wollte sie Lukas zurückgeben, doch der hatte sich bereits abgewendet und war im Begriff, den Raum zu verlassen.

***

Voigtmanns Wohnung war aufs Penibelste aufgeräumt.

»Ist es hier immer so ordentlich?«, fragte Kies.

»Des woaß i ned«, antwortete Frau Schachtner. »I bin ja bloß do, wenn da Voigtsepp fuatt is. Aber er is scho a aparta Mo. Koana im Haus duad den Abfoi so gnau auseinandahoitn wia er. Und obwoi ea so oid is, is ea oana vo de wenign, de si an den Putzplan für d' Schdiang hoitn. Ned so wia de junga Leit.«

Sie schauten in jedes Zimmer, ohne etwas Auffälliges zu entdecken. Im Wohnzimmer, das offenbar seit zwanzig bis dreißig Jahren keine Veränderungen mehr erlebt hatte, betrachtete Natascha ausgiebig eine Schrankwand mit zahllosen Büchern. Sie waren nicht thematisch, sondern der Größe nach sortiert. Eine alte Ausgabe von Goethes »Faust« stand zwischen einem Konsalik-Roman und einer Ausgabe »Das Beste aus Reader's Digest« von 1985. Vor den Büchern stand ein gerahmtes Foto im Postkartenformat, das einen alten Mann und eine ebenso alte Frau vor einer idyllischen Berglandschaft zeigte, vermutlich Herr und Frau Voigtmann. Natascha nahm das Foto in die Hand, als Kies sie aus dem Nebenzimmer rief. Eilig betrat sie das Schlafzimmer und ließ dabei die Fotografie in ihrer Handtasche verschwinden. Kies klang so, als hätte er etwas Interessantes entdeckt. Sie fand ihn vor einem geöffneten Kleiderschrank stehend.

»Seit wann interessierst du dich für Klamotten, Kies?«

Er überging ihre Bemerkung und deutete auf den Schrank. »Fällt dir was auf, Schätzchen?«

Natascha schüttelte den Kopf. »Nein. Und du sollst nicht –«

»Dann schau doch mal genauer hin. Und denk dran, dass der Besitzer dieses Kleiderschrankes angeblich eine lange Kreuzfahrt macht.«

Obwohl sie Kies' Rätselspiele hasste, war auch ihr jetzt klar, worauf er hinauswollte.

***

Der Augustiner am Dom war eigentlich mehr ein Touristenlokal als ein Geheimtipp. Doch seitdem die Ermittler der Männer-WG den italienischen Oberkellner Carmine vor einigen Jahren vom Verdacht einer mörderischen Schutzgelderpressung reingewaschen hatten, die ihm ein mafiöser Konkurrent hatte anhängen wollen, genossen hier alle Mitglieder der Mordkommission Ehrengaststatus. Das Angebot von Gratis-Schweinsbraten bis zur Pensionierung, das der freundliche Wirt den Kommissaren gemacht hatte, hatten sie allerdings leider ablehnen müssen, um sich nicht der Vorteilsnahme im Amt schuldig zu machen. Jedoch war es eine lieb gewonnene Tradition geworden, die letzte Dienstbesprechung der Woche am Freitagabend außerhalb des Präsidiums bei Altöttinger Bauernente vom Lugederhof abzuhalten.

»Sempre Sempre« von Al Bano und Romina Power erklang aus den unsichtbaren Lautsprecherboxen, als würde Carmine hier nicht nur bedienen, sondern auch die Musikauswahl verantworten. Anneke hätte in einem solch zünftigen Lokal eher volkstümliches Liedgut erwartet, wie sie es beim Rumzappen in den deutschen Samstagabendshows mit Marianne, Michael, Mross und Silbereisen gesehen hatte.

Hubert Neidlinger, Lukas Schmidtbauer und Kies Grötzinger hatten es sich auf der einen Seite des in der Ecke reservierten Tisches im hinteren Teil der Domschänke gemütlich gemacht. Über ihnen hing ein großes Gemälde, auf dem das Augustiner-Stammhaus im Jahr 1829 zu sehen war. Hier auf den Holzbänken bei gedämpftem Licht konnten sie von anderen Gästen unbehelligt auch dienstliche Interna besprechen. Anneke van Royen saß auf der anderen Seite des Tisches, der durch einen gefalteten Bierdeckel am Wackeln gehindert wurde. Während die Männer »wie immer« bestellten, entschied Anneke sich für die Bachforelle mit Petersilienkartoffeln.

»Wie weit sind wir, Männer?«, fragte Neidlinger, nachdem Carmine wie immer mit spaßigen Sprüchen das Essen aufgetischt hatte. Auf Lukas' Räuspern reagierte er nur mit einem freundlichen Lächeln in Richtung Anneke, ohne sich jedoch zu korrigieren. »Lukas, was ist mit diesem Metulskie?«

Als Lukas einen Schluck von seinem Radler nahm, blieb Annekes Blick an seinem Glas hängen. Sie wunderte sich, dass darauf der heilige Nikolaus mit einem langen und weißen Bart, Mitra und Bischofsstab abgebildet war. Doch dann erinnerte sie sich, wo sie sich befanden und kombinierte: der heilige Augustinus.

»Metulskie ist ein seltsamer Vogel. Aalglatt. Im normalen Leben hat er wenig mit der Witzfigur gemein, die er auf der Bühne verkörpert«, sagte Lukas.

»Viel eher ist er ein scharf kalkulierender Geschäftsmann, der seine Ware zum bestmöglichen Preis verkaufen will«, ergänzte Anneke.

»Die Ware Witz«, bemerkte Kies, der mit seinem Messer sorgfältig einen Semmelknödel zerteilte.

»Seine Rekordshow morgen Abend im Olympiastadion will er auf jeden Fall durchziehen. Angst scheint er nicht zu haben. Weder vor der kalten Witterung noch vor einem kaltblütigen Killer.«

»Und was ist mit unseren Verdächtigen? Dem Nockherberg? Was habt ihr da herausgefunden, Lukas?«

»Um die Ermittlungen in der Brauerei und um mögliche Zusammenhänge zwischen unserem Fall und der Fastenpredigt hat sich vor allem unsere neue Kollegin verdient gemacht.« Lukas deutete auf Anneke und ermunterte sie, ihre Erkenntnisse selbst vorzutragen.

Anneke ignorierte Neidlingers befremdeten Blick. Er hatte wohl nicht damit gerechnet, dass seine flachländische Gastarbeiterin eigene Ermittlungsergebnisse beitragen konnte.

»Bei der Vergabe der beliebten Rolle von Bruder Barnabas wird hinter den Kulissen wohl einiges ge… wie sagt man? … gemauschelt, gekungelt. Lorenz Merz wurde von der Brauereispitze übel mitgespielt. Er könnte etwas mitbekommen haben und für das Unternehmen unbequem geworden sein.«

»Du denkst an Erpressung?«, fragte Kies mit vollem Mund, nachdem er den widerspenstigen Knödel bezwungen hatte.

Anneke zuckte mit den Schultern. »Kann sein. Dem Brauereichef, der übrigens das Verschwinden seiner Pistole nicht erklären kann, traue ich einiges zu. Der Unfalltod seiner Exfrau ist übrigens nie einwandfrei aufgeklärt worden.«

»Hat er ein Alibi?«, wollte Neidlinger wissen.

»Ja. Ziemlich hieb- und stichfest. Mit Stapper als Zeuge.«

»Hm«, brummelte Neidlinger in seinen Bart hinein. »Und was wissen wir über diese verrückte Briefeschreiberin?«

Kies fühlte sich angesprochen. Er schluckte seinen Bissen hinunter, hustete und sagte: »Verrückt, aber harmlos. Sie leugnet zwar, die Liebesbriefe an Merz geschrieben zu haben, aber seit dem Tod ihres Verlobten hat sie definitiv einen Knall, um es mal salopp auszudrücken. Einen Sprung in der Schüssel. Ist ärztlich dokumentiert.«

»Aber sie hat doch geleugnet, dass sie in psychologischer Betreuung ist«, wandte Anneke ein.

»Stimmt. Auch das war gelogen. Ihr Hausarzt hat sie damals an die psychologische Praxis Demmelhuber und Kreutzer überwiesen, die sie wiederum in Haar eingewiesen haben.«

»Wohin?«, fragte Anneke.

»Haar ist die Klapse von München«, erläuterte Kies. »Oder um es politisch korrekt zu sagen: das psychiatrische Bezirkskrankenhaus. Natürlich wollten die Klinikangestellten zuerst mit Verweis auf die ärztliche Schweigepflicht keinerlei Auskunft über den Grund des stationären Aufenthalts geben. Aber als ich dem Chefarzt sagte, dass eine seiner ehemaligen Patientinnen unter Mordverdacht stehen könnte, wurde er sehr gesprächig, wenn auch inoffiziell und ohne Protokoll. Schließlich wäre es nicht gut für den Ruf der Klinik, wenn ihre Patienten zu Mördern würden, ohne dass die behandelnden Ärzte es verhindert hätten.«

»Und?«, fragte Anneke. »Was hat Silke Rembeck?«

»Schizophrenie«, antwortete Kies. »Sie leidet an einer Persönlichkeitsstörung. Manchmal ist sie Silke Rembeck, die trauernde Witwe, und manchmal eine andere Person, die verrückte Briefe schreibt. Den Inhalt der Briefe bekommt sie von einer inneren Stimme diktiert. Das nennt man«, Kies schaute auf seine Aufzeichnungen, »Akoasmen. Akustische Halluzinationen. Aber die Details müssen wir gar nicht verstehen, denn der Arzt hat bereitwillig erklärt, dass Frau Rembeck zum Tatzeitpunkt in ambulanter Behandlung war. Übrigens existiert auch der angeblich verstorbene Verlobte nur in ihrem kranken Hirn.«

»Aber die Handschrift?«, fragte Neidlinger. »Dem Augenschein nach war ihre Schrift nicht identisch, so steht es im Protokoll.«

»Stimmt«, sagte Anneke etwas kleinlaut. »Das war mein erster Eindruck.«

»Und der Eindruck war richtig«, sagte Kies. »Tatsächlich verändern schizophrene Persönlichkeiten ihre Stimmlage oder eben auch ihre Handschrift. Die Handschrift ist ein Spiegel der Seele, sagt der Psychodoktor.«

»Eine Verbindung zu den anderen Angriffen haben wir bei ihr auch nicht gefunden«, sagte Anneke.

»Eine interessantere Spur ist vielleicht dieser verschwundene Rentner, dessen Frau sich nach dem Desaster mit den Finco-Aktien umgebracht hat«, sagte Lukas. »Kies und Natascha waren in seiner Wohnung.«

Die Unterhaltung wurde von Carmine unterbrochen, der an den Tisch kam und sich in seinem holpernden, sympathischen Deutsch erkundigte, ob es auch allen schmecke. Der Italiener war höchstens eins sechzig groß, Mitte dreißig und hatte nur noch wenig Haare auf dem Kopf. In seiner bayerischen Lederhose und dem rot-weiß karierten Hemd sah er etwas verkleidet aus. Alle nickten zufrieden.

»Josef Voigtmann, genannt Voigtsepp«, fuhr Kies fort, »ist angeblich im Urlaub. Auf einer Kreuzfahrt, sagt seine Nachbarin. Das ist schon mal deshalb merkwürdig, weil er nach dem Verlust durch die Finco-Aktien seiner Frau und dem Ruin des Familienbetriebes nicht wirklich etwas auf der hohen Kante für einen Luxusurlaub haben dürfte. Und selbst wenn er die Reise in einem Preisausschreiben gewonnen haben sollte, dann hat er sich gewiss nicht komplett neu eingekleidet. Sein Kleiderschrank sieht aus, als würde absolut nichts fehlen.«

»Ihr meint, er ist untergetaucht?«, fragte Lukas.

»Möglich ist es«, sagte Kies. »Vielleicht sollten wir sein Bild in die Fahndung geben.«

»Aber wir haben kein –«, sagte Lukas, wurde aber von Kies unterbrochen.

»Doch, haben wir.« Er zog das gerahmte Foto von Voigtmann und seiner Frau aus Nataschas Handtasche. »Das hat meine werte Frau Kollegin auf dem kleinen Dienstweg beschlagnahmt.« Kies kicherte in sich hinein.

»Frauen im Polizeidienst sind fast so unberechenbar wie Frauen am Steuer«, murmelte Neidlinger leise, aber nicht ohne Respekt.

»Darf ich mal?«, fragte Anneke, der das Gesicht des Mannes auf den ersten Blick bekannt vorkam. Sie nahm das Bild in die Hand und betrachtete es genau.

»Den hab ich schon mal gesehen«, sagte sie. Die gekrümmte Narbe auf der Stirn des Mannes hatte den letzten Zweifel beseitigt. »Bei Ihnen auf dem Schreibtisch lag eine Akte über einen unbekannten Toten, Herr Neidlinger. Den hab ich –«

»Was fällt Ihnen ein«, fuhr Neidlinger zornig auf, »auf meinem Schreibtisch herumzuschnüffeln?«

»Beruhige dich, Hubert«, ging Lukas dazwischen und legte seine Hand besänftigend auf Neidlingers Arm.

»Das war an meinem ersten Arbeitstag, als alle unterwegs waren«, erklärte Anneke. »Ich wollte in Ihrem Büro warten. Auf Ihrem Schreibtisch lag die aufgeschlagene Akte, und es stand auch nicht ›topsecret‹ drauf.«

»Ja, ja, schon gut«, brummte Neidlinger. »Wenn wir damit den unbekannten Toten identifizieren können, dann haben wir einen ungeklärten Todesfall weniger. Soll mir schon recht sein.«

»Allerdings hätten wir damit auch einen Verdächtigen weniger«, bemerkte Lukas. »Wann wurde die Leiche gefunden?«

»Am fünfzehnten September«, sagte Neidlinger. »Ich erinnere mich noch gut. Sie wurde von einem Jogger an der Flaucherbrücke in der Schleuse entdeckt. Da, wo der Kiosk steht und die Station der Wasserwacht ist. Die Jacke des Toten hing ordentlich über dem Geländer. So machen es die meisten Selbstmörder, bevor sie irgendwo hinunterspringen. Im Blut des Toten wurde ein starkes Schlafmittel nachgewiesen, also bestand kein Zweifel daran, dass es sich um Selbsttötung handelte. Allerdings konnte die Leiche bislang nicht identifiziert werden.«

»Der Selbstmord fand demnach jedenfalls statt, lange bevor unser Comedy-Killer zu morden anfing«, sagte Lukas. »Verdammt. Eine Spur nach der anderen verliert sich im Nichts. Und wenn jemand für den einen Mord ein Motiv hat, dann kommt er für die anderen Fälle nicht in Frage. Wir treten auf der Stelle.«

»Und wenn die Fälle nun doch nichts miteinander zu tun haben?«, meinte Kies.

»Oder wenn der Mörder von Merz uns mit den Schüssen auf die anderen Spaßmacher nur auf eine falsche Fährte locken wollte?«, mutmaßte Anneke.

»Das wäre ein ziemlich makabrer Spaß«, sagte Lukas. »Ich glaube noch immer, dass Metulskie in Gefahr ist.«

»Wir sollten diese Rekordshow im Stadion auf jeden Fall stoppen«, sagte Anneke.

»Aber damit kommen wir nicht durch«, wandte Neidlinger ein. »Wir haben keinen Beweis, dass wirklich ein Anschlag auf diesen Metulskie geplant ist. Ich fürchte, wenn er selbst die Show durchziehen will, dann können wir ihn kaum daran hindern.«

»Wir müssen ihn trotzdem schützen«, sagte Lukas. »Das ist unsere Pflicht. Und zwar egal, ob er will oder nicht.«

»Das finde ich auch«, stimmte Anneke zu. »Ich spüre, dass es einen Zusammenhang zwischen Metulskie und den anderen Anschlägen gibt.«

»Soso, Frau van Royen, das spüren Sie also«, spottete Neidlinger. »Nun denn, das Gespür einer Frau hat ja gewissermaßen fast Beweiskraft. Allerdings leider nur fast. Was schlägst du also vor, Lukas?«

»Ich denke, wir sollten zusehen, dass wir morgen Abend alle in der Nähe sind. Um das Schlimmste zu verhindern.«

***

Ernst Grau saß in seiner Wohnung in Untergiesing. Er hatte den Fernseher eingeschaltet und ließ sich von der Wiederholung einer Castingshow vom Vorabend berieseln. Um sich die Zeit zu vertreiben, blätterte er unmotiviert durch einen Entwurf für einen Sketch, den er für eine Comedy auf Antenne Bayern geschrieben hatte. Abgabeschluss war erst Montagvormittag, also hatte er noch genug Zeit.

Zweihundert Euro würde er bekommen, sollte die Redaktion seinen Sketch einkaufen. Wenn sie ihn ablehnte, hätte er einen halben Tag lang für den Papierkorb gearbeitet.

Das Leben war einfach ungerecht. Max Metulskie würde heute Abend für einen neunzig Minuten langen Auftritt plus zehn Minuten Zugabe mehr Geld verdienen als Ernst Grau in einem Jahr. Und dabei würde Metulskie nur das vortragen, was ihm vorher aufgeschrieben worden war. Metulskie war letztendlich nur ein Schauspieler. Sein größtes Talent war es, als gebürtiger Münchner perfekt den Berliner Dialekt in allen Feinheiten und Facetten zu beherrschen. Sicherlich war das eine mühevolle Arbeit gewesen, aber der wahre Künstler hinter dem Erfolg von Max Metulskie war er, der Mann mit dem freud- und farblosen Namen Ernst Grau.

Mit dieser Ungerechtigkeit hatte er sich längst abgefunden. Metulskies Erfolg war auch sein Erfolg. Auch dass sie ihre private Beziehung hinter der beruflichen Zusammenarbeit verbergen mussten, daran hatte er sich gewöhnt. Solange Metulskie mit seinen Männlein-Weiblein-Beziehungsspäßen auf Kosten seiner fiktiven Freundin Sandy auf der Bühne stand, durfte die Öffentlichkeit nicht erfahren, dass er schwul war und seinen Gagschreiber liebte. So lange würde er ihm als Mann im Hintergrund dienen, als Mann für alle Fälle und auch als Mann an seiner Seite. Noch drei oder vier Jahre, dann hätte das Publikum sich an Metulskie und den immer nach demselben Schema funktionierenden Gags sattgesehen. Aber dann hätten sie als kongeniales Team genug Geld gescheffelt, um in eine gemeinsame, sorglose Zukunft zu schauen. Und Metulskie war der Chef. Seinem Erfolg war alles andere unterzuordnen, und deshalb würde Grau auch heute den Auftrag ausführen, dessen Sinn sich ihm immer noch nicht ganz erschloss. Aber es musste sein.

Im Fernsehen lief jetzt Werbung. Er ging zum Kühlschrank und nahm eine Flasche Wodka und eine Dose Red Bull heraus. Aus dem Eisfach holte er eine Handvoll Eiswürfel. Er hatte noch vier Stunden Zeit.

***

Roger Jahn saß auf der Pressetribüne des Olympiastadions, von wo aus die Sportreporter jahrelang das meist glorreiche Geschehen rund um den FC Bayern in der Bundesliga und den internationalen Wettbewerben kommentiert hatten, bevor die Münchner Clubs sich am nördlichen Stadtrand mit der bombastischen Allianz-Arena selbst ein Denkmal gesetzt hatten. Jahn war Reporter bei Antenne Bayern, dem Privatsender, der als Hauptsponsor den Weltrekordauftritt von Max Metulskie seit Wochen rund um die Uhr angeteasert hatte. Offenbar erfolgreich. Schon weit über eine Stunde vor Beginn des Programms war das Stadion bis auf den letzten Platz gefüllt, obwohl sich das kühle Herbstwetter alles andere als einladend für eine Open-Air-Veranstaltung zeigte und von Westen her sogar dunkle Wolken aufzogen.

»So wie es ausschaut, schreiben wir hier und heute deutsche Humorgeschichte«, sprach Jahn für den jungen Sender ungewohnt staatstragend in das Mikrofon. »Das Stadion ist voll, alle Eintrittskarten sind verkauft, die Stimmung ist ausgelassen, die ›Bavarian Bandidos‹ verkürzen mit einem zünftig-fetzigen Vorprogramm die Wartezeit auf den Startschuss für die größte Comedy-Veranstaltung der Welt. Und Sie, liebe Antenne-Bayern-Hörer, sind live dabei. Wir übertragen die große Max-Metulskie-Show ab zwanzig Uhr. Der Notar vom ›Guinness-Buch der Rekorde‹ steht bereit, um die genaue Zuschauerzahl zu ermitteln. Und eins kann ich Ihnen schon versichern: Wenn jetzt kein Unglück mehr geschieht, wenn Osama bin Laden kein Flugzeug ins Stadion stürzen lässt oder Max Metulskie von Aliens entführt wird, dann steht dem Gag-Rekord nichts mehr im Wege.«

Jahn merkte, dass er mit seinem Bin-Laden-Witz etwas zu weit gegangen war. Schnell fügte er lachend hinzu: »Alles nur Spaß, liebe Zuhörer in der ganzen Stadt. Aliens gibt es nicht, und bin Laden hat sich vermutlich längst seinen Bart abrasiert und arbeitet als Schuhputzer in New York. Haha. Aber genug gescherzt, für die Gags ist heute Abend ein anderer zuständig. Freuen Sie sich mit mir auf die große Max-Metulskie-Show. Ich melde mich in genau vierundfünfzig Minuten wieder live aus dem Olympiastadion. Bis dahin gebe ich zurück ins Funkhaus nach Ismaning.«

DREIZEHN

Ernst Grau fühlte sich, als würde er ferngesteuert. Er griff in seine linke Manteltasche, spürte das kalte Metall. Er ging über den Coubertinplatz zum Spiridon-Louis-Ring und wusste nicht, ob der kalte Wind oder die Nervosität ihn mehr zittern ließ. Zum Künstlereingang in den Backstage-Bereich waren es noch etwa zweihundert Meter. Grau blickte sich um, dann holte er aus der Manteltasche den Metallgegenstand hervor, öffnete ihn und nahm einen tiefen Schluck aus dem Flachmann. Der hochprozentige Alkohol lief wie ein Feuerstrahl durch seinen Hals und die Speiseröhre hinunter in den Magen. Nach einem zweiten Schluck fühlte er sich deutlich ruhiger. Aus der hinteren Gesäßtasche zog er seinen Access-to-all-Areas-Ausweis, der an einem blauen Band festgeklemmt war. Er hängte ihn sich um den Hals, bevor er in seine rechte Manteltasche griff. Auch dort spürte er kaltes Metall.

***

»Liebe Hörer, hier meldet sich Roger Jahn live aus dem Olympiastadion. Es sind nur noch wenige Minuten, bis die Rekordshow des Jahres beginnt. Der große Zeiger auf der Uhr über der Nordkurve rückt immer näher auf die Zwölf zu. Das Publikum wirkt gespannt, viele tragen Metulskie-Fan-Shirts. Ein bisschen Unruhe gab es im Vorfeld aufgrund der ungewöhnlich scharfen Sicherheitsvorkehrungen. Einige schon leicht angetrunkene Fans wehrten sich etwas zu energisch dagegen, dass sie ihre mitgebrachten Bierflaschen abgeben mussten, und es kam zu einer Rangelei mit Polizeibeamten. Zwei Männern wurde der Zutritt ins Stadion verwehrt, sie wurden zur Aufnahme der Personalien vorübergehend in Polizeigewahrsam genommen. Auf den Weltrekord, den wir heute Abend erwarten, dürfte dies jedoch keinen Einfluss haben. Trotzdem ist die für eine Comedy-Veranstaltung ungewöhnlich hohe Polizeipräsenz hier im Stadion auffällig. Die Taschenkontrollen sind so streng wie bei einem Fußballderby. Ein Polizeisprecher sagte mir eben, dass es sich um Routinemaßnahmen handelt, die bei jedem Event einer solchen Größenordnung üblich sind. Wie dem auch sei, die Zuschauer im Stadion können sich sicher fühlen, und auch wir sind sicher, dass wir einen lustigen Abend mit einem nie da gewesenen Gag-Feuerwerk erleben werden. Ich schaue auf die Stadionuhr und sehe, dass der Zeiger weiter vorrückt. Wenn Metulskie pünktlich beginnt, dann geht es in wenigen Augenblicken los. Und wir sind live dabei. Wir schalten noch einmal kurz zu wichtigen Verbraucherinformationen und den Nachrichten ins Funkhaus, danach melde ich mich wieder live aus dem Stadion.«

***

»Sie bleiben immer in meiner Nähe«, sagte Lukas zu Anneke. »Sie haben keine Waffe, und wir haben es mit einem gefährlichen Attentäter zu tun, der schon mehrmals aus größerer Entfernung sein Ziel getroffen hat.«

Anneke nickte. Sie standen rechts vor der Bühne in einem abgesperrten Bereich, in den sonst nur Pressefotografen eingelassen wurden. Aus den riesigen Lautsprecheranlagen ertönte Hip-Hop vom Band, für den sich die Zuschauer nicht sonderlich zu interessieren schienen. Ihre Glock 17 hatte Anneke seit Beginn des Austauschprogramms nicht gefehlt. Im Gegenteil, seit den Schüssen in Tilburg war ihre Dienstwaffe zu einem Fremdkörper geworden. Anneke hatte Angst, wieder in eine Situation zu geraten, in der sie schießen musste. Sie war sich sicher, dass sie nicht mehr in der Lage wäre, den Abzug zu drücken und die Neun-Millimeter-Kugel auf einen Menschen zu feuern. Somit betrachtete sie es einerseits als Segen, dass Beamte im Europol-Austauschprojekt auf fremdem Hoheitsgebiet keine Waffen tragen durften, andererseits hätte sie sich in diesem Moment mit einer Glock unter der Windjacke um einiges sicherer gefühlt.

»Alles klar, Chef«, sagte sie und lachte, um die Anspannung zu überspielen. »Und was ist, wenn sich unser Mister X als Fotograf ausgibt und seine Kamera da vorne gleich gegen eine Pistole austauscht?«

»Keine Sorge«, antwortete Lukas. »Alle Journalisten mussten durch eine Schleuse mit Metalldetektor. Wir haben die Maßnahme damit begründet, dass keine heimlichen Aufzeichnungen der Show erlaubt sind und nur autorisierte Aufnahmen geduldet werden. Das haben alle geschluckt. Medienleute sind so etwas gewohnt.« Anneke nickte, und beide schwiegen einige Minuten lang.

»Ich glaub, jetzt geht es los«, sagte Lukas, als die Musik aus den Megaboxen schlagartig verstummte und die Beleuchtung im Stadion bis auf einen Scheinwerfer verlosch, dessen Kegel auf die leere Bühne gerichtet war. Einige Sekunden lang herrschte angespannte Stille.

***

»So viel zur aktuellen Lage auf den Straßen aus dem Antenne-Bayern-Verkehrszentrum. Wir schalten jetzt wieder ins Münchner Olympiastadion, wo unser Reporter Roger Jahn mit uns zusammen darauf wartet, dass der Superstar der deutschen Comedy, Max Metulskie, vor 71.215 Zuschauern in den Olymp der Humoristen –«

Alfons Hedderich schaltete das Radio in seinem kleinen Büro aus, wo er gerade wie an jedem Samstagabend dabei war, den in der vergangenen Woche aufgelaufenen Papierkram zu erledigen. Diesmal war er vor allem damit beschäftigt, auf Kartenbestellungen mit einem kopierten Formbrief zu antworten. »Bis auf Weiteres sind alle Veranstaltungen in der Lach-Kompanie abgesagt.« Ansonsten handelte es sich vorwiegend um unbezahlte Rechnungen, die er ohne Einnahmen nicht begleichen konnte. Hedderich heftete die Rechnungen von den Stadtwerken, E.ON, der Telekom und der Bayerischen Versicherungskammer in den Ordner mit der Aufschrift »zu erledigen«. Anschließend öffnete er einen Umschlag von der Kreditabteilung für Geschäftskunden des Bankhauses Pröll & Jansen, doch auch diesen Brief konnte er nur ablegen. Lesen musste er ihn nicht mehr, denn er kannte die Textbausteine, die nach der fett gedruckten Überschrift »Zahlungserinnerung« folgten.

Nachdem Hedderich den Ordner wieder zurück ins Regal gestellt hatte, öffnete er die Schublade seines altmodischen Holzschreibtisches, der schon seit der Gründung der Lach-Kompanie an der immergleichen Stelle unter dem kleinen Fenster zum Innenhof stand. Er wusste nicht, was er in der Schublade zu finden gehofft hatte – außer einem Locher, einem Schreibblock und einer Ersatzbrille, durch die er schon seit zehn Jahren nichts mehr erkennen konnte. In der Schublade lag weder eine Schachtel Schlaftabletten noch ein geladener Revolver. Die Tatsache rettete in dieser Minute das Leben von Alfons Hedderich. Er stand auf, schritt langsam den schmalen Gang entlang, betrat den Bühnenraum und schaltete die Notbeleuchtung ein. Der einstige König des Kabaretts setzte sich auf einen der vorderen Plätze im Zuschauerraum. An den Wänden hingen Karikaturen der Künstler, die jahrzehntelang die Tradition der kleinen Kabarettbühne geprägt hatten. Hedderich schloss die Augen, und plötzlich standen sie alle wieder vor ihm auf dem Podium: Dieter Hildebrandt, Henning Venske, Klaus Havenstein, Horst Jüssen, Ursula Noack, Rainer Basedow, Bruno Jonas. Um ihn herum waren die Plätze gefüllt, die Menschen ließen sich unterhalten und vergaßen für zwei Stunden den Alltag. Oft blieb ihnen das Lachen auch im Halse stecken, und sie erschraken über sich selbst, wenn ihnen der Spiegel vorgehalten wurde.

Aber das alles war einmal gewesen. Jetzt erhöhte die Bank den Druck und verlangte Verzugszinsen.

Hedderich öffnete die Augen wieder und betrachtete ausdruckslos die leere, kalte Bühne in der schummrigen Sparbeleuchtung.

»Es hat keinen Sinn mehr«, sagte er laut. Aber niemand hörte ihn.

***

»Juten Tach«, sprach Max Metulskie in das Headset-Mikrofon, das an seinem Ohr befestigt war, und über einundsiebzigtausend Menschen brachen in grölenden Jubel aus. Genauso viele Augenpaare richteten sich auf den Mann mit dem Ü30-T-Shirt, dessen hektische Bewegungen an die Zuckungen eines Epileptikers erinnerten.

Als sich der Begrüßungsapplaus gelegt hatte, sagte Metulskie: »Schön, det so ville jekommen sind, dat so ville dabei sein wollen, wenn wir heute Abend 'nen Weltrekord uffstellen. Aba, Leute, det ist ja erst der Anfang. Der Anfang von 'ner großartijen Show und der Anfang von 'ner großartijen Tournee. München is der Start für insjesamt fünfundsiebzig Shows in janz Deutschland, cool, wa?«

Die Massen jubelten ihrem Helden erneut enthusiastisch zu. Anneke fragte sich, ob sie einen Gag verpasst hatte oder ob Massenhysterie auch im 21. Jahrhundert ein deutsches Phänomen war. Der Anblick der völlig ekstatischen Zuschauer befremdete sie. In der ersten Reihe standen ein paar Teenager, auf deren T-Shirts die Aufschrift prangte: »Metulskie ist NICHT LUSTIG«. Ihr Klatschen und Lachen deutete allerdings darauf hin, dass der Aufdruck ebenso wenig ernst gemeint war wie alles andere, was an diesem Abend im Stadion laut offiziellem Programmablauf passieren würde.

»Meene Freundin, die Sandy«, fuhr Metulskie fort, »hat ja jesacht, wenn ick die Tournee mache, anderthalb Jahre lang, also wenn ick so lange unterwegs bin, jeden Abend in 'ner andern Stadt und so … dann wird se sich von mir trennen.«

Metulskie ließ die Mundwinkel hängen und starrte wenige Sekunden lang schweigend in das Publikum, bevor er traurig hinzufügte: »Se wird mir fehlen!« Wieder johlte das Publikum.

Anneke fühlte eine Art Beklemmung in sich aufsteigen. So viele Menschen auf einem Haufen hatte sie noch nie gesehen. Würden die Leute auch jubeln, wenn da vorne ein Demagoge stünde und die Massen aufhetzte? Gegen Ausländer oder Fremde?

Selbst Lukas kicherte neben ihr über den ersten Gag. Vielleicht fühlte er sich an seine eigene Situation erinnert. Vielleicht hatte seine Frau ihm auch schon oft gedroht, ihn zu verlassen, wenn er vorhatte, weiterhin in diesem zermürbenden Beruf mit Schichtdienst und ungezählten Überstunden zu arbeiten. Anneke fragte sich, ob es für eine Beziehung nicht praktikabler wäre, wenn beide Partner demselben Beruf nachgingen. Oder hätte man dann zu Hause keine anderen Gesprächsthemen mehr als die Arbeit? Würde man die Lästereien aus der Kantine über Kollegen und Vorgesetzte im Doppelbett fortsetzen, oder könnte man daheim die Gedanken an die Arbeit abschalten und miteinander umgehen wie jedes andere Paar auch? Henk wäre heute vielleicht mit dem Jurastudium fertig. Er hatte Anwalt werden wollen, mit einer eigenen Kanzlei. Vielleicht hätte sie dann bereits vor Gericht gegen einen seiner Mandanten aussagen müssen, oder sie wüsste aus einer Ermittlung Details eines Falls, die sie ihm nicht verraten dürfte. Einfach wäre es sicher nicht gewesen. Vielleicht hätten sie sich auch mal wieder getrennt, vielleicht irgendwann auch endgültig. Aber dann hätte er jetzt vielleicht eine andere Freundin, auf die sie fürchterlich eifersüchtig wäre. Aber lieber Eifersucht als diese ständigen Gedanken an sein Dahinvegetieren im Wachkoma und die Unsicherheit darüber, was er in seinem Dämmerzustand von der Welt mitbekam und was nicht.

Warum musste sie jetzt an Henk denken? Warum hatte sie solch traurige Gedanken, während Zigtausende Menschen um sie herum über den selbst ernannten »lustigsten Mann der Welt« lachten? Die Gedanken schlugen ihr auf den Magen. Und drückten auf die Blase. Die nächste Pointe, über die sich die Zuschauer gerade vor Lachen ausschütteten, bekam sie gar nicht mehr mit. Ein leichtes Schwindelgefühl ließ sie taumeln. Jetzt nur nicht umkippen, dachte sie. Sie hielt sich an einem eisernen Absperrzaun fest und war froh, dass Lukas ihre plötzliche Unpässlichkeit nicht zu bemerken schien. Suchend blickte sie sich um. Der schwarze Vorhang, der den Bühnenbereich von der Backstage-Area trennte, war einen Spaltbreit geöffnet. Vielleicht gibt es da ja eine Toilette, dachte sie.

»Bin in zwei Minuten wieder da«, sagte sie in Richtung Lukas. Sie wusste nicht, ob er sie gehört hatte, aber er nickte mit dem Kopf, ohne sie anzuschauen. Mit wenigen Schritten verschwand Anneke hinter dem schwarzen Vorhang neben der Bühne.

»Alles in Ordnung, junge Frau?«, fragte ein Mann, der seinem Outfit zufolge Techniker war. »Sie sind ja käseweiß!«

Ja, ja, Frau Antje bringt Käse aus Holland, dachte sie und lächelte den Mann freundlich an. »Danke, alles in Ordnung. Geht schon wieder.«

»Ist Ihnen nicht gut?« Er ließ nicht locker. »Wollen Sie sich setzen?«

»Ja, danke«, sagte Anneke. Vielleicht würde ihr das wirklich guttun. Sie spürte, wie ihre Knie immer wackliger wurden.

»Hier vorne links stehen zwei Stühle. Ist ein bisschen dunkel, und Sie müssen eine Stufe hinabsteigen«, mahnte der Techniker.

»Und Vorsicht: Wenn Sie nach rechts gehen, stehen Sie bei Metulskie auf der Bühne. Und im Moment machen Sie auf mich nicht den Eindruck, als könnten Sie seine Witze parieren.« Er lächelte sie aufmunternd an. »Ich heiße übrigens Arno. Wenn es Ihnen besser geht, könnten wir ja mal –«

»Danke, alles klar.« Sie ging am schwarzen Vorhang entlang, hinter dem sie Metulskie kalauern hörte, bog dann links um die Ecke und stieg vorsichtig die Stufe hinab. Es dauerte einige Augenblicke, bis sie sich an die Dunkelheit gewöhnt hatte.

Was sie dann sah, ließ sie schlagartig jede Unpässlichkeit vergessen. Anneke blickte in den Lauf einer auf sie gerichteten Waffe.

***

Die Gedanken in Annekes Kopf folgten dem Schema, das sie im Spezialtraining beim DNR tausendfach gelernt und verinnerlicht hatte. Deeskalation war die oberste Priorität. Den Aggressor bloß nicht mit einer falschen Bewegung zu einer unüberlegten Handlung bewegen. Ihn ablenken, in Interaktion mit ihm treten, Zeit gewinnen. Ruhe bewahren.

Sie spürte plötzlich einen Phantomschmerz an ihrer linken Brustseite. Dort, wo ihr die Glock früher wie ein lebenserhaltender Körperteil ein Gefühl der Sicherheit verliehen hatte. Doch auch wenn sie ihre Dienstwaffe bei sich getragen hätte, hätte sie in dieser Situation keine Chance gehabt, sie zu ziehen. Noch bevor sie ihre Pistole entsichert hätte, wäre sie von ihrem Gegenüber mit einem gezielten Wirkungstreffer in den Oberkörper kampfunfähig gemacht worden. Oder gar getötet.

»Ich bin Polizistin. Machen Sie keine Dummheit!« Anneke hob langsam die Hände. Inzwischen hatten sich ihre Augen an die Dunkelheit gewöhnt. Jetzt erkannte sie auch, wer ihr Gegenüber war.

***

Lukas schaute auf die Uhr hoch über der Nordkurve. Seine Kollegin war schon mehr als zehn Minuten verschwunden. Dass Frauen manchmal recht lange auf der Toilette brauchten, war ihm nicht unbekannt, aber jetzt wurde er doch langsam unruhig. Außerdem war hinter der Bühne nicht mit einem Ansturm auf das Damenklo zu rechnen.

»Anneke, wo sind Sie?«, rief er halblaut, als er durch den Vorhang in den Backstage-Bereich trat. Doch niemand reagierte. Seine Unruhe verstärkte sich.

Aber was soll ihr schon passieren, redete er sich gut zu. Der Killer würde sich wohl kaum hinter der Bühne verstecken. Hier wurde niemand hineingelassen, der keinen dieser Backstage-Ausweise besaß. Oder doch?

»Suchst du jemanden?«, fragte ein Typ, der plötzlich vor ihm stand. »Hier im Hinterstübchen ist ja heute fast mehr los als auf der Bühne.«

»Wieso? Äh, ja. Ich suche meine Kollegin.« Lukas fingerte seine Dienstmarke aus der Hosentasche. »KHK Schmidtbauer, Kriminalpolizei. Sie hat blonde Haare, einen Pferdeschwanz, ist mittelgroß und –«

»… und sicher sehr hübsch, wenn sie nicht gerade käseweiß im Gesicht ist. Ich weiß schon. Der Dame war nicht gut, also hab ich ihr den Weg zum WC gezeigt. Da lang. Außerdem wollte sie sich kurz ausruhen. Ist aber schon ein paar Minuten her. Eigentlich müsste sie längst wieder zurück sein. Aber Frauen, klar, da kannst du oft lange warten.«

»Ja, ja.« Lukas nickte und lächelte pflichtbewusst. Er mochte es nicht, von Fremden geduzt zu werden. »Was meinten Sie damit, dass hinter der Bühne mehr los ist als sonst?«

»Ich heiße übrigens Arno«, beantwortete der Mann eine nicht gestellte Frage. »Und kurz bevor deine Kollegin beinah zusammengeklappt wäre, hab ich hier einen Mann rumlaufen sehen, so um die fünfzig, Halbglatze. Er machte nicht den Eindruck, als ob er sich hier auskennt. Als ich ihn fragen wollte, wen oder was er sucht, war er schon wieder verschwunden. Und jetzt tauchst auch noch du auf.«

»Dieser Mann mit der Halbglatze, können Sie ihn genauer beschreiben? Hatte er etwas dabei, eine Tasche oder so?«

Arno überlegte kurz. »Mir ist tatsächlich etwas aufgefallen: Er hatte seine rechte Hand irgendwie verkrampft in die Manteltasche gesteckt. Er war nicht sehr schlank. Und er wirkte etwas aufgeregt. Mehr kann ich nicht sagen. Ich hab ihn ja nur ein paar Sekunden lang gesehen.«

»Danke«, sagte Lukas. Er hatte einen schrecklichen Verdacht.

***

»Legen Sie die Waffe weg, Herr Grau!«, sagte Anneke. Mit starker, sicherer Stimme versuchte sie das Gag-Feuerwerk auf der Bühne zu übertönen. Metulskie war hinter dem schwarzen Vorhang höchstens drei oder vier Meter von ihnen entfernt. »Mein Kollege wird mich suchen und in wenigen Augenblicken hier sein.«

Ernst Graus Hand zitterte. Schweißtropfen standen auf seiner Stirn, und sein Blick war glasig. War er nicht mehr Herr seiner Sinne? Mit einem Verrückten konnte man nur schlecht verhandeln, und Anneke zweifelte nicht daran, dass die Waffe in seiner Hand scharf war. Sie musste sich konzentrieren.

»Warum wollen Sie Metulskie töten? Warum haben Sie Lorenz Merz und Horst Bendix getötet und auf Toni Paroli geschossen?«

»Ich habe Merz nicht …«, sprach Grau leise. Dann wurde er lauter: »Das geht Sie außerdem überhaupt nichts an! Ich habe eine Mission, die erfüllt werden muss.«

Er klang so, als würde er sie als Nächstes auffordern, schleunigst zu verschwinden, damit er seiner Arbeit nachkommen könnte. Immerhin erweckte er nicht den Anschein, als ob er eine unfreiwillige Augenzeugin kaltblütig erschießen würde. Vielmehr wirkte er mit der unerwarteten Situation überfordert. Das konnte Annekes Chance sein.

Sie entschloss sich, die Flucht nach vorn anzutreten.

»Sie haben nur zwei Möglichkeiten, Herr Grau.« So stand es in den Lehrbüchern: den Aggressor stets mit Namen ansprechen. Eine persönliche Beziehung zu ihm aufbauen. Ihm beweisen, dass man ihn als Person ernst nahm.

»Welche?«

Dass er auf ihre Worte einging, war mehr, als sie erwartet hatte.

»Möglichkeit eins: Sie erschießen mich, wonach es nur wenige Minuten dauern wird, bis Sie als Polizistenmörder hinter Gittern sitzen. In diesem Fall haben Sie mit keinerlei Gnade des Systems zu rechnen.«

»Ja, und?« Seine Hand zitterte immer stärker. Sie könnte ihn knacken. Sie war sich sicher, dass er jetzt nicht mehr schießen würde.

»Oder Sie geben auf! Legen Sie Ihre Waffe langsam auf den Fußboden.«

»Wieso sollte ich das tun?«

»Sie wollten eben sagen, dass Sie Merz nicht getötet haben. Wenn das stimmt, dann sind Sie auch kein Mörder. Noch nicht. Dann bestehen gute Chancen, dass Sie irgendwie –«

»Sie verscheißern mich doch nur!«, schrie er plötzlich zurück. »Wenn ich aufgebe, hängen Sie mir doch sofort die Morde an.«

»Wenn Sie sie nicht begangen haben, dann werden wir das –«

»Einen Teufel werden Sie!« Er war noch lauter geworden. »Drehen Sie sich um!«

Niemals würde sie das tun. Es käme ihrem Todesurteil gleich. Wer kein kaltblütiger Killer war, der konnte seinem Opfer nicht ins Gesicht sehen, wenn er tötete. Wenn sich Grau entschlossen hatte, sie umzubringen, dann würde er es tun, sobald sie ihm den Rücken zuwandte. Anneke zeigte keine Regung und blickte ihm fest in die Augen. Ihr Herz raste. Dann fiel ein Schuss.

VIERZEHN

»… und wisst ihr, wo ick die Fernbedienung dann jefunden habe? Wisst ihr dit?«

Metulskie blickte mit aufgerissenen Augen ins Publikum, als hinter der Bühne ein lauter Schuss krachte und er erschrocken zusammenzuckte.

Irgendetwas hier lief falsch. Er blickte sich kurz um, konnte aber nichts erkennen. Eine Sekunde lang überlegte er, dann beschloss er, das Programm fortzusetzen.

»Immer dieses Gebumse hinter der Bühne!« Er kicherte. »Aber so jeht's eben zu im Showjeschäft, ick sach's euch. Wo war ick stehen jeblieben. Ach ja, die Fernbedienung. Jenau. Also, wo hab ick die Fernbedienung jefunden?«

***

Anneke hatte die Augen geschlossen.

Ich bin tot, dachte sie.

Sie spürte keine Schmerzen.

Noch immer fühlte sie unter beiden Füßen den Boden. Und sie hatte den Schuss gehört. Sie wusste, dass die Kugel schneller war als der Schall und daher ein Mensch, der erschossen wurde, den Knall nicht mehr hören konnte.

Laute Schreie eines Mannes drangen an ihr Ohr.

Dann eine andere Stimme: »Keine Bewegung! Polizei!«

Es war Lukas.

Anneke öffnete langsam die Augen. Vor ihr lag Ernst Grau, der sich vor Schmerzen krümmte. Seine rechte Hand drückte auf seinen linken Oberarm. Blut floss durch seine Finger. Die Waffe lag einen Meter neben ihm, außerhalb seiner Reichweite. Lukas machte zwei Schritte nach vorne, während er seine Heckler & Koch weiter auf Grau gerichtet hielt. Dann kickte er Graus Pistole mit dem Fuß zu Anneke und sagte sanft: »Nimm sie. Alles ist gut.« An Grau gewandt sagte er lauter: »Sie sind vorläufig festgenommen wegen des Verdachts des zweifachen Mordes und des Mordversuchs.«

Anneke dachte nicht länger darüber nach, dass Lukas sie indirekt geduzt hatte. Sicher wegen der Aufregung.

Erst jetzt realisierte sie, dass sie immer noch die Hände hochhielt. Erleichtert nahm sie sie herunter, dann wurde ihr schwarz vor Augen.

***

Als Anneke wieder zu sich kam, roch sie das unverkennbare Aromengemisch von Desinfektionsmittel und Pfefferminztee. Ihre Augen bewegten sich nach links und rechts. Sie befand sich in einem abgedunkelten Raum, über ihrem Kopf baumelte ein Plastikgriff in Form eines Triangels. Zweifelsfrei ein Krankenhauszimmer. Das Fehlen von blinkenden und piepsenden Apparaturen ließ sie ebenso aufatmen wie die Erkenntnis, dass sie keinerlei Schläuche bemerkte, die irgendwo aus ihrem Körper ragten. Keine Intensivstation.

Sie bewegte langsam ihre Finger, dann ihre Hände und drehte den Kopf vorsichtig zur Seite.

»Willkommen zurück, Frau Kollegin.«

Lukas saß neben ihrem Krankenbett auf einem Stuhl, auf dem Schoß eine Zeitschrift. Offenbar hatte er schon länger gewartet.

»Wo bin ich?«, fragte sie. Ihre Stimme klang fremd in ihren Ohren. »Und wie lange war ich bewusstlos?«

»Im Schwabinger Krankenhaus. Aber kein Grund zur Sorge. Nur zur Beobachtung. Sie hatten einen kleinen Zusammenbruch.«

Allmählich setzte die Erinnerung wieder ein.

Ernst Grau. Die Pistole. Metulskie auf der Bühne. Dann der Schuss.

»Was ist mit Ernst Grau?«, fragte sie.

»Er liegt zwanzig Meter entfernt am anderen Ende des Ganges. Möglich, dass er seinen Arm für eine Weile nicht schmerzfrei bewegen kann. Aber er ist nicht in Lebensgefahr. War ein guter Schuss, wenn ich das mal in aller Bescheidenheit bemerken darf.« Lukas lächelte sie an und bemerkte scheinbar beiläufig: »Seine Waffe war übrigens scharf.«

»Kaliber 22 lfB Subsonic?«, fragte Anneke, und Lukas nickte. »Sie haben mir das Leben gerettet, oder?«

»Hm, vielleicht«, sagte Lukas verlegen. »Dabei ist es doch eine Selbstverständlichkeit, dass wir darauf achten, dass unseren Hospitantinnen nichts zustößt. Auch wenn sie sich unnötig in Gefahr begeben, noch dazu unbewaffnet.« Jetzt klang seine Stimme streng. »Das hätte ins Auge gehen können, Anneke!«

»Dafür haben wir jetzt den Täter, oder?«

»So sieht es aus. Der Arzt sagt, dass wir Grau morgen früh vernehmen können.«

»Wie spät ist es jetzt?« Anneke erkannte durch die geschlossenen Gardinen, dass es draußen stockdunkel war. Offenbar tiefste Nacht.

Lukas schaute auf seine Armbanduhr. »Kurz nach vier. Der Arzt hat Ihnen ein Beruhigungs- und ein Schlafmittel gespritzt.«

»Und die Show? Der Rekordversuch von Metulskie?«

»Der Auftritt wurde kurz wegen einer angeblichen technischen Störung unterbrochen, aber Metulskie bestand darauf, weiterzumachen. Der Weltrekord hätte erst gegolten, wenn die Veranstaltung auch bis zum Ende durchgezogen worden wäre. Und das hat er geschafft.«

»Obwohl sein Autor ihn ermorden wollte, hat er nicht abgebrochen? Unglaublich. Seine Geldgier muss ja grenzenlos sein. Was die Sucht nach Erfolg aus einem Menschen machen kann …«

»*The show must go on*. Ach, übrigens. Also … die Rolle als Lebensretter ist für mich noch etwas ungewohnt, aber ich dachte … jetzt, wo wir sozusagen auf Leben und Tod miteinander verbunden sind … also, ich will nicht unhöflich sein, aber weil ich der Ältere bin …«

»Herrje, Lukas!« Anneke lachte leise. »Warum so kompliziert? Wenn es dir so schwerfällt, dann sag ich jetzt einfach Du zu dir!«

Lukas errötete und richtete seinen Blick auf die weiße Bettdecke. So niedlich hatte sie ihn bisher noch nie gefunden. Trotzdem genierte sich jetzt auch Anneke ein bisschen für ihren Vorstoß.

»Tut mir leid, Lukas. Sie können das Angebot natürlich ablehnen.«

Nun musste Lukas lachen, und auch Anneke prustete los.

»Eigentlich müssten wir jetzt anstoßen«, sagte er.

»Aber leider haben wir nichts zu –«

In diesem Moment klopfte es an der Tür, die sich im selben Augenblick auch schon öffnete.

»Herr Kommissar«, sagte die Nachtschwester mit einem osteuropäischen Akzent, »Sie sollten die Patientin wirklich schonen. Der Oberarzt hat Ruhe angeordnet.«

»Schon in Ordnung, Schwester«, sagte Anneke. »Der Herr Kommissar und ich wollten gerade Brüderschaft trinken. Er ist nämlich mein Lebensretter.« Sie grinste Lukas frech an. »Aber leider haben wir nichts zum Anstoßen.«

Die Schwester, die dem Namensschild an ihrem überdimensionierten Busen zufolge Kreszentia hieß, setzte ihre vermutlich strengste Miene auf.

»Ihnen geht es wohl zu gut, junge Frau! Frühstück gibt es in zwei Stunden. Dann können Sie zwischen Pfefferminz-, Kamillen- und Hagebuttentee wählen. Und jetzt möchte ich den Herrn Kommissar bitten, die Dame ruhen zu lassen.«

Lukas zwinkerte Anneke zu und sagte leise, fast verschwörerisch: »Zum Frühstück bin ich wieder da.« Lauter wandte er sich an die Nachtschwester: »Ich nehme dann später ein Mal Hagebutte.«

***

Nachdem sie tatsächlich mit Hagebutten- und Pfefferminztee auf ihre Duz-Freundschaft angestoßen hatten, bestand Anneke darauf, bei der Vernehmung von Ernst Grau dabei zu sein. Erst als sie hoch und heilig versprochen hatte, sich pünktlich zur Visite des Stationsarztes wieder in ihrem Krankenzimmer zu befinden, gab die resolute Nachtschwester ihren Widerstand auf, jedoch nicht, ohne seufzend hinzuzufügen: »Auf Ihre eigene Verantwortung.«

Vor Zimmer 412 saß ein uniformierter Polizist auf einem Holzstuhl und las die »Bild«. Als er Lukas und Anneke kommen sah, stand er pflichtbewusst auf und legte seinen Zeigefinger an die Mütze seiner Uniform. Dabei fiel seine Zeitung auf den Fußboden und zerfledderte in ihre Einzelteile.

»Keine besonderen Vorkommnisse, Herr Kriminalhauptkommissar.«

»Schon gut, setzen Sie sich wieder.« Lukas klopfte an die Tür und betrat gemeinsam mit Anneke den Raum.

Es war ein Dreibettzimmer, in dem nur das Bett am Fenster belegt war. Ernst Grau blickte die Besucher an.

»Ich habe Sie bereits erwartet«, sagte er mit fester Stimme.

»Tatsächlich?« Lukas trat näher, während Anneke zwei Schritte hinter ihm blieb. »Sie möchten also eine Aussage machen? Ich werde Sie vorher über Ihre Rechte belehren.«

Lukas sagte seinen Spruch auf und teilte Grau außerdem mit, dass er als Beschuldigter vernommen werde. »Es ist damit zu rechnen, dass in wenigen Stunden Haftbefehl gegen Sie erlassen wird.«

Grau nickte stumm.

»Wie geht es Ihnen?«, fragte Anneke. Lukas wunderte sich über ihre Anteilnahme. Schließlich hatte der Mann, der vor ihnen lag, noch vor wenigen Stunden eine geladene Pistole auf sie gerichtet.

»Den Umständen entsprechend.« Grau versuchte ein gequältes Lächeln. »Ich glaube, Frau … äh … Frau Kommissarin …«

»Van Royen.«

»… Frau Kommissarin van Royen, ich muss mich bei Ihnen entschuldigen.«

»Wie bitte?« Lukas wurde wütend. »Was erdreisten Sie sich?«

Anneke fasste ihren Kollegen sanft am Arm. »Lass ihn.« Sie ermunterte Grau mit einem auffordernden Blick, weiterzureden.

»Ich wollte Ihnen nichts tun. Ich hätte niemals auf Sie geschossen.«

»Und warum wollten Sie Metulskie oder besser Franz Pröse erschießen?«, fragte Anneke.

»Auch Franz wollte ich nicht erschießen. Das müssen Sie mir glauben.«

»Wollen Sie uns etwa erzählen, dass Sie aus Versehen mit einer scharfen Waffe hinter der Bühne herumgefuchtelt haben?« Lukas' Stimme wurde lauter und schärfer. »Mit der gleichen Waffe übrigens, mit der in den Tagen zuvor bereits auf drei andere Comedians geschossen wurde? Was für ein kranker Humor soll das sein?«

»Lukas.« Anneke berührte ihn am Unterarm und spürte dabei ein elektrisierendes Kribbeln. »Lassen wir ihn ausreden!«

Lukas schien sich eine weitere Bemerkung verkneifen zu müssen.

Er zog einen Stuhl herbei, der an einem Tisch stand, und setzte sich. Anneke nahm auf einem zweiten Stuhl Platz, den sie vor das Krankenbett schob.

»Erzählen Sie!«, forderte Lukas den Verletzten auf, dessen Arm ein dicker Verband zierte. »Sie werden Ihre Aussage später unterschreiben müssen. Es ist in Ihrem Interesse, dass Sie jetzt die volle Wahrheit sagen.«

Grau nickte.

»Haben Sie Schmerzen?«, fragte Anneke.

»Schon gut, ich bekomme Tabletten. Ich habe wohl noch Glück gehabt. Eine hässliche Fleischwunde, und der Knochen ist gesplittert. Vielleicht werde ich meinen Arm nie wieder richtig bewegen können.« Er schaute zu Lukas. »Aber ich darf mich wohl nicht beschweren. Ein Irrsinn war das alles!«

»Warum wollten Sie auf Metulskie schießen?«, fragte Anneke.

»Er hat mich beauftragt.«

»Wer?«

»Metulskie. Also Franz Pröse.«

»Was?«, fragten Anneke und Lukas fast unisono und schauten sich überrascht an.

»Das ist die Wahrheit. Franz Pröse hat mich beauftragt, auf ihn zu schießen. Ich sollte ihn nicht treffen, aber es sollte kein Zweifel daran bestehen, dass jemand ihn töten wollte.«

»Er wollte einen Mordanschlag auf sich selbst inszenieren?«, vergewisserte sich Anneke.

»Ja«, sagte Grau. »Es war bereits der zweite Versuch. Eigentlich hätte ich es schon bei seinem Auftritt in dem Möbelhaus tun sollen. Aber da hat mir der Sicherheitsdienst einen Strich durch die Rechnung gemacht.«

»Das kann ja wohl nicht wahr sein! – Aber warum? Was war der Grund für diesen wahnsinnigen Auftrag?«

»Er wollte sich in die Schlagzeilen bringen. Er wollte Publicity. Und zwar um jeden Preis. Er konnte es nicht ertragen, dass seine Konkurrenten in den Medien als Märtyrer hingestellt wurden, dass ihnen als Opfer das Mitleid des Publikums zuflog.«

»Ich glaube Ihnen kein Wort«, sagte Lukas. »Das können Sie alles –«

»Moment mal«, fuhr Anneke dazwischen. »Welche Gegenleistung haben Sie von Herrn Pröse für diesen fingierten Mordanschlag bekommen?«

Grau sank in sein Kissen zurück. »Ich brauche keine Bezahlung von Franz. Er hat mir ein gemeinsames, sorgenfreies Leben versprochen. Nach der Weltrekord-Tour wollte er so viel Geld verdient haben, dass er bis auf ein paar TV-Auftritte im Jahr nicht mehr arbeiten müsste. Dann hätte er für uns beide ausgesorgt. Wir wollten nach Florida gehen und dort die Sonne und das Leben genießen.«

»Wie jetzt?«, hakte Lukas nach. »Sie und Pröse wollten gemeinsam ein neues Leben beginnen? Wie sollen wir denn das verstehen? Sind Sie …?«

»Wir sind ein Paar. Ja.«

Anneke und Lukas schwiegen mehrere Sekunden lang überrascht.

»Homosexuell. Schwul. Schwestern«, fügte Grau erläuternd hinzu. »Sogar mit amtlicher Beglaubigung. Als eingetragene Lebenspartnerschaft. Wir sind verheiratet.«

»Aber«, Anneke fand als Erste die Sprache wieder, »aber was ist mit Sandy? Seiner Freundin, von der jede zweite seiner Pointen handelt?«

»Sandy?« Grau lachte. »Haben Sie die schon mal gesehen? Oder ein Foto von ihr?«

»Metulskie schirmt sein Privatleben so stark von der Öffentlichkeit ab wie kein anderer. So schreiben es die Klatschblätter immer entschuldigend dafür, dass sie keine Skandalgeschichten über den King of Comedy bringen«, sagte Lukas.

»Richtig. Über Sandy wird es niemals eine Skandalgeschichte geben. Höchstens die, dass sie nicht existiert. So wenig wie Daisy Duck oder das Ungeheuer von Loch Ness.«

»Wie lange sind Sie schon … ein Paar?«, fragte Lukas.

»Seit knapp drei Jahren.«

»Und das haben Sie die ganze Zeit über geheim halten können?«, fragte Anneke staunend.

»Ja, aber es hat viel Kraft gekostet. Sie können sich nicht vorstellen, was für eine Last das ist, sich nie öffentlich zeigen zu können.

Und das in einer Zeit, wo sogar der Vizekanzler mit seinem Lebensgefährten öffentlich turteln darf. Deshalb habe ich mich auch so danach gesehnt, dass wir dieses ganze Showbusiness hinter uns lassen und normal zusammenleben.«

»Normal, ja.« Lukas schüttelte den Kopf. »Und deshalb lassen Sie sich dazu überreden, mit einer scharfen Knarre auf Ihre bessere Hälfte zu schießen?«

»Woher hatten Sie die Waffe überhaupt?«, fragte Anneke. »Von ihm?«

Grau nickte.

»Und woher hatte Ihr Freund sie?«

»Das weiß ich nicht. Er hat sie irgendwo besorgt. Ich glaube, von einem seiner Security-Männer. Der ist eine große Nummer im Drogenmilieu und handelt auch schon mal mit Waffen.«

»Nun gut.« Lukas rutschte unruhig auf seinem Stuhl hin und her. »Also angenommen, Sie sagen die Wahrheit. Dann hätten wir noch lange nicht geklärt, wer auf Lorenz Merz, Horst Bendix und Toni Paroli geschossen hat.«

»Und zwar interessanterweise mit einer Waffe des gleichen Modells, mit der Sie auf Metulskie schießen sollten«, fügte Anneke hinzu.

»Das weiß ich nicht.«

»Wir werden die Waffe untersuchen. Dann können wir zweifelsfrei feststellen, ob mit ihr auch die anderen Anschläge verübt worden sind. Und wenn sich Ihre Story als Märchen entpuppt und Sie auch auf Merz und Bendix geschossen haben, dann wandern Sie für immer hinter Gitter, Herr Grau. Dann heißt es schwedische Gardinen statt sonniges Florida!«

Anneke bemerkte, dass eine Träne über Graus Gesicht rann.

»Aber ich war es nicht«, sagte er mit gebrochener Stimme. »Ich bin doch kein Mörder.«

Lukas blickte kühl an Grau vorbei zum Fenster. »Sie sind vorläufig festgenommen wegen des Verdachts des Mordversuchs. Alles Weitere wird der Haftrichter klären.«

***

»Ich komme mit.«

»Du bleibst hier.«

Anneke schaute Lukas eindringlich an, während sie vor Graus Krankenzimmer auf dem Flur standen.

»Ich bin nicht nach München gekommen, um mich auf deutsche Staatskosten von einem kleinen Schrecken kurieren zu lassen.« Sie wurde lauter. »Mir fehlt nichts. Ich bin eine erfahrene Polizeibeamtin, habe bereits mehr als einen Schusswechsel im Dienst erlebt und schon selbst einen Dealer erschossen. Also, was soll das? Ich habe mich ausgeschlafen und will jetzt dabei sein, wenn wir –«

»Schon gut, schon gut.« Lukas versuchte sie zu beruhigen. »Niemand hält dich gegen deinen Willen fest. Und wenn der Arzt sagt, dass er –«

»Da kommt ja einer!« Anneke deutete auf einen jungen Mann mit weißem Kittel, der mit müdem Blick und aschfahler Haut den Gang entlangschritt und mehr an ein Gespenst als an einen Mediziner erinnerte.

»Herr Doktor, mein Name ist Anneke van Royen. Ich liege auf Zimmer 416. Mir geht es gut –«

»Moment, Moment, ich bin –«, wollte der Weißkittel sie unterbrechen. Erfolglos.

»Ich muss dringend arbeiten und kann nicht länger hierbleiben«, sagte Anneke.

»Sie können die Klinik jederzeit auf eigene Verantwortung verlassen, Frau van … äh, aber dazu müssen Sie erst eine Erklärung unterschreiben, dass Sie –«

»Dazu ist jetzt keine Zeit. Die Formalitäten erledigen wir später. Komm, Lukas.«

»Aber Frau van …«

»Wir müssen los. Gefahr ist im Verzug.«

Der übermüdete Mann in Weiß schaute Lukas hilflos an, doch auch der konnte nur mit den Schultern zucken. Wenige Minuten später saßen Anneke und Lukas in seinem Dienstwagen und befanden sich auf dem Weg zum Bayerischen Hof, wo sie Max Metulskie in seiner Hotelsuite antreffen wollten.

Nachdem sie zwei Mal abgebogen waren, hatte Anneke sich wieder etwas beruhigt.

»Bist du sicher, dass es dir gut geht und du wieder fit bist?«, fragte Lukas mit einem Seitenblick auf Anneke. Sie atmete tief durch. »Klar. Mir fehlt nichts. Außerdem hat der Arzt gesagt, dass ich jederzeit auf eigene Verantwortung –«

»Anneke«, unterbrach er sie.

»Ja?«

»Das war kein Arzt.«

»Nein?« Sie schaute verständnislos.

»Das war nur ein Zivi.«

»Wer? Was ist ein Zivi?«

»Ach, vergiss es.«

***

Als sie die Lobby vom Bayerischen Hof betraten, erkannten sie schon aus fünfzehn Metern Entfernung einen alten Bekannten an der Rezeption.

»Willst du Metulskie wirklich in der Hotelsuite festnehmen?«, fragte Anneke. »Vielleicht hat er eine Pistole unterm Kopfkissen, und ich bin unbewaffnet.«

»Ach, was«, sagte Lukas. »Wenn wir ihn unter einem Vorwand in die Lobby bestellen, wird er wohl keine Schießerei anfangen. Und bis wir ein SEK angefordert hätten, wäre er vielleicht über alle Berge.«

»Meinst du wirklich, er ist der Mörder?«, fragte Anneke mit ernster Miene, doch Lukas reagierte nicht mehr. Sie standen vor dem Empfangstresen.

»Herr Lutz, schön, Sie zu sehen«, begrüßte er den Portier übertrieben freundlich. »Haben Sie etwa rund um die Uhr Dienst? Na, ist bei uns manchmal ja nicht anders.«

Lutz blickte Lukas und Anneke an und musste sich anscheinend anstrengen, seine reflexartige Begrüßung für eincheckende Hotelgäste hinunterzuschlucken.

»Falls Sie wieder wegen Herrn Pröse beziehungsweise Herrn … Wie war noch gleich sein Künstlername?«

»Metulskie«, sagte Lukas. »Ist er hier?«

»Also, falls Sie wegen dieses Herrn Metulskie kommen, dann muss ich Sie leider enttäuschen.«

Sie schauten ihn ungeduldig an, als er nicht weitersprach.

»Der Gast hat das Hotel vor etwa anderthalb Stunden verlassen.«

»Was heißt das: das Hotel verlassen?«, fragte Anneke. »Ist er spazieren gegangen, oder hat er ausgecheckt?«

»Das haben die Herren und die Dame auch schon gefragt. Und ich konnte ihnen die Frage genauso wenig beantworten wie jetzt Ihnen. Gebucht ist das Zimmer noch bis übermorgen.«

»Herren? Welche Herren und welche Dame?«, fragte Lukas.

»Kollegen von Ihnen. Sie hatten Dienstmarken aus Metall und einen amtlich aussehenden Durchsuchungsbeschluss bei sich.«

Lukas schaute Anneke ratlos an.

»Was wird hier gespielt, Herr Lutz?«

»Die Herrschaften waren sehr höflich, weigerten sich aber zu begründen, warum sie sofort in das Zimmer von Herrn Pröse wollten. Ich habe zuerst Rücksprache mit der Direktion gehalten und anschließend veranlasst, dass ihnen die Suite von Herrn Pröse geöffnet wird. Aber nach dem Grund dafür fragen Sie Ihre Kollegen doch lieber selbst.«

»Sie sind noch oben? In seinem Zimmer?«

Lutz nickte. »312, die Ludwigs-Suite. Am besten nehmen Sie den Lift. Dritter Stock und dann links.«

»Sollten wir nicht eine Fahndung rausgeben?«, meinte Anneke, während sie auf den Fahrstuhl warteten.

»Ich will erst mal wissen, was da oben los ist.«

Die Fahrt in den dritten Stock dauerte eine gefühlte Ewigkeit. Als sie den Lift verließen, sahen sie schon die offen stehende Tür des Zimmers 312.

Lukas schritt näher und entdeckte in dem luxuriösen Hotelzimmer vier Männer und eine Frau. Die Herren waren offenkundig damit beschäftigt, sämtliche Schränke und Schubladen zu durchwühlen. Die Frau stand daneben, als würde sie Aufsicht führen. Als sie Lukas erblickte, ging sie auf ihn zu und streckte ihm freudig überrascht die Hand entgegen.

»Herr Kriminalhauptkommissar Schmidtberger. Sie sehen mich verblüfft. Was führt Sie denn hierher?«

»Frau Oberstaatsanwältin Staudinger, auch ich bin erstaunt.« Er reichte ihr ebenfalls die Hand. »Ich hätte nicht gedacht, Sie nach Ihrem Wechsel in die Abteilung für Wirtschaftskriminalität so schnell wiederzusehen. Darf ich Ihnen meine Kollegin auf Zeit vorstellen? Anneke van Royen, Sie kennen das Europol-Austauschprogramm?«

Die Staatsanwältin gab nun auch Anneke die Hand. »Herzlich willkommen. Belgien? Niederlande?«

»Holland«, sagte Anneke. »Aber jetzt bin ich auch neugierig. Was wollen Sie von Metulskie alias Pröse?«

»Die freundlichen Herren, die bislang ergebnislos das Hotelzimmer auf den Kopf gestellt haben, sind von der Steuerfahndung. Wir leisten hier Amtshilfe für die Kollegen aus Berlin. Dort liegt ein Haftbefehl gegen Herrn Pröse vor.«

»Interessant«, sagte Lukas. »Aber warum wissen wir davon nichts? Und was wird ihm vorgeworfen?«

»Es gab eine anonyme Anzeige, dass Pröse einen Großteil seiner Millioneneinnahmen am Finanzamt vorbei auf Liechtensteiner Konten geparkt hat.«

»Steuerhinterziehung?«, fragte Anneke.

»Exakt. Und zwar in einer Dimension, die kein Kavaliersdelikt mehr ist. Die zusätzliche Begründung der Fluchtgefahr scheint nicht ganz abwegig zu sein. Darum der Haftbefehl. Aber jetzt verraten Sie mir bitte, was *Sie* von Herrn Pröse wollen? Soviel ich gehört habe, wäre er selbst beinahe Opfer eines Verbrechens geworden.«

»Das ist alles etwas verworren«, erklärte Lukas und zog einen Mundwinkel nach unten. »Das Attentat gestern im Olympiastadion war möglicherweise inszeniert.«

»Ein makabrer PR-Gag«, sagte Anneke.

»Der Schütze von gestern, Ernst Grau, ist der Autor und Lebensgefährte von Pröse. Er beschuldigt seinen Partner, ihn zu dem gespielten Angriff angestiftet zu haben.«

»Aber die Schüsse auf die anderen Comedy- und Kabarettstars waren echt. Warum sollte genau dieses Attentat plötzlich fingiert sein?«, fragte die Staatsanwältin.

»Herr Grau bestreitet vehement, mit den übrigen Vorfällen etwas zu tun zu haben, gibt aber zu, die Waffe von Pröse bekommen zu haben.«

»Und er wirkt dabei nicht ganz unglaubwürdig«, fügte Anneke hinzu.

»Sehen Sie einen Zusammenhang zwischen Ihren und unseren Ermittlungen?«, fragte Staudinger, während sie ihre Stirn in Falten legte.

Lukas bemerkte, dass die Jahre an ihr nicht spurlos vorbeigegangen waren. Auch wenn sie im Gesamtpaket durchaus noch attraktiv war, zeigten ihre Hände und die Fältchen um ihre Augen doch, dass sie keine dreißig mehr war, sondern wohl eher auf die fünfzig zusteuerte. Er erinnerte sich daran, dass die Mordermittler vor Jahren immer gerätselt hatten, ob sie verheiratet war oder nicht. Sie hatte um ihr Privatleben immer ein großes Geheimnis gemacht.

»Möglich«, antwortete Lukas endlich. »Sagen Sie, diese anonyme Anzeige, wann ist die eingegangen?«

»Am Montag, per E-Mail. Genau genommen war es überhaupt keine anonyme Anzeige, sondern ein weitergeleitetes Dokument. Eine Excel-Tabelle mit allen relevanten Daten, Kontonummern und Transaktionen. Alles vorbildlich verzeichnet, es gab kaum noch etwas zu ermitteln.«

»Und wer war der Absender?«, fragte Anneke.

»Die E-Mail wurde von einer anonymen Mail-Adresse verschickt – pausenclown@web.de –, die Berliner Kollegen sind dabei, herauszufinden, wer dahintersteckt.«

»Wenn aber alles so eindeutig war, warum hat es dann so lange gedauert, bis Sie zugegriffen haben?«, wollte Lukas wissen.

»Die E-Mail wurde an die allgemeine Kontaktadresse geschickt. Bis der Webmaster die Mail an die zuständige Stelle weitergeleitet hatte, war schon eine Weile vergangen. Und so ein Amtshilfeersuchen von Berlin nach München geht auch über mehrere Schreibtische. Sie wissen doch selbst, dass unsere Behörden von der bestmöglichen Effektivität noch meilenweit entfernt sind. Parallel durchsuchen die Kollegen in Berlin übrigens seine Wohnung in Friedrichshain.«

»Da schau her!«, rief einer der Steuerfahnder plötzlich aus dem hinteren Teil der Suite. Dort stand auch das Bett, das in diesem Fall besser als Schlaflandschaft zu bezeichnen war.

Der Beamte, der mit seiner blank polierten Glatze, dem Goldkettchen und den aufgepumpten Oberarmen mehr wie ein Türsteher aussah als wie ein Finanzbeamter, winkte ihnen mit einem Schreibblock in der Hand zu.

»Der ist hinters Bett gerutscht. Sieht aus, als sei eine Telefonnummer darauf notiert worden.«

»Null, hundertachtzig, fünf, achthundertfünf, achthundertfünf«, las Heidrun Staudinger vor, während Lukas zu seinem Handy griff.

»Die probieren wir doch gleich mal aus. Klingt nach einer Hotline- oder Servicenummer.«

Nachdem er die letzte Ziffer eingetippt hatte, lauschte Lukas erst dem Freizeichen, dann einer entspannenden Musik und anschließend einer Frauenstimme vom Band.

»Herzlich willkommen bei Lufthansa. Bei Fragen zu einer bestehenden Buchung halten Sie bitte Ihren sechsstelligen Buchungscode bereit.«

Lukas beendete die Verbindung. »Die Lufthansa-Buchungshotline. Er will abhauen. Verdammt.«

»Wir sollten sofort die Kollegen am Flughafen informieren, damit sie ihn stoppen.«

»Darf ich mal sehen?« Anneke streckte die Hand aus und ließ sich den Block geben. Mit dem Zeigefinger strich sie sanft über das Papier.

»Da ist etwas durchgedrückt. Er hat auf einem anderen Zettel etwas notiert und diesen Block hier als Unterlage benutzt.«

Lukas kam näher und schaute Anneke über die Schulter. Eine Sekunde lang standen sie näher beieinander als unbedingt nötig. Instinktiv wich er zurück – und ärgerte sich im nächsten Moment darüber. Tief atmete er den frischen, blumigen Duft ihrer Haare ein und versuchte sich ihr unbemerkt wieder einen Zentimeter zu nähern.

»M, U, C, Z, R, H, L, H«, las sie langsam vor. »Dann folgen ein paar Ziffern. Fünf, null, sechs, zwei. Dann wieder Buchstaben …«

»Was soll das heißen?«, fragte Staudinger.

»Ich denke, das ist eine Flugverbindung«, stellte Lukas fest. »MUC-ZRH ist ein Flug von München nach –«

»Zürich«, sagte Anneke. »Und LH 5062 ist die Nummer des Lufthansaflugs.«

»Aber was will er in Zürich?«, warf Lukas ein. »Sein Geld hat er doch in Liechtenstein.«

»Vielleicht umsteigen«, vermutete Anneke und las die weiteren Buchstaben und Zahlen vor, die sie entziffern konnte. »Wenn ich das richtig sehe, geht es von Zürich direkt weiter zu einem Flughafen mit dem Kürzel FMY. Weiß jemand, wo das ist?«

Alle blickten sich ratlos an.

»Grau hat uns doch erzählt, dass er sich mit Pröse nach Florida absetzen wollte«, erinnerte sich Lukas.

»Florida? Nach Miami?«, vermutete Staudinger.

»Das passt aber nicht zu FMY«, sagte Lukas.

»Fort Myers«, fiel Anneke ein. »Ein beliebtes Ziel für Florida-Reisende.«

»Ist ja eigentlich auch egal.« Lukas griff zu seinem Handy. »Entscheidend ist, dass wir ihn erwischen, bevor er hier in München ein Flugzeug besteigt und auf und davon ist.«

Er wählte die Nummer der Einsatzzentrale, und wenige Minuten später waren die Kollegen von der Bundespolizei alarmiert.

FÜNFZEHN

Franz Pröse versuchte nicht aufzufallen, als er vom Zentralbereich des Flughafens in Richtung Terminal 2 schlenderte. Nachdem er an der Buchhandlung und dem Edeka-Supermarkt vorbeigegangen war, trat er auf die überdachte Freifläche und schlug fröstelnd seinen Mantelkragen hoch. Er überlegte, ob er während der Sicherheitskontrolle die Sonnenbrille aufbehalten sollte, die er trug, um nicht von Autogrammjägern abgefangen zu werden. Doch wenn er seine Lufthansa-Bordkarte und den Personalausweis vorzeigen musste, war seine Tarnung eh überflüssig. Vor wenigen Jahren, als seine Karriere begann, hatte er Max Metulskie als Künstlernamen in seinen Ausweis eintragen lassen.

Oft wurde er gefragt, wie er auf den Namen gekommen war. Dann erzählte er gerne die Geschichte von seinem Turnlehrer aus der Untermenzinger Grundschule. Herr Metulskie war Aussiedler gewesen, war irgendwoher aus dem Osten nach München gekommen und hatte mit starkem Akzent gesprochen. »Alle Bubän bittä an die Turngerätäää!«, rief er zu Beginn fast jeder Stunde und war bald eine allseits beliebte Witzfigur der Grundschule an der Pfarrer-Grimm-Straße. Er unterrichtete dort nur drei Halbjahre, dann war er verschwunden. Niemand wusste, wohin. Vergessen hatte Pröse Metulskie nie, und er wartete bis heute darauf, dass sich sein alter Lehrer bei ihm melden würde. Der Erfolg seines früheren Schülers, dem am Barren und Reck niemand etwas hatte vormachen können, musste sich doch auch bis zu einem heute vielleicht Siebzigjährigen herumgesprochen haben.

»Die Bordkarte, bitte«, sagte die stark geschminkte Frau mit dem unnatürlich gebräunten Gesicht kurz vor der Warteschlange zum Sicherheitsbereich.

Pröse reichte ihr die Papiere und wurde durchgelassen. Er hatte nur Handgepäck.

***

Sie parkten den Dienstwagen direkt vor dem Eingang zum Zentralbereich auf einem Platz, der eigentlich für Taxis reserviert war. Lukas legte die Polizeikelle hinter die Windschutzscheibe.

»Komm schnell!«, rief er, während er die Fahrertür zuschlug. Anneke und er trabten auf den Eingang des Flughafengebäudes zu, als ihnen ein Kleinkind mit Teddybär unterm Arm und einem Winnie-the-Pooh-Mini-Trolley an der Hand entgegenkam. Der Kleine, er war vielleicht fünf Jahre alt, verwechselte Lukas offenbar mit seinem Vater und zerrte ihn am Hosenbein. »Papi, wo läufst du hin, gehen wir noch zu McDonald's?«, fragte er.

»Verdammt, verschwinde, du Bengel!«, rief Lukas, während er beinahe über den Buben stolperte und nur mit Not die Balance halten konnte.

Das Kind fing laut an zu weinen und nach seiner Mama zu rufen. Lukas fluchte noch immer.

»Hey, was ist denn los mit dir?«, fragte Anneke.

»Warum müssen Kinder eigentlich immer dann im Weg stehen, wenn man sie nicht gebrauchen kann?«

»Ruhig Blut! Und solche Worte aus dem Mund eines Familienvaters!«

Lukas blieb abrupt stehen.

»Was? Wieso Familienvater?«

Jetzt wurde Anneke knallrot.

»Wieso nicht? Du hast doch Kinder?«

»Ich hab keine Kinder! Wie kommst du darauf?«

»Nicht? Aber ... Oh, das ist mir jetzt echt peinlich. Ich dachte wirklich ... Immer wenn du plötzlich wegmusstest und vorher telefoniert hast, war die Rede von Kindern und Hort und Abholen ...«

»Ja, das stimmt. Das sind die Kinder meiner Schwester. Sie ist alleinerziehend und liegt seit vierzehn Tagen mit einem gebrochenen Bein im Bett. Ich kümmere mich mit ihrer Nachbarin im Wechsel darum, dass die Kinder zum Hort gebracht und abgeholt werden.«

»Ach so.« Anneke blickte verschämt zu Boden.

»Ich habe doch keine Kinder!« Lukas lachte. »Ich hab ja nicht einmal eine Frau!«

»Es geht mich auch nichts an.«

»Ach was.«

»Aber was ist mit deinem Namen?«

»Wie?«

Inzwischen standen sie unter der großen Anzeigetafel im Flughafengebäude.

»Ach, nichts. Da, schau! Hinter unserer Flugnummer blinkt es grün. Der Check-in hat schon begonnen.«

»Was soll mit meinem Namen sein, Anneke? Jetzt sag schon!«

»Es ist mir einfach nur peinlich, Lukas. Lassen wir es, bitte. Es war ein Missverständnis.«

»Ich heiße Lukas Johannes Schmidtbauer. Der Johannes kommt von meinem Großvater. Wie kann es da Missverständnisse geben? Wir müssen übrigens in den Terminal 2, komm!«

»Ich dachte, Schmidtbauer wäre ein Doppelname. Also Schmidt-Bindestrich-Bauer.«

Lukas lachte, während sie sich dem Übergang zum Lufthansa-Terminal näherten.

»Und deshalb dachte ich, du wärst verheiratet. Mit einer Frau Bauer oder einer Frau Schmidt, wie auch immer.«

»Da hat *mevrouw commissaris* aber ein bisschen falsch kombiniert.«

»Du hast ja auch genug falsche Fährten gelegt. Mit den Kindern und so ... Erst als dir deine Visitenkarte auf den Boden gefallen ist und ich sie aufgehoben habe, sah ich, dass man deinen Namen zusammenschreibt. Schmidtbauer. Allerdings habe ich trotzdem nicht kapiert, dass es kein Doppelname ist.«

»Egal, Schwamm drüber. Jetzt sind wir hoffentlich auf der richtigen Fährte.«

Sie erblickten die Kollegen von der Bundespolizei, die sie bereits erwarteten.

»Schmidtbauer, Kripo München, meine Kollegin van Royen.«

»Habe die Ehre«, sagte der untersetzte Beamte, dessen Uniformhemd gefährlich über dem Bauch spannte. Er machte nicht den Eindruck, als wäre er bei einer Verfolgungsjagd eine zuverlässige Hilfe. Die drei goldenen Sterne auf der Schulter blinkten im Licht, während er sich als Polizeidirektor Hugo Geffe vorstellte, Leiter der Bundespolizeidirektion am Flughafen. »Es ist für mich eine Ehrensache, mich persönlich um die Angelegenheit zu kümmern. Wir haben die Daten in den Fahndungscomputer eingegeben. Der Kerl kann uns nicht mehr entwischen. Sobald er irgendwo seine Bordkarte zeigt, haben wir ihn. Wir werden ihn am Gate empfangen. Ich habe über tausend Leute unter mir, und alle sind in Alarmbereitschaft.«

»Ich hoffe, Sie behalten recht«, sagte Lukas. »Auch wenn er wie ein Spaßmacher aussieht, ist Metulskie mit hoher Wahrscheinlichkeit ein Mörder.«

***

Pröse ging durch die Sicherheitsschleuse, ohne dass der Detektor piepte. Auch durch die zahlreichen Polizeibeamten, die überall mit strengen Blicken die Passagiere musterten, ließ er sich nicht verunsichern. Die waren immer hier, stets auf der Suche nach Terroristen und Bombenlegern.

Bald hatte er es geschafft. Er würde sein Leben hinter sich lassen und ganz von vorne beginnen. Ohne schlechte Gags, ohne den Druck der Einschaltquoten, ohne quengelnde Journalisten. Dafür aber mit viel Geld. Um Ernst tat es ihm leid. Er hätte ihn gerne mitgenommen, aber sein Partner hatte es nicht geschafft. Er durfte darüber keine Trauer aufkommen lassen, durfte jetzt nicht zurückblicken, sondern musste nach vorn schauen.

Sein Blick streifte die Anzeigetafel über dem Ausgang zum Flieger. Bis zum Boarding waren es noch über dreißig Minuten. Er entdeckte einen Zeitungsständer neben dem Kaffeeautomaten und beschloss, sich mit Lesestoff zu versorgen. Zuerst griff er zur »Financial Times«, die eine garantiert spaßfreie Reiselektüre versprach, dann stellte er einen Pappbecher unter die Düse des Automaten.

***

Das Funkgerät von Polizeidirektor Geffe krächzte und knarzte so stark, dass sie nicht verstehen konnten, was die Stimme aus der Leitstelle sagte. Immerhin schien Geffe alles mitbekommen zu haben, denn er antwortete etwas Zustimmendes, während er Lukas und Anneke optimistisch anblickte.

»Gleich haben wir ihn. Er ist schon durch den Check-in-Bereich und die Schleuse durch. Das heißt, er ist garantiert unbewaffnet. Die Crew am Gate 37 ist instruiert, das Boarding so lange aufzuschieben, bis wir zugegriffen haben.«

»Perfekt«, sagte Anneke. »Sieht so aus, als ob er in der Falle sitzt.« Leise meinte sie zu Lukas: »Ist das bei euch üblich, dass sich der Dienststellenleiter persönlich um eine Festnahme kümmert? Bei uns sitzen die Chefs immer nur hinterm Schreibtisch, tragen die Verantwortung und nehmen die Lorbeeren entgegen. Natürlich nur, wenn es gut gegangen ist. Wenn etwas schiefläuft, sind immer die Einsatzkräfte vor Ort schuld.«

»Das gibt es hier durchaus auch«, sagte Lukas, »aber Kollege Geffe scheint für sein Alter noch überdurchschnittlich engagiert zu sein. Vielleicht aber braucht er auch nur mal wieder einen Erfolg in den Medien.«

Lukas erinnerte sich an einen Magazinartikel vor wenigen Wochen, als es einem Reporter gelungen war, hundertfünfzig Gramm Plastiksprengstoff an Bord eines Airbusses zu schmuggeln – gänzlich unbehelligt von den Kontrollen am Münchner Flughafen. Ein paar Tage später hatten die Sicherheitskräfte Bombenalarm ausgelöst, weil Suchhunde bei einem Laptop auf Sprengstoff angeschlagen hatten. Der vermeintliche Terrorist stellte sich jedoch als harmloser Handelsreisender und die ganze Aufregung als Fehlalarm heraus. Vermutlich wollte der Chef der Flughafenpolizei heute beweisen, dass er die Lage trotz der Zwischenfälle in letzter Zeit im Griff hatte.

»Dann wollen wir mal«, sagte Lukas. »Ich schnapp mir den Kerl.«

»Moment mal«, bremste Geffe.

»Was ist?«, fragte Lukas. Er ahnte bereits, was jetzt kommen würde.

»Sie und Ihre Kollegin bleiben schön im Hintergrund. Das hier ist mein Revier.«

Lukas und Anneke blickten sich hilflos an. Sie hatten keine Zeit für Kompetenzgerangel, und rein formal war Geffe im Recht.

»Tun Sie, was Sie nicht lassen können, Herr Polizeidirektor«, sagte Lukas und seufzte, »aber lassen Sie uns keine Zeit verlieren.«

***

»Herr Pröse?«

Er zuckte zusammen, als sich eine kräftige Hand auf seine Schulter legte. Vor Schreck verschüttete er auch noch sein Heißgetränk.

Bevor er realisieren konnte, dass die Hand zu einem Arm gehörte, der in einer blauen Uniform steckte, erblickte er ein halbes Dutzend weiterer Polizisten, unter ihnen auch den Kripobeamten, der ihn vernommen hatte, sowie dessen ausländische Assistentin.

»Sie sind vorläufig festge–«, sagte die Stimme, die zu der Hand und dem Arm gehörte. Letzterer wiederum gehörte zu einem kräftigen Beamten mit einem starken bayerischen Zungenschlag.

Was jetzt geschah, würde Pröse später als Kurzschlusshandlung bezeichnen.

***

»Keinen Schritt näher, oder ich blas eurem Oberbullen die Hirnmasse aus dem Schädel!«

Lukas erstarrte vor Schreck und packte Anneke am Arm, als sie auf Pröse zugehen wollte. Der Comedian stand vor der gläsernen Front der Flughafenhalle, hinter ihm war durch die Scheibe ein abgefertigter Airbus zu sehen. In Sekundenbruchteilen hatte Pröse Geffe die Dienstwaffe aus der Hand gerissen und drückte sie nun dem Polizeidirektor in den speckigen Hals. Ihr Lauf formte eine weiche Delle unterhalb von Geffes Kiefer.

Lukas sah, wie das Gesicht des Polizeidirektors rot anlief und ihm Schweißperlen auf die Stirn traten. »Verdammte Scheiße«, zischte er Anneke zu. »Wie konnte das nur passieren?«

»Wir hätten ihn überwältigen müssen«, sagte Anneke.

»Das hilft uns jetzt auch nicht weiter.«

»Keine Bewegung, oder ich knall ihn ab!«, untermauerte Pröse währenddessen seine Drohung und klang dabei nicht mehr im Geringsten wie ein Spaßmacher. Über ihm hing ein Monitor, auf dem der Sprecher eines Nachrichtensenders und ein Laufband der aktuellen Börsenkurse zu sehen war. Einige Fluggäste, die das Spektakel beobachteten, duckten sich hinter den Süßigkeitenregalen des »Last Order«-Ladens oder legten sich unter den Sitzreihen flach auf den Boden. Andere schlenderten ungerührt weiter und hielten nach den Filmkameras Ausschau in der Annahme, den Dreharbeiten eines Fernsehkrimis beizuwohnen.

Lukas sah aus dem Augenwinkel, dass sich weitere Beamte der Bundespolizei näherten und versuchten, möglichst unauffällig den Bereich des Gates abzusperren.

»Sag irgendwas!«, flüsterte ihm Anneke zu. »Rede mit ihm!«

Sie hatte recht. Sie mussten mit Pröse in Interaktion treten und Zeit gewinnen. Lukas entschied sich für die Offensive.

»Was soll der Quatsch, Metulskie? Hören Sie auf mit dem Unsinn! Das ist hier keine Comedy-Show!«

»Halt's Maul, Scheißbulle!«, schrie Pröse.

»Verdammt, was machen wir jetzt?«, sagte Lukas leise zu Anneke. »Der Typ dreht uns gleich durch.«

»Wie lange kannst du ihn hinhalten?«, fragte Anneke.

Er schaute sie fragend an: »Hinhalten? Bis die Präzisionsschützen sich positioniert haben, oder was?«

»Bleib ruhig, Lukas. Er glaubt, dass er nichts zu verlieren hat. Genau das macht ihn gefährlich. Und wie lange Geffe noch die Nerven behält, wissen wir auch nicht.«

»Halt jetzt bitte keine Psycho-Vorträge, ja?«

»Leg deine Knarre auf den Boden!«, rief Pröse. »Und dann die Hände hoch.«

»Tun Sie, was er sagt.« Geffes Stimme zitterte. »Bitte!«

»Halt ihn hin, Lukas! Geh auf ihn ein. Jede Minute zählt.«

»Was hast du vor?«, fragte er sie.

Doch Anneke gab keine Antwort und verschwand unauffällig.

***

»Lassen Sie den Mann frei!«, rief Lukas und legte seine Heckler & Koch langsam vor sich auf den Fußboden.

»Damit ihr mich abknallt?« Pröse lachte. »Schieb die Pistole zu mir rüber!«

Lukas trat mit dem Fuß gegen die Waffe, sodass sie etwa drei Meter weit über den Boden rutschte. Unerreichbar sowohl für ihn als auch für Pröse.

»Was wollen Sie?«, fragte Lukas.

»Dass ihr mich abknallt!« Ein hysterisches Lachen drang aus seiner Kehle. »Ein richtiger Knaller als Schlusspointe! Das wär's doch. Lachen und Schießen. Und Schluss. Hahahaha!« Seine Stimme überschlug sich. Polizeidirektor Geffe war der Ohnmacht nahe.

Lukas beobachtete, wie sich immer mehr schwer bewaffnete Polizisten an den verschiedensten Stellen des Terminals postierten. Sie waren darauf trainiert, islamische Terroristen auszuschalten, aber nicht durchgeknallte Comedians. Irgendjemand musste den Einsatz der Spezialeinheit koordinieren und per Funk mit den maskierten SEK-Männern verbunden sein, um ihnen den Schießbefehl zu erteilen. Lukas versuchte sich umzusehen, ohne den Kopf zu sehr zu bewegen und Pröse damit zu verunsichern. Er entdeckte niemanden, mit dem er Kontakt hätte aufnehmen können.

Zeit gewinnen, dachte er.

»Lassen Sie den Polizeidirektor frei!«, versuchte er es noch einmal. »Sie sehen doch, dass er gleich kollabiert.«

»Leck mich am Arsch!«, erhielt er die wenig freundliche Erwiderung.

Minutenlang sagte niemand etwas. Pröse schien selbst nicht genau zu wissen, was er wollte.

»Sie bekommen freies Geleit. Suchen Sie sich einen Flieger aus!«

Pröse reagierte nicht.

»Wir geben Ihnen Geld!«, rief Lukas ihm zu. »Wie viel brauchen Sie?«

Pröse schien zu überlegen, ob das Angebot eine Finte war oder er darauf eingehen sollte.

»Wir besorgen Ihnen eine Million, wenn Sie im Gegenzug den Polizeidirektor freilassen.«

Wieder dauerte es mehrere Minuten, bis Pröse reagierte.

»Wo ist eigentlich Ihre holländische Tussi hin?«

»Ich hab sie weggeschickt«, antwortete Lukas spontan. »Zu gefährlich.«

»Ich will die Million sehen«, forderte Pröse. »Und zwar sofort.«

»Sofort ist das nicht machbar. Das wissen Sie selbst.«

Als Pröse wieder nichts sagte, fügte Lukas hinzu: »Geben Sie uns zwei Stunden. Bis dahin haben wir das Geld organisiert.«

Einen Moment lang glaubte Lukas, dass er Zeit gewonnen hatte. Noch immer hatte er keine Ahnung, was Anneke im Schilde führte.

Wenige Minuten später wusste er es.

SECHZEHN

»Franz!«

Die Stimme von Ernst Grau schallte durch die inzwischen weiträumig abgesperrte Abflughalle.

Anneke stand einen halben Meter neben dem Autor und fasste ihn unauffällig am Arm. Sie hatte keine Angst, dass er fliehen würde, sondern wollte ihn nur stützen. Er war mit ihrem Vorschlag sofort einverstanden gewesen und vom Klinikum mit einem Rettungshubschrauber in kürzester Zeit zum Flughafen gebracht worden.

»Franz! Es hat doch keinen Sinn!«, rief er. Pröse blickte ihn überrascht an.

»Was willst du hier? Verschwinde!«

»Sagen Sie ihm, er soll vernünftig sein und die Waffe runternehmen«, flüsterte Anneke Grau ins Ohr.

»Sei vernünftig, Franz, es bringt nichts mehr. Nimm die Waffe runter. Lass uns aufgeben und verhindern, dass noch Schlimmeres passiert.«

»Du bist ein Versager«, erwiderte Pröse, immer noch die Pistole im Anschlag. »Verschwinde!«

Anneke hatte jetzt Blickkontakt mit Lukas aufgenommen. Sie konnte über rund dreißig Meter Entfernung nicht genau erkennen, was er ihr mit seinem Blick sagen wollte, deutete ihn aber mehr als Zustimmung denn als Rüge. Trotzdem war ihr nur allzu deutlich bewusst, dass, ginge ihre Aktion schief, ihr Gastspiel bei der Münchner Polizei schneller beendet wäre, als es begonnen hatte.

»Sagen Sie ihm, dass er seine …«

Doch Grau hörte ihr längst nicht mehr zu. »Franz«, rief er, »ich flehe dich an! Hör auf mit dem Schmarrn! Ich halte zu dir, und wir werden gemeinsam alles durchstehen. Ich bin doch dein Hasi!«

»Nichts werden wir gemeinsam durchstehen!«, rief Pröse zurück. »Merz, die Ratte, hat alles zerstört.«

»Merz?« Grau schaute seinen Lebenspartner fragend an. »Was ist mit Merz? Hast du ihn umgebracht? Warum, Franz, warum?«

»Er hat mich erpresst!«, rief Pröse zurück. »Und du bist schuld! Weil er dein BlackBerry in die Finger bekommen hat, hat er herausgefunden, wer mein Hasi ist und dass ich eine Schwuchtel bin. Die Ratte hat sogar noch weitergeschnüffelt und ist an meine Steuerdateien gekommen. Merz wollte an meinem Erfolg teilhaben und abkassieren. Aber er hat bekommen, was er verdient hat.«

Pröse lachte laut und hysterisch. Dann löste er plötzlich den Griff um den Polizeidirektor und hob seine Hand mit der Pistole. Niemand konnte verstehen, was er leise zu Geffe sagte, der Sekunden später mehrere Schritte nach vorn torkelte, bevor er das Gleichgewicht verlor und vor Schwäche zu Boden stürzte.

Pröse hob seine Hand und steckte sich den Lauf seiner Pistole in den Mund. Anneke blieb beinahe das Herz stehen, sie schloss die Augen und wartete auf den Knall.

Doch nichts geschah. Als sie nach wenigen Sekunden die Augen wieder öffnete, stand Pröse noch immer an derselben Stelle. Die Pistole hatte er jetzt nicht mehr gegen sich selbst gerichtet, sondern fuchtelte mit ihr ohne erkennbares Ziel in der Luft herum.

»Los, jetzt schießt doch!«, rief er mit schriller Stimme. »Wozu sonst habt ihr denn alle eure Knarren auf mich gerichtet?«

Anneke starrte gebannt auf Pröse. Sie hatte keine Ahnung, ob der Einsatzleiter des SEK jetzt das Feuer freigeben würde.

In dem Moment riss sich Ernst Grau von ihr los und rannte auf Pröse zu, der die Pistole sofort auf seinen Partner richtete. »Bleib stehen, Ernst! Sonst –«

»Nein!«, rief Anneke.

»Nicht schießen«, schrie Lukas, und Anneke wusste nicht, ob er damit Pröse oder die SEK-Präzisionsschützen meinte.

***

Alfons Hedderich sperrte die Tür der Lach-Kompanie zu.

Vielleicht zum letzten Mal, dachte er. Der Brief der Bank, der per Einschreiben gekommen war, ließ keinen Zweifel mehr: Der Geldhahn war abgedreht. Es war nur mehr eine Frage von Tagen, bis die Stadtwerke wegen unbezahlter Rechnungen auch den Strom sperren würden. Dann würden die Scheinwerfer in der Lach-Kompanie erlöschen. Vielleicht für immer.

Er drehte den Schlüssel zwei Mal herum, trat einen Schritt zurück auf den Gehsteig und blickte die Fassade hinauf. Sein Lebenswerk. Tränen traten in seine Augen. Er dachte an die Initiative einer Lokalzeitung, die ihre Leser aufgerufen hatte, für den Erhalt der traditionsreichen Bühne zu spenden. Jede Woche hatte ein prominenter Münchner mit großem Foto für die Aktion »Rettet die Lach-Kompanie« geworben. Immerhin über zwölftausend Euro waren in kürzester Zeit zusammengekommen, trotzdem blieb die Summe nur ein Tropfen auf den heißen Stein, mehr nicht. Der Bankier Baier hatte wohl recht behalten: Die Menschen hätten ihr Geld besser für herrenlose Tiere spenden sollen. Es hatte alles keinen Sinn mehr.

Am nächsten Morgen würde er zur Bank gehen und seine Einwilligung zur Zwangsversteigerung geben. Lieber ein geordnetes Verfahren als ein Ende mit Gerichtsvollzieher und Pfändung des Inventars. Sollte doch eine Spaßfabrik aus seinem guten alten Laden werden. Der Lauf der Zeit war nicht aufzuhalten. Er fühlte seine Gedanken bestätigt, als er sah, wie sich sein Gesicht im Schaukasten spiegelte, in dem noch ein alter Terminplan hing. Es war das Gesicht eines alten Mannes, dessen Zeit abgelaufen war. Das war nicht mehr die Galionsfigur des Münchner Kabaretts. Das war ein Mann von vorgestern, der nicht mehr gebraucht wurde. Hedderich wandte sich um und ging Richtung Münchner Freiheit.

In der Tasche hatte er ein paar Geldscheine. Sie würden reichen, um sich für den Rest des Abends zu betrinken und alles zu vergessen.

***

Ein Schuss peitschte durch die Flughafenhalle. Dann herrschte Totenstille.

Anneke rannte zu Lukas, der neben dem blutenden Mann kniete. Auch ein Notarzt eilte sofort herbei, um die Wunde zu behandeln.

»Kommt er durch?«, fragte Lukas.

»Wenn wir die Blutung rasch stoppen, besteht keine Lebensgefahr«, sagte der Arzt, während er mit einer Schere die Hose des Verletzten aufschnitt und die Wunde desinfizierte. »Ein sauberer Schuss in den Oberschenkel, wenn ich das als Laie auf diesem Gebiet feststellen darf.«

Zwei Sanitäter vom Roten Kreuz kümmerten sich währenddessen um Geffe, der offenbar einen schweren Schock erlitten hatte. Anneke hob die Pistole auf, die Pröse nach dem Schuss aus der Hand gefallen war, als Ernst Grau von zwei Bundespolizisten zum Ausgang begleitet wurde.

Inzwischen waren auch Kies und Natascha am Ort des Geschehens aufgetaucht.

»Was ist hier überhaupt los?«, fragte Kies. »Neidlinger macht gerade Riesenterror wegen des Hubschraubers. Er verlangt eine wasserdichte Begründung dafür, dass wir keinen Polizeihubschrauber angefordert, sondern den Notarzt-Helikopter zweckentfremdet haben. Er meint, das gäbe ein riesiges Problem mit der Kostenstellenverwaltung –«

»Ja, ja«, sagte Lukas. »Aber Anneke hat das genau richtig entschieden. Jede weitere Minute hätte zu einer Katastrophe führen können.« Kurz überlegte er, wie weit er gehen sollte, um sie in Schutz zu nehmen. Dann sagte er forsch: »Ihr Vorgehen war mit mir abgesprochen. Ich übernehme die Verantwortung.«

Anneke sah ihn kurz dankbar an. »Für mich war es eindeutig, dass wir Pröse mit Grau konfrontieren mussten«, sagte sie dann selbstbewusst. »Pröse musste klar werden, dass er nicht nur für sich allein verantwortlich ist, sondern dass er auch seinen ihm hörigen Partner mit ins Unglück gezogen hat.«

»Dass dieser Metulskie etwas irre ist, musste ja jeder mitbekommen, der gelegentlich mal gefernseht hat«, stellte Kies nüchtern fest.

Anneke schaute fragend zu Lukas: »Gefernseht? Ist das deutsch?«

Lukas lächelte und flüsterte: »Eher bayerisch.« Dann fügte er hinzu: »Kies sagt auch *das* Teller und *der* Butter und findet es ganz normal.«

»Aber dass er einen Kabarettisten umbringen würde, nur weil der rausgekriegt hat, dass er schwul und seine Freundin Sandy erfunden ist –«

»Das ist nur die eine Hälfte des Motivs«, unterbrach ihn Lukas. »Für seine Steuerhinterziehung wäre Pröse für lange Zeit hinter Gitter gewandert. Seine Comedy-Karriere wäre schlagartig zu Ende gewesen. Er hat seine Existenz bedroht gesehen, und das hat ihn zum Mörder gemacht.«

»Und um den Verdacht von sich zu lenken, hat er die Anschläge auf die anderen Münchner Komiker begangen?«, fragte Kies.

Anneke nickte. »Dabei wollte er außer Merz niemanden töten. Es sollte so aussehen, als seien die Mordanschläge misslungen. Aber sein Plan ist bei Bendix fehlgeschlagen. Das mit dem Schockwellentod durch einen eigentlich nicht letalen Schuss konnte er nicht wissen, auch wenn es bei Treffern aus nächster Näher immer wieder passiert. Um sein perfides Vorhaben zu vollenden, inszenierte er schließlich das Attentat auf sich selbst und beauftragte seinen Partner Grau, auf ihn zu schießen.«

»Hinter der Bühne hätten wir normalerweise nicht nach dem Schützen gesucht«, sagte Lukas. »Von einem Mörder mit Backstage-Ausweis konnten wir ja nicht ausgehen. Ein fast perfekter Plan.«

»Wir bringen ihn jetzt in die Klinik«, schaltete sich der Arzt ein. »Die Wunde ist versorgt. Er wird eine Weile stationär bleiben müssen, aber es besteht kein Grund zur Sorge.«

Zwei Sanitärer schnallten Pröse auf einer Trage fest.

»Franz Pröse, Sie sind vorläufig festgenommen wegen des dringenden Tatverdachts, Lorenz Merz und Horst Bendix erschossen zu haben«, sagte Lukas. »Außerdem sind Sie der schweren Körperverletzung zum Nachteil von Anton Wallutat verdächtig. Haben Sie mich verstanden? Herr Pröse?«

Pröse nickte fast unmerklich, bevor er abtransportiert wurde.

»Habt ihr in München eigentlich immer so viel Action?«, fragte Anneke.

»Nur wenn wir ausländische Kollegen zu Gast haben. Da bemühen wir auch gerne mal ein paar Showeffekte«, antwortete Lukas und lachte.

»Puh«, sagte Anneke. »Ich hoffe, beim nächsten Fall geht es etwas gemächlicher zur Sache. Jetzt brauch ich erst mal einen Kaffee.«

»Dann komm mit«, sagte Lukas. »Da vorne kriegen wir etwas Heißes.«

Sie ließen sich in einem kleinen Café nieder und bestellten einen Milchkaffee und einen Cappuccino.

»Sag mal, Anneke. Es geht mich ja nichts an …«

»Ja?«

»Warum bist du weggelaufen?«

Sie schaute ihn verständnislos an. »Wie meinst du das? Ich bin nicht weggelaufen.«

»Doch. Aus deiner Heimat. Von zu Hause. Du bist zu uns nach München geflohen.«

Lukas versuchte ihr in die Augen zu schauen, doch sie wich seinem Blick aus. Stattdessen rührte sie mit der einen Hand mit dem Löffel in ihrer Tasse, während sie mit der anderen einen Zuckerwürfel zerbröselte.

»Irgendwas ist passiert. Das spüre ich doch«, bohrte er weiter. »Du hast immer nur Andeutungen gemacht, aber du willst nicht darüber reden, oder?«

Sie schwieg einen Moment lang, dann antwortete sie: »Nein, eigentlich nicht. Es ist auch nichts Besonderes. Ich habe nur meinen Job gemacht.«

Lukas blickte sie an. »Du hast jemanden getötet?«, äußerte er seine Vermutung. »Im Dienst erschossen?«

Sie nickte stumm und blickte auf die rote Serviette neben ihrer Tasse. »Er war ein Dealer, hieß Jan Tedsen. Er hat mit seiner Pistole direkt auf mich gezielt, als wir ihn festnehmen wollten. Nach fast dreiwöchiger Observation.«

»Aber wenn er dich bedroht hat, dann war es doch Notwehr«, sagte Lukas.

Anneke schluchzte leise und vermied es weiterhin, ihn anzuschauen.

»Seine Waffe war nur eine Schreckschusspistole. Auch wenn sie täuschend echt aussah.«

»Aber wer mit einer echt ausschauenden Pistole auf einen bewaffneten Polizisten zielt, Anneke, mit Verlaub, der ist selbst schuld.«

»Ja. Aber … der Vater von Jan Tedsen … ist Willem Tedsen. Er war mein Dienststellenleiter.«

»Was?« Jetzt staunte Lukas. »Du hast den Sohn deines Vorgesetzten erschossen? Scheiße, verdammte.«

»Das kannst du laut sagen. Wie üblich hat es eine interne Untersuchung gegeben, und ich wurde formal von jeder Schuld freigesprochen.«

Lukas spürte, dass Anneke noch etwas sagen wollte.

»Trotzdem hab ich kein Bein mehr auf den Boden bekommen. Immer wenn ich Tedsen begegnete, sah ich den Hass in seinen Augen. Er hat mich verachtet und nach Strich und Faden schikaniert, er hat mich nur noch für die übelsten Schichten eingeteilt, Urlaubsanträge abgelehnt und eine Beförderung sabotiert. Aber mit alldem hätte ich umgehen können. Ich hätte einfach um eine Versetzung bitten können.«

»Und warum hast du es nicht getan? Was war noch?«

Jetzt schaute sie ihn zum ersten Mal seit Beginn des Gesprächs an, wenn auch nur für Sekundenbruchteile.

Sie hat verdammt schöne Augen, dachte er.

»Dann war da noch die Sache mit Henk.« Eine Träne lief ihr über die Wange. Sie nahm die Serviette und schnäuzte sich die Nase.

»Henk war mein Freund. Während ich im Einsatz in Tilburg zur Festnahme von Jan Tedsen war, war er mit Freunden im Auto in Breda unterwegs und hatte einen schweren Unfall. Seitdem liegt er im Koma. Eigentlich hätte ich auch im Auto sitzen sollen, doch dann hat Tedsen den Zugriff in dem Gewerbegebiet angeordnet. Ohne zu wissen, dass der Verdächtige sein eigener Sohn war. Wenn ich auch in dem Auto gesessen hätte …«

»Dann wärst du vielleicht tot, Anneke.«

Lukas wollte seine Hand auf die ihre legen, doch sie griff zur Serviette und trocknete sich die Augen.

»Ich will dich damit nicht belasten, Lukas. Es ist zwei Jahre her, und irgendwann muss ich damit klarkommen, alles vergessen. Und vielleicht bin ich tatsächlich deshalb hier. Vielleicht kann man es wirklich eine Flucht nennen. Ich weiß es nicht.«

»Jedenfalls hast du deinen ersten Einsatz in München mit Bravour gemeistert.« Lukas hielt kurz inne, bevor er sagte: »Übrigens: *Hartelijk bedankt, mevrouw commissaris.*«

Anneke errötete und legte die Serviette wieder auf den Tisch. *»Graag gedaan, mijnheer. U spreekt nederlands?«*

»Ich übe noch«, antwortete er. »Aber das kann ich noch nicht auf Holländisch sagen. Jedenfalls freue ich mich schon auf unseren nächsten gemeinsamen Fall. Gut, dass es Europol gibt.«

»Und die internationale Zusammenarbeit.« Sie lächelte ihn an.

EPILOG

Franz Pröse wurde vom Landgericht München I wegen zweifachen Mordes und mehrfacher schwerer Körperverletzung zu lebenslanger Haft verurteilt.

Ernst Grau wurde wegen versuchter Vortäuschung einer schweren Straftat zu einer Bewährungsstrafe von zwei Jahren verurteilt.

Anneke van Royen stellte nach Ablauf ihrer sechsmonatigen Hospitanz beim Polizeipräsidenten einen Antrag auf dauerhafte Anstellung bei der Münchner Polizei. Hubert Neidlinger und Lukas Schmidtbauer befürworteten diesen Antrag.

Der Veranstalter von Max Metulskies Weltrekordshow stiftete die Hälfte der Einnahmen der Aktion »Rettet die Lach-Kompanie«. Die Zukunft der Kabarettbühne war damit gesichert.

Danksagung

Ich danke allen, die mich mit ihrer kritischen Lektüre während der Arbeit zu diesem Buch durch sämtliche Höhen und Tiefen begleitet und mich immer wieder zum Weitermachen ermuntert haben. Für das Aufspüren zahlreicher sachlicher und sprachlicher Ungereimtheiten gebührt größter Dank Nadine Nöhmaier und Thomas Grimmer und vor allem meiner Lektorin Susanne Bartel, die dem Manuskript den letzten Feinschliff gegeben und Metulskie zu einem authentischen Berliner gemacht hat.

Für die Hilfe bei Frau Schachtners Dialektpassagen geht mein Dank an Sepp und Monika Nöhmaier.

Für die fachkundige Erläuterung des Schockwellentodes danke ich Professor Manfred Riße vom Institut für Rechtsmedizin in Gießen.

Alle Fehler und Ungenauigkeiten sind selbstverständlich meiner kriminellen Phantasie entsprungen.

H. L.